인생은
아름다워

인생은
아름다워

초판 1쇄 인쇄 | 2023년 11월 6일
초판 1쇄 발행 | 2023년 11월 13일

지은이 | 홍유진 김재희 홍헌표 김동수 서연진 황영준 강진경 이하나 김인재
펴낸이 | 박영욱
펴낸곳 | (주)북오션

주 소 | 서울시 마포구 월드컵로 14길 62 북오션빌딩
이메일 | bookocean@naver.com
네이버포스트 | post.naver.com/bookocean
페이스북 | facebook.com/bookocean.book
인스타그램 | instagram.com/bookocean777
유튜브 | 쏠쏠TV · 쏠쏠라이프TV
전 화 | 편집문의: 02-325-9172   영업문의: 02-322-6709
팩 스 | 02-3143-3964

출판신고번호 | 제 2007-000197호

ISBN 978-89-6799-790-8 (03810)

인생은
아름다워

홍유진 김재희 홍헌표 김동수 서연진
황영준 강진경 이하나 김인재

Bookocean

차례

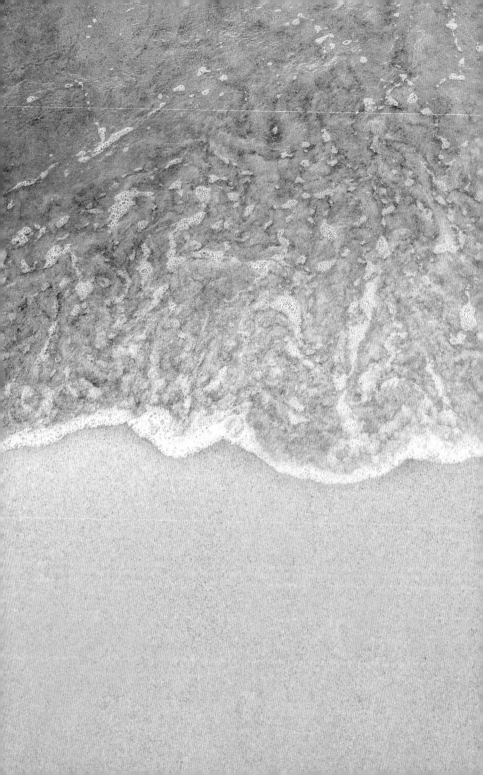

악어의 눈물

홍유진

나는 맑은 강을 동경하는 늪지대 악어다.

지금 내 눈앞엔 사파이어를 잔뜩 흩뿌린 비단처럼 푸른 물결이 바람결에 흔들린다. 침묵을 지키며 일렁이는 강은 한 치 아래 검푸른 속을 감추고 나를 유혹한다. 투명과 불투명의 조화가 일으키는 부조리한 신비! 알 수 없는 두려움이 몰려와 내 모든 솜털을 일으켜 세운다. 나는 그만 어쩔해져서 두 눈을 감고 가늘 길 없는 몸을 내던지고 만다. 재회의 눈물을 뿌리며 나를 얼싸안는 강. 어머니의 품처럼 아늑한 그곳에서 나는 감히 상상한다.

지중해.

눈이 시릴 정도로 빛으로 얼룩진 투명한 바다에 내가 있다.

저마다 찬란한 생명력을 뽐내는 산호가 얼굴을 내밀고, 제각기 빛나는 열대어가 떼를 지어 노니는 곳.

이곳은 자연이 만든 거대한 수족관이다. 나는 코스모스처럼 하늘거리는 물풀을 건드리기도 하고, 자유롭게 무리지어 춤추는 가오리 떼를 흩뜨리기도 하며 장난을 쳐 본다.

저 멀리, 주변의 아름다움을 시들하게 만들 만큼 특별한 열대어 한 마리가 갑자기 시야에 들어온다. 통통한 은색 몸통에 반짝이는 검은색 띠를 어깨에 둘러맨 녀석은 나를 꾀듯 너울거리며 어디론가 달아나다가, 어쩐지 으스스한 바위 뒤로 삼켜지듯 사라진다. 바위 주변에 솟아오르는 소용돌이에 맞춰 뭔가 오르내린다. 작은 물고기들이 주위를 알짱거리는 꼴로 봐 물고기 집일 가능성이 높다. 나는 은신처를 들킨 물고기가 줄행랑치는 꼴이 보고 싶어 지레 웃으며 바위로 다가간다. 순간, 물에 통통 불은 여자의 희뿌연 눈이 나를 마주본다.

눈을 질끈 감으며, 나는 환상에서 깨어난다.

아, 여기는 지중해가 아니고, 나는 진짜 악어가 아니다.

나는, 인간 악어다!

물에 빠져 죽은 시체를 건져 주고 돈을 버는 잠수부란 말이다. 인간 악어들은 주로 바다나 지방에서 움직이지만 내 활동 무대는 서울과 수도권이다. 일종의 틈새시장을 노린 기발한 사업전략이랄까.

사람들은 수많은 이유로 꼬박꼬박 하루에 한 명씩 한강에 뛰어들고, 남은 자들은 나 같은 악어에게 돈을 써 가며 갖가지 이유로 시체를, 아니 그들에겐 사랑하는 가족을, 그러나 이미 죽어버린 가련한 몸뚱어리를 찾는다. 119나 한강구조대원들이 며칠이고 익사한 시체만 수색할 수는 없는 노릇 아닌가. 심심하던 시절, 취미로 배운 스쿠버 다이빙이 지금 나를 먹여 살리는 셈이다.

벌써 5년째. 매일 하는 일이지만 물에 들어가면 언제나 머리끝이 쭈뼛거린다. 강을 바깥에서만 보는 대부분의 사람들은 흔히 빈 수조에 물을 부은 것처럼 강물로만 가득 차 있을 거라고 착각하지만, 실제 수중은 별세계가 아니다. 개미 떼 같은 인간만 없을 뿐 물로 뒤덮인 지상 세계와 비슷하다. 언뜻 보면 태고의 평화가 감도는 나무와 바위, 쓰레기 더미 속을 헤치다 어느 순간 시체가 눈앞에 불쑥 나타나는 것, 그건 절대 익숙해질 수 없는 일이다.

여자는 바위 뒤에 비스듬히 누워 있다. 이곳은 댐으로 막힌 호수라서 시체가 멀리 떠내려갈 염려는 없다.
자, 이제 흥정을 할 시간이다!

나는 수면으로 올라가 부표처럼 떠 있는 검은 고무보트를 잡고, 강변에 서 있는 중년 남자를 향해 천천히 고개를 젓는다. 딸을 못 찾았다는 소식에 죽은 자의 아버지는 흐느끼며 주저앉는다. 나는 한없이 지친 표정을 지어 보인 뒤, 다시 물 아래로 내려가 시체가 아까 그곳에 있는지 한 번 더 확인하고 이번에는 조금 더 오랜 시간을 머무른다. 시체를 본 이상 지중해의 꿈은 사치다. 내 등 뒤를 쫓는 시체의 끔찍한 시선을 애써 외면하면서 열대어도, 산호도 없는 수중을 그저 아득히 떠다닐 따름이다.

그러기를 몇 번째일까, 나는 물에 불은 시체를 낑낑대며 건져 올려 고무보트에 던져 올리고 강가로 향한다. 후들거리는 몸을 가까스로 지탱하던 왜소한 체구의 남자가 가뭄철의 멧돼지처럼 땅을 구르며 뛰어오더니, 시체를 몇 발짝 앞두고 땅에 박힌 못처럼 일순간 멈춰 선다. 도축장에 끌려가는 우직한 소처럼 그는 거기 그대로 버티고 서서 흐리멍덩한 표정으로 몇 초 동안 꼼짝도 하지 않고 퉁퉁 불어 흉한 살덩어리를, 한때는 사랑스러운 딸이었을 무언가를, 바라본다. 살아있다는 사실만으로도 풋풋한 생기가 넘쳤을 20대 초반 여자의 생전 모습은 흔적도 없이 사라진 지 오래다. 몇 초나 흘렀을까. 블랙홀처럼 움푹한 그의 눈에서 두 줄기 눈물이 하염없이 솟아난다.

"민…서, 민… 대답 좀 해 봐라… 아부지가 왔어, 아부지… 아빠가 니 수술비 거의 만들었는데… 어떻게든 살리려고 했는데… 이렇게 가면 안 되는 거야… 한평생 가난하고 무식한 홀애비 밑에서, 제대로 먹지도 못하고, 입지도 못하고 생고생만 했는데… 안 된다, 살아야 해. 돈 없다고 치료도 못 받는 썩을 놈의 세상에 보란 듯이라도 잘 살아야 된다고! 일어나 봐라, 일어나! 안 들리니, 응?"

일생 동안 고된 노동에 몸을 맡긴 채 살아온 듯한 마디마디 불거진 억척스런 손이, 대답 없는 무심한 딸의 볼을 미구 두드린다. 바람 빠진 풍선처럼 흐물흐물하고 닭살이 오돌토돌 돋아난 익사체의 감촉을 느끼고서야, 머리가 희끗한 남자는 이제야 진정 딸이 죽었음을 깨닫고 더욱 서럽게 울부짖기 시작한다.

"아부지가 잘못했어. 갈아먹어도 시원찮을 병원 놈들이… 돈 없으면 가슴 한쪽 없이 살라고, 지금 유방암에 걸려 죽느냐 사느냐는 판에 그까짓 머리카락 없고 가슴 한두 쪽 찌그러지고 보기 흉한 게, 그게 뭐 그리 대수냐며 막말을 했다며 섧게 울 때… 내가 은행이라도 털어서 돈을 만들었어야 했는데… 아부지가 힘들어서, 아빠가… 사는 게 너무 힘에 부쳐서, 실은 니가 그냥 버텨 줬으면 했어. 결혼도 안 한 20대에 암에 걸린, 어린 딸아이 맘을 내가 어찌 안다고 그랬을까… 미안해… 정말 미안하다… 니가 내 마지막 희망이었는데, 자식새끼 먼저 보내고 나 혼자 입에 밥 떠 넣고 어찌 살겠어… 그래, 나도 따라갈게! 막상 뛰어들고 나니 그래, 캄캄한 물속이 얼마나 무서웠어, 혼자 가려니 또 얼마나 서럽니, 아빠가 같이 갈게!"

나는 호수가 겉보기보다 맑아서 그리 캄캄하진 않았을 거라고 말하려다 놀라서 멈춘다. 제자리에서 머리만 쥐어뜯던 폭탄 머리의 남자가 정말로 강물을 향해 뛰기 시작했기 때문이다. 이러면 곤란하다. 그마저 죽으면 내 수고비는 누구에게 받느냐 말이다! 나는 얼른 달려가 그의 늘어진 잠바 끄트머리를 간신히 쥐고, 할 수 있는 한 최대한 슬픈 표정을 지으며 차분한 목소리로 설득해 본다.

"아버님마저 가시면 시신은 누가 거두며, 원통하게 간 따님 제사는 누가 지내 주겠습니까, 아버님… 따님을 위해 제발 참으십시오."

그래도 딸을 따라 죽으려고 한참을 더 몸부림치던 낡은 옷차림의 남자는 결국 나를 부여잡고 무너져 내린다. 지금은 나도 정말, 진심으로 눈물이 날 듯도 하다.

나는 저런 아버지를 가져 보지 못했다.

그제야 할 일이 남았음을 깨닫고 정신을 차린 그는 품속에서 싸구려 가죽 지갑을 꺼내 새하얀 수표 두 장을 건넨다. 은행 잉크 냄새도 가시지 않은 신선한 수표.

올레! 원래는 한 장인데, 물에서 시간을 끌어 한 장 더 벌었다. 내 아지트인 한강을 떠나 까마득한 시골, 경기도 촌구석까지 내려왔으니, 이 정도 특별 보너스는 받을 자격이 충분하다고 본다. 돈이 없어 죽은 여자가 다니던 병원에서 어떤 의사 나부랭이가 컵라면 먹을 돈으로 랍스터를 먹을 수는 없다고 했다던가? 맞는 말이다. 짝퉁 신발 살 돈으로 명품 가방을 살 수는 없는 노릇이니까. 저 높이 아이스크림처럼 새하얀 뭉게구름이 잔잔히 굽어보는 호숫가에, 넋이 나간 남자와 영혼이 빠져나간 시체를 남겨두고 나는 장비를 챙겨 떠난다. 뒤돌아볼 필요는 없다. 나는 시체를 건졌고, 돈을 받았으니까.

아, 시골은 공기가 참 맑다.

서울로 오자마자 내가 달려간 곳은 백화점 명품관이다. 이곳은 내가 대한민국에서 가장 사랑하는 장소라고 말할 수 있다. 나는 여기에 오기 위해 썩어가는 살덩이를 건진다. 당연히, 명품을 사기 위해서다.

백화점 명품관 직원의 태도는 손님이 몸에 걸치고 있는 모든 제품의 총합계에 따라 달라지는데, 그들은 순식간에 손님을 머리부터 발끝까지 훑어 걸어 다니는 계산기처럼 암산을 해낸다. 특A급 모조품이라고 해도 최첨단 스캐너와 같은 그들의 눈을 속일 수는 없다. 지갑을 빵빵하게 채워 한껏 차려입고 가지 않으면 그곳에선 결코 진심으로 환영받을 수 없다. 뿐만 아니라 그들은 놀랍게도 결국 지갑을 열어 상품을 사 갈 진정한 의미의 손님인지, 진열장 너머로 구경만 하다가 다음을 약속하며 돌아갈 단순한 구경꾼인지, 그것도 아니면 돈도 없으면서 여기저기 다 만져 보고, 써 보고, 살 듯 말 듯 똥폼을 잡다가 비싸니, 별로니, 온갖 흠을 잡으며 다른 손님을 상대할 시간만 빼앗을 진상인지 한눈에 알아본다.

한번은, 온몸에 명품을 두르고 오 드 콜로뉴 특유의 감귤 향을 상큼하게 퍼뜨리던 우아한 여자를 거들떠보지도 않는 루이뷔통 매장 직원을 본 적이 있다. 10분이 넘도록 직원이 매장에 날아다니는 파리만큼도 신경을 안 쓰자, 그녀는 대단한 모욕이라도 당한 사람처럼 얼굴이 살벌해지더니 다시는 이런 매장 따위에 발도 안 들이겠다는 무서운 표정으로 걸어 나갔다. 나는 여자가 만지작거리던 가방을 제자리에 정리하는 심드렁한 낯빛의 여직원에게 다가가 사람을 대놓고 무시한 이유를 물어봤다.

"저 여자는 이제 평생 가도 우리 회사 가방을 안 사요. 아니, 못 사는 거죠. 로또라도 당첨된다면 또 모르겠네요."

나는 돌고래처럼 솟구쳐 오르는 호기심을 누를 수 없어 콜로뉴 향을 따라갔다. 우리는 독일 쾰른에 있는 오 드 콜로뉴 매장에 대한 얘기로 시작해서 그날 밤 결국 한 침대를 뒹굴었다. 나는 자존심을 지켜 주면서 확인하려고, 그 어느 때보다 공들여서 귓불부터 발등까지 그녀의 온몸이 녹아내리도록 열심히 키스를 퍼부었다. 마침내 일을 끝내고 지친 그녀가 곯아떨어지자마자 열어 본 갈색 코치 지갑에는 열 장가량의 VIP 신용카드가 꽂혀 있었는데, 자세히 보니 모두 유효 기간이 지난 쓰레기에 불과했다. 침대에 널브러진 알몸의 여자가 갑자기 더없이 값싸 보였다. 나는 조용히 옷을 챙겨 입고 나오며 호텔방에 홀로 남을 감귤 향에 영원히 안녕을 고했다.

나는 언제나 최고로 대접받고 싶다.

매장에 들어가도 직원이 눈길도 안 주는 그런 손님은 죽어도 되기 싫다.

그래서 오늘은 광택이 나는 회색 계통의 도시적인 아르마니 정장을 빼입고, 짙푸른 배경에 링을 넘는 흰 돌고래가 점점이 박힌 페라가모 넥타이를 우아하게 목에 걸었다. 물속에서 신는 축축한 오리발과 달리, 명품 사이를 누비며 백화점을 돌아다니는 기쁨을 누릴 발을 위해서는 이탈리아 장인이 손수 꿰매 만든 구찌 구두도 신었다. 굶주린 지갑의 배를 수표로 터지도록 채워 주는 일도 물론 잊지 않았다. 나는 눈빛이 날카로운 여자 경호원이 정중하게 열어 주는, 화려하면서도 결코 과하지 않은 황금색 정문을 지나 백화점으로 들어섰다.

오늘의 목표는 7층 시계 매장이다. 샤이닝이 판매하는 딥오션 블루피시(Deepocean Bluefish)를 사기 위해서다. 딥오션 블루피시는 나 같은 다이버를 위해 탄생한 시계다. 샤이닝이 미국 해군 잠수함대를 위해 특별 제작한 블루피시는 1,000m 방수가 보장되고, 3mm의 크리스털 유리가 반사광까지 99.9% 차단해 준다. 다이브 컴퓨터처럼 수심, 잠수 시간, 몸에 흡수된 질소량, 연속 잠수 후 가능한 재잠수 시간을 알려 주는 건 기본이다. 특히 버튼 하나만 누르면 손전등보다 밝은 조명이 쏟아져 나와서, 익사체를 찾는 궂은일을 하는 나에게는 그야말로 안성맞춤인 명품이다.

샤이닝 매장은 국제적인 이름값에 걸맞게 널찍하고 산뜻하다. 커다란 진열장마다 몸을 동그랗게 만 시계가 고대 유물처럼 보호받으며 뽐내는 얼굴로 후끈한 조명을 즐기고 있다. 매장 안으로 들어서자 은은한 크리스찬 디올 에디트 향을 풍기는 단아한 여직원과 불가리 향수병에 들어갔다 나온 듯한 점잖은 남자 매니저가 동시에 다가온다. 하이에나처럼, 내 지갑에서 풍겨 나오는 돈 냄새라도 맡은 걸까? 얼핏 비굴해 보일 정도로 친절한 웃음을 흘리는 그들에게 나는 가벼운 미소로 답한다.

"고객님, 특별히 찾으시는 모델이 있으십니까?"

정중한 말투가 마음에 드는 지배인이다. 사람을 볼 줄 안다. 나보다 나이가 많아 보이지만 그도, 나도, 내가 돈을 지불할 사람이라는 사실을 잊어서는 안 된다. 나는 적당히, 넘치지 않게 고객으로서의 예의만 차리면 된다.

"블루피시를 보고 싶은데요?"

그들은 마구 벌어지는 입을 다무느라 애를 쓴다. 나는 시선을 다른 곳에 두었지만 주름이 자글자글한 지배인의 눈가에 장사꾼 특유의 교활한 웃음이 모여들고 있음을 안다. 그는 마치 의식이라도 치르는 듯 흰 장갑을 조심스럽게 양손에 끼고, 넓은 유리 진열장 한 칸을 거만하게 독차지하고 있던 블루피시를 가져와 내 손목에 주의 깊게 채워 주며 말한다.

"마음에 드십니까? 정말 고객님의 분위기와 잘 어울리십니다. 고객님께서도 이미 아시고 찾으셨겠지만, 이 제품이야말로 저희 제품 중 단연 최고 작품입니다. 네, 명품 중의 명품이라고 할 수 있죠."

매장의 최고가 상품을 팔아보려 비굴한 말투를 쓰기 시작하는 그가 안쓰러워질 지경이다. 나는 지배인의 말을 듣는 둥 마는 둥 내가 사는 원룸의 보증금만큼이나 비싼 시계로 휘감긴 평범한 내 손목을 내려다본다. 블루피시는 시간을 알리는 숫자마다 모기 눈알만한 다이아몬드를 하나씩 품은 채 쉬지 않고 돌아가는 시침과 분침 밑으로, 출렁거리는 푸른 지중해를 담고 있다. 자세히 들여다보니, 내가 사랑하는 영화 그랑블루의 잠수부 자크가 돌고래와 함께 수영하며 어서 들어오라고 웃으며 손짓하는 듯하다.

나는 즐거운 상상에 빠져, 또 그 순간에 취해 대답에 뜸을 들여본다. 명품을 구입하면서 지금이 제일 흥분되고 재미난 순간이니까. 원하는 제품을 손에 넣었고, 내가 그것을 살지 알아내기 위해 혈안이 된 직원들이 초조하게 내 눈치만 살피고 있다. 나는 시계를 찬 손목을 이리 돌려보고, 저리 돌려보며, 가는 눈으로도 보고, 눈을 동그랗게 크게 뜨고도 본다. 시계에 흠이 있나 살펴보는 게 아니다. 직원들을 애태워보려고 괜히 그래 보는 거다. 나는 속이 바짝 타들어 가는지 얇은 입술 둘레를 훑는, 지배인의 혓바늘이 가득한 혀를 보고서야 만족스러운 표정을 짓는다.

"오케이, 주세요."

내 경쾌한 대답이 그다지도 감격스러웠던지 얌전하게 생긴 여직원이 순간 손뼉까지 친다. 시계 가격은 3천3백만 원이다. 나는 아무렇지 않은 듯 백만 원짜리 수표 서른세 장을 꺼낸다. 점장은 전액 현금이라는 점에 깊은 감동을 받는다. 그는 정말이지 정성스럽게, 손끝에 한없는 존경과 충성심을 실어 내 사랑스러운 푸른 불고기를 멋지게 포장하기 시작한다. 물건을 기다리며 매장을 둘러보는 사이, 휴대폰이 울린다. 모르는 번호라 망설여진다. 받기 싫은 전화가 워낙 많이 오는 세상이라야 말이다. 혹시 악어를 찾는 사람일지 몰라서 전화를 받아 본다.

— 여보세….

— 이런, 회 떠먹어도 시원찮을 새끼, 어디야? 내 돈 언제 갚을 거야? 쌍, 장기 다 떼서 팔아도 그 돈 안 나와, 알아?

젠장! 사채업자 김 실장이다. 나는 시뻘겋게 달아오른 다리미에라도 덴 듯 카운터에서 떨어지며 서둘러 수화기 음량을 줄인다. 눈치 없는 지배인이 포장을 마친 시계를 건네려 자꾸만 따라온다. 나는 허겁지겁 시계를 받아 들고 나오며 삼류 연극배우처럼 배에 힘을 잔뜩 주고 소리치듯 말한다.

— 뭐? 청담동 김 사장이 1억짜리 내기 골프를 제안했다고? 하하, 사람들 참, 알았어. 시간 나면 갈게.

— 근데, 이 새끼가 귓구멍에 밤송이를 쑤셔 박았나? 너 인마, 비명도 못 지르고 야산에 묻히는 수가 있어….

삑! 급하게 전화를 끊고 뒤를 돌아본다. 카운터에 서 있던 지배인이 다시금 꾸벅 인사하며 빙그레 웃는다. 들었을까? 아니, 못 들었겠지. 아, 장사치 속을 알 수가 있나. 찝찝하니 다시는 오지 말자.

그건 그렇고, 드디어 이 물고기를 손에 넣었다! 새 신을 신은 아이처럼 즐거워서 팔짝팔짝 뛰고만 싶은 기분이다. 빚? 생활비? 걱정할 필요 없다. 돈은 또 벌면 되니까. 요즘 세계적인 불황이라 자살하는 사람이 넘쳐난다. 어차피 하나뿐인 목숨을 끊는다면, 기왕이면 한 사람이라도 더 강으로 모여들기를! 나는 바란다. 수면제를 먹은 고통으로 오장육부가 뒤틀리거나, 건물에서 떨어져 수박처럼 머리가 퍽석 깨지거나, 목을 매 혀를 깨물고 오줌까지 지린 채 죽기보단 훨씬 깔끔하니까. 아무쪼록 내 아버지와 물귀신 같은 그년부터.

세상에는 딱 죽어 버렸으면 싶은 인간이 넘쳐난다.

한강 바닥은 추악한 인간의 속마음처럼 더럽다. 아침이면 도도하게 떠오르는 햇살 사이로, 저녁이면 아름다운 아가씨처럼 수줍게 고개 숙이는 석양 아래로, 사람들은 저마다 다르게 강을 즐긴다. 아이를 데려온 부부는 돗자리를 펴고 소풍 분위기를 내는가 하면, 연인들은 바싹 달라붙어 달콤하게 사랑을 속삭이기도 하고, 앞뒤로 열심히 팔을 흔들며 운동을 하는 아주머니 부대도 있다. 그들은 바로 옆에서 한강을 바라보지만, 강 아래는 알지 못한다. 우리가 코앞에 있는 다른 인간의 속 혹은 자신의 마음속을 결코 들여다보지 못하는 것과 같다.

20m 내외 깊이의 한강 바닥에는 축구공, 폐타이어, 낡은 냉장고, 부서진 자동차 등 우리의 버려진 양심이 있다. 상류 지역 홍수로 떠내려왔든, 의도치 않은 사고로 그 안에 빠졌든, 모두가 잠든 밤에 누군가 몰래 버렸든, 오랜 세월 쓰레기는 쌓여 가고 있다. 만약 바닥이 아니라 강 위에 그렇게도 많은 물건이 떠 있다면 우리는 지금처럼 눈에 안 보인다는 핑계를 대며 외면할 수 있을까?

시체를 찾기가 하도 힘들어 투덜거리는 불평이다. 한 치 앞도

가늠하기 힘든 구정물 속을 더듬거리며, 나는 오늘도 시체를 찾고 있다. 한강에 빠진 시체는 어둠 속에서 불쑥 나타나기 때문에 더 무섭다.

오늘 내가 찾는 시체는 두 달 전, 다리에서 뛰어내린 여자다. 평생을 공장 기계처럼 일하다가 명의를 빌려 가 고의 부도를 낸 사장 때문에 회사 빚까지 떠맡은 남편을 둔, 누군가의 아내다. 그녀는 막내의 분유를 살 돈조차 없다며, 이런 세상에서 자식들과 살 자신이 없다는 일기를 남겼다. 그 일기가 유서가 된 셈이다. 그녀가 정말로 그때, 바로 이곳에서 빠져 죽을 계획이었는지는 잘 모르겠다. 불운한 목격자인 택시 기사의 말에 따르면, 그녀는 아이들과 택시를 타고 역시 별 볼 일 없는 친정으로 가는 길이었다. 다리를 반쯤 건넜을 때 휴대폰으로 전화가 걸려 왔고 그녀는 수화기 너머의 남편과 서로 잡아먹을 듯 다투다, 갑자기 한강대교 중간에서 차를 세워 달라며 소스라치게 날카로운 비명을 질렀다. 큰아이 둘이 울면서 엄마에게 매달렸는데, 파리하게 질린 얼굴로 젖먹이를 택시에 둔 채 강만 바라보며 다가갔다고 했다. 비정한 모정이라고밖에 할 수가 없다. 어린 나를 두고 떠나 버린 내 어머니와 같은 부류다. 잔인하고 모진 여자다.

이런 생각을 하며 몇 시간을 헤매고 있지만 여자는 털끝조차 안 보인다. 여자의 남편은 아내의 시체를 어서 빨리 찾아 달라며 내게 매달린다. 눈물, 콧물을 흘리는 모습에 어쩔 수 없이 나는 다시 강으로 내려간다. 한 시간 정도 더 잠수해 보지만, 어제 내린 비로 강물이 불은 데다 안개처럼 자욱한 흙먼지 때문에 더는 머물기가 어렵다. 손목에 찬 푸른 물고기조차 안 보일 정도로 물속 상황이 나쁘다. 나는 섬뜩한 예감에, 악어의 금기를 떠올렸다.

악어에게는 4가지 금기가 있다.

비가 오거나 온 다음 날, 밤에, 또 술을 마셨을 때는 절대 입수하지 말아야 한다. 이 세 가지는 사실 악어뿐 아니라 모든 잠수부가 지켜야 하는, 생존을 위한 기본 법칙이라고 할 수 있다. 다만 한 가지, 악어에게만 해당하는 불문율이 있다. 가부좌를 틀고 앉았거나 물 밖에서처럼 똑바로 선 시체는 억만금을 준다고 꼬시더라도 절대로 건지지 말라는 규칙이다. 늙은 악어들의 세계에서 전해 듣기로는, 그런 시체는 이승에 한을 품어서 저승으로 같이 갈 사람을 찾는다고 한다. 나는 젊은 사람이라 그런 미신 따위에 신경 안 쓰지만 그저 무시해 버리기엔 영 찜찜해서 인터넷을 뒤진 적이 있다. 시체가 선 곳은 암초 때문에 물이 회오리치는 곳이라 위험하다는 어느 잠수부의 논리적인 해석도 있고, 익사한 지 얼마 안 된 시체가 주로 서며, 이때 건지려고 만지면 사후 경련이 일어나서 반사적으로 움직이거나 손을 움켜쥔다는 국립과학수사연구원급 의학적인 설명도 있었다. 마지막 금기를 생각하자 허공 속에서 누가 내 목이라도 조르듯 갑갑해진다. 결국 포기하고 뭍으로 올라서는데 남자가 한강의 괴물처럼 달려들며 소리친다.

"찾아내, 찾아내라고! 마누라 시첼 찾아야 보험금을 탈 수 있단 말이야! 다시 들어가! 들어가라고!"

내 멱살을 잔뜩 움켜쥔 그는 두 눈 가득 눈물을 흘리고 있다.

그의 눈물은 엄마 없이 살아갈 자식들에 대한 안타까움일까, 분유 살 돈도 벌어다 주지 못하고 때리기만 한 부인에 대한 최소한의 미안함일까, 가족을 잃고도 보험금도 타지 못할 지경에 빠진 자기 자신에 대한 연민일까? 나는 문득 궁금해진다.

악어는 사람을 잡아먹을 때 눈물을 흘린다. 오래전부터 인간은 악어의 이 눈물을 '위선'이라고 꿰뚫어 봤다. 천재 화가 레오나르도 다빈치는, 악어는 인간을 죽이고 구슬프게 운 뒤에 언제 그랬냐는 듯 단숨에 먹어 치운다며 악어의 눈물은 위선자의 눈물과 같다고 혹평했다. 최고의 극작가 셰익스피어는 희곡 〈햄릿〉에서, 러시아 대문호 도스토옙스키 역시 소설 《악어》에서 믿을 수 없는 거짓 눈물을 '악어의 눈물'이라고 표현하며 비난한 바 있다. 오늘날에도 악어의 눈물은 적을 해치우고 흘리는 거짓 눈물을 뜻하는 말로 널리 쓰인다.

악어의 눈물, 내 아버지의 눈물.

아버지도 엄마가 세상을 떠났을 때 눈물을 흘렸다. 아버지와 결혼한 지 3년 만에 나를 낳고, 4년 뒤에 죽어 버린 어머니. 어린 나이였지만, 나에게 그날의 기억은 세상에 태어나 처음 막대 사탕을 맛보던 때만큼이나 생생하다. 하나는 달착지근한 행복한 향으로 기억

나는 반면 다른 하나는 케일 즙처럼 쓰고 비릿한 맛으로 기억된다는 차이가 있지만.

흰 리본을 단 검은 자동차를 타고 한참을 달려 도착한 어느 산에서 묵묵히 눈물을 훔치던 아버지와, 엄마를 찾으며 떼를 쓰던 어린 내가 있었다. 그때 아버지 곁으로 다가와 얼굴을 비비던 낯선 여자, 그녀는 울부짖던 나를 따뜻하게 안아 줬다. 엄마를 잃은 아이의 마음을 헤아리는 좋은 사람처럼 말이다. 몇 달 뒤, 그녀는 나의 뜨거운 환영을 받으며 우리 집으로 들어와 어머니가 누웠던 안방을 차지했다. 그렇게 나는 10년이 넘도록 그들의 가면을 보며, 사랑받는다고 착각하며 살았다.

고등학교 1학년 때였다. 어느 날 학교에서 돌아와 보니 안방에서 아버지와 그 여자가 소곤소곤 뭔가를 논의하고 있었다. 내가 곧 성인이 되며, 그러면 어머니가 내 앞으로 물려준 돈을 찾아갈 권리가 생기는데, 막을 방법을 찾자는 얘기였다. 독사처럼 사악한 여자는 죽은 어머니를 향해서도 몹쓸 악다구니를 퍼부었다.

"암에 걸린 돈 많은 바보를 등치겠다는 당신 말만 믿고 7년이나 기다렸는데! 세상 물정도 하나 모르고 매가리 없던 년이 암에 걸린 채로 아이를 낳더니, 지 아들 앞으로 전 재산을 빼돌려 놓고 죽을지 누가 알았겠어? 이제 어떡할 거야, 당신! 당신만 믿고 털어 넣은 내 인생, 어떻게 할 거야, 도대체 어떻게 책임질 거냐고! 입이 있으면 말을 해 봐! 정말로 그년을 사랑이라도 한 거야? 아니지?"

"나는… 내가, 그럴 리가 있겠어?"

온몸이 부들부들 떨려서 하마터면 정신을 놓을 뻔했다. 지옥의 불길로 심장을 지지는 느낌이었다. 그 길로 집을 뛰쳐나가 꼬박 하루를 헤매고 다녔다. 새벽녘에야 정신을 차려 보니 나는 차가운 콘크리트 계단에 쭈그리고 앉아 한강을 바라보고 있었다. 빗살 무늬 얼굴 위로 아침놀과 구름을 띄우며 동쪽으로 유유히 흐르던 강물. 정신을 차리고 보니, 이상했다. 한강은 동에서 서로 흐르잖아? 애꿎은 머리를 쥐어박고, 죄 없는 눈을 아프도록 비비고 다시 봐도 한강은 눈에 보이는 그대로였다. 그제야 나는 인생의 진리를 어렴풋이나마 깨달았다. 살아남기 위해서는 강도, 인간도, 모두 새파랗게 다른 껍데기를 쓰기도 한다는 걸 말이다. 한강은 지구를 휩쓰는 편서풍의 힘에 꺾이지 않기 위해, 서쪽에서 동쪽으로 흐르는 시늉을 하며 겉만 그렇게 보일 뿐이었다.

그날부터 나는 기다렸다. 내게 큰 관심이 없었던 아버지는 그날의 가출을, 사춘기 시절 누구나 겪는 흔한 방황으로 보고 대수롭지 않게 넘어갔다. 나는 어머니가 물려준 내 돈으로, 악마 같은 아버지가 골프 치고, 빌어먹을 여자가 해외여행 다니는 꼴을 보면서 아무 일 없다는 듯 침묵하며 살았다. 2년이 지나 대학에 합격하자마자 나는 짐을 싸 들고 나와 집을 얻고, 강남에서 손꼽힐 정도로 유명한 법률 회사를 찾아가 내 앞으로 된 모든 신탁금을 찾아왔다. 기생충 같은 아버지와 버러지 같은 여자가 그동안 내 신탁금에서 꺼내 쓴 돈은 이미 어머니 유산에서 받을 수 있던 아버지의 몫을 넘은 지 오래였다. 아버지는 넘치게 사용한 돈을 갚기 위해 장기라도 팔아야 할 상황에 처했지만, 나는 화초에 낀 진딧물만큼도 개의치 않았다. 그자들의 추악하고 지저분한 영혼을 담기에는 온전한 몸뚱이조차 과분했으니까.

나는 어머니가 남긴 모든 돈을 써 버리고 싶었다. 아버지로 하여금 자기 영혼과 인생을 담보 잡혀, 거짓으로 결혼하고 어머니의 죽음만을 바라며 살게 만들었던 돈, 돈, 돈!

마약 같은 돈이 나까지 꿀꺽 삼킬 듯했다. 고민 끝에, 나는 명품을 사들이기 시작했다.

건물을 사거나 여자를 만나거나 돈을 쓸 다른 방법도 많은데, 왜 하필 명품이었는지 나도 정확히는 모르겠다. 다만 집이나 건물로 돈의 가치를 남기고 싶지 않았다. 술자리에서는 내가 뿌리는 돈을 보고 달려드는 여자를 보면 한때 내가 새엄마라고 불렀던, 거머리 같은 여자가 떠올라 구역질이 나서 싫었다.

그즈음, 돈을 쓰기 위해 혈안이 되어 있던 나는 각종 사치스러운 파티에서 뿌리부터 부유한 또래들을 만날 수 있었다. 돈에 굶주린 천박한 아버지의 피를 물려받은 나로서는 그들과 함께 있으면, 어느 날 땅값이 뛰어 몇 대에 걸친 부자늘이 사는 동네로 이사 간 졸부처럼 항상 이방인의 기분을 지울 수 없었다. 명품은 그들 속에 자연스럽게 섞여 들게 해주는 동시에 언제든 벗어던져 태워버리면 그만일 순간적인 가치였다. 그러니 명품을 살 수밖에.

나는 어머니의 불행한 죽음으로 얻은 돈으로 몇 년간 최고의 명품만을 걸치며 살았다. 문제는, 어머니의 유산이 다 떨어질 즈음부터 내가 정말로 명품 자체에 빠지고 말았다는 사실이다. 예전엔 명품을 두른 나에 대한 사람들의 부러운 눈빛을 즐겼다면, 어느 순간부터는 거울에 비친 나를 보며 홀로 미소 짓고 있었다. 그러다 지금은 사채업자에게 못 들을 소리까지 들어야 하는 신세에 빠졌지만 뭐, 돈이야 또 벌면 되니까 걱정할 필요는 없다. 오늘 나를 부르는 사람이 있듯, 내일도, 모레도, 내가 찾아야 할 시체는 줄줄이 생길 테니 말이다.

오늘 찾아야 할 시체는 한 달 전 이른 새벽, 다리 아래로 사라진 40대 초반의 젊은 변호사다. 한때 우리 사회에서 최고의 사윗감이라 추앙받는 검사였던 그가 자살한 이유 역시, 지긋지긋한 돈이다. 엘리트 변호사가 처가에서 혼수로 받은 로펌은 1년 동안 손님 대신 파리만 한가득 날렸다. 매년 수백 명씩 쏟아지는 변호사와 강남 골목마다 빼곡히 자리 잡은 로펌 간 경쟁에서, 아무리 검사 출신이라 해도 그다지 실력 없는 변호사가 망하는 건 내가 보기엔 그리 부당한 일은 아니다. 하지만 그에겐 세상이 무너지는 일이었나 보다. 마침내 파산 신청을 한 그는 초·중·고 12년과 대학교 5년, 로스쿨 생활 3년, 검사 생활 2년을 더해, 폼 나는 미래를 꿈꾸며 죽어라 공부만 했던 이십여 년이 무지개 너머로 날아가 버리는 절망에 빠졌고,

더한 수렁에 빠진 아내가 뒤도 안 돌아보고 친정으로 떠나자, 마지막 자존심이 담긴 페라리를 타고 멋지게 한강으로 달려들었다. 대충 이런 사연을 가지고 검은 물속에서 짧은 생을 마감한 변호사를, 나는 파란 물고기와 함께 찾고 있다. 마이너스 통장에 사채까지 둘러멘 나도 시체를 찾으며 열심히 살아가는데, 돈 때문에 죽을 결심을 하다니 안타까울 따름이다.

한데 이상한 노릇이다. 바닥까지 샅샅이 훑어도 불쌍한 변호사 양반의 행방은 알 길이 없다. 한참을 헤매다가 잠시 쉬러 얼굴을 내밀어 보니, 뭍에서 중지하라는 신호를 보내온다. 델마와 루이스가 그랜드 캐니언 아래로 몸을 날리듯 단호하게 강으로 돌진했다던 젊은 파산자가 멀쩡히 살아서, 해외로 튀려다 잡혔단다. 나 참, 막상 죽을 각오로 덤벼들고 보니 강물이 생각보다 차가워서 살아야겠다는 후회라도 든 거냐고! 제길, 자살할 강심장도 없는 그런 놈은 차라리 죽었어야 했는데! 그랬으면 시체 찾은 돈으로 내 파산이라도 늦출 수 있지 않겠느냔 말이다. 사회에도, 남에게도 일절 보탬이 안 되는 루저다.

나는 못 들은 척 다시 자맥질해서 수중 세계로 들어간다. 사람이 살아 있으니 시체를 건지는 값은 못 받을 테고, 수고한 공이라도 조금 더 받으려면 강 속에 한 시간이라도 더 머물러야 한다. 혹시 알아? 운이 좋으면 다른 시체라도 찾을지? 한번은 자식들 간의 유산 다툼이 꼴도 보기 싫어 자살한 노인을 찾다가 성산대교 아래 부서진 의자 위에서 두 돈짜리 24K 금반지를 주운 적도 있다. 실연당한 누군가 순간의 낭만에 젖어 영화에서 본 것처럼 다리 너머로 비싼 반지를 던진 모양이었다. 며칠 안 가 분명히 제 발등을 찍으면서 반성했겠지. 지난번 같은 행운을 바라며 나는 파란 물고기와 함께 강바닥을 뒤진다.

허탕이다. 고장 난 전자시계 하나도 찾을 수가 없다. 그만 나가야 하나? 아니 잠깐, 주변에 시체가 있다. 감이 온다. 이건 순전히 그동안 악어 일을 하면서 얻은 직감이다. 나는 물고기를 좌우로 들이대며 열심히 주변을 두리번거린다. 3m쯤 앞에 뭔가 보인다. 저기다!

물풀에 걸린 너덜너덜한 여자. 두 달 전 강에 뛰어든 세 아이의 엄마다. 며칠 전 내렸던 빗물을 타고 여기까지 떠내려왔나 보다. 그날 나는 아이들을 두고 자살하는 여자는 엄마 자격도 없다며 세 치 혀를 가볍게 찼다. 지금 그녀는 두 눈을 감고 가슴께에 두 손을 모은 채 물풀 위에 그림자처럼 고요히 서 있다.

아, 어머니…. 어린 나를 두고 죽었다고 지금껏 원망만 한 우리 어머니.

이제야 기억난다. 유난히 햇살이 따갑던 날, 돌아보니 그날은 어머니가 세상을 떠나기 며칠 전이었다. 그즈음 부쩍 야윈 어머니는 아무것도 모르던 다섯 살 어린 나를 가슴께에 끌어안고 나비가 날

듯 꿈결 같은 목소리로 말씀하셨다.

"현아, 엄마는 다 알고 있었단다⋯. 하지만 나는, 죽으면 그만일 그깟 재산을 움켜쥐고 잃을까 불행에 떨기보다, 내가 사랑하는 너희 아버지와 함께이길 택했어. 그리고 행복했단다. 너희 아버지도 분명히 나를 사랑했을 거야⋯. 후, 내 죽음을 슬퍼하는 현이 아빠의 진심이 느껴진단다. 무엇보다 널 만났잖아. 암에 걸린 나로서는 상상도 할 수 없던 보물, 너를! 현이 너는 내 기적이었어⋯ 그걸로 충분해. 하지만 이제 내가 죽고 나면 그 여자가 너를 돌보게 될 거야. 강해져야 한다, 현아. 엄마가 죽어서도 널 위해, 아빠가 널 버리지 못하게 지켜줄 거야. 잊지 마. 엄마는 널 사랑한다는 걸⋯ 현이가 다 자랄 때까지 함께하지 못해서⋯ 엄마가 정말 미안해."

죽음보다 더 가슴을 저미는 서글픈 한. 엄마 마음에 맺혔을, 온몸에 퍼진 암 덩어리보다 고통스러운 멍울. 내 목숨이 떨어지기만을 바라던 여자 손에 어린 자식을 남기고 죽어야 하는 비참한 현실. 절망이 아가리를 벌리고 있는 빈곤과 폭력의 벼랑 끝에 세 아이를 두고 죽는 심정⋯. 내 어머니는 강했지만, 물풀 위의 여자는 한없이 약했다. 현실을 받아들이고 온전히 견디는 일은 죽음으로의 도피보다 언제나 어려운 법이니까. 그녀는 살아남을 용기를 기이이 놓아버렸기 때문에, 자기 손으로 자식들을 지옥으로 떠미는 처절한 슬픔을 홀로 감당해야 했다.

용서 못 해…. 하지만 무턱대고 비난하기엔 서러울 정도로 무너진, 가엾은 여자다. 어쩌자고, 그 얼굴 위로 어머니의 가냘픈 얼굴이 흐릿하게 겹친다. 빌어먹을, 수경이 새나 보다. 유리가 뿌예지면서 뜨거운 물이 조금씩 차오른다. 도저히 앞을 제대로 볼 수가 없다.

아, 나는 악어의 금기뿐 아니라, 인간의 금기도 어겼다…. 그녀를, 우리 엄마를 구하기 위해, 먹잇감을 본 악어처럼 사납게 나는 달려든다.

악어가 눈물을 흘리는 진짜 의미를 아는가.
악어가 먹이를 먹을 때 눈물을 흘리는 이유는, 눈물샘 신경과 입을 움직이는 신경이 같아서 먹이를 삼키기 좋도록 수분을 보충하기 위해서다. 인간이 보는 의미처럼 위선적인 행동이 아니라, 생리적 현상이자 본능일 따름이다.
지금, 악어인 내가 흘리는 눈물은 전자일까, 후자일까?
나도… 잘 모르겠다.

알 수 없는 취기가 끓는 물처럼 가슴에서 뜨겁게 올라온다. 나는 어머니를 데리고 나가려 발버둥을 쳐 보지만 어느새 내 발에조차 물풀이 휘감긴다. 벗어나려 두 팔을 휘저어도 비현실적으로 느리게만 움직일 따름이다. 휘적거리다 바위에 부딪힌 왼팔에선 더할 나위 없이 튼튼하다던 명품 물고기가 반짝이던 빛을 잃고 불안하게 깜빡거리기 시작한다. 날카로운 비명을 질러 보지만, 호흡기가 입에서 달아날 뿐 완전한 침묵만이 나를 짓누를 뿐이다.

의식마저 삼켜 버리는 어둠 속에서, 나는 다만 숨이 가빠 온다. 이대로 어머니 곁으로 가고 싶다는 생각이 든다. 착하게만 사셨던 우리 어머니는 천국에 갔겠지. 나 역시 그동안 죽은 사람들을 건졌으니 신의 용서를 받아 천국에 잠시 들를 수만 있어도 얼마나 좋을까? 강물로 뛰어든 변호사가 안 죽고 살았음을 탓하고 더 많은 사람들이 강으로 뛰어들기를 바라던, 아버지와 다를 바 없는 내 지독한 탐욕을… 지금 이 눈물이 씻어 줄 수 있다면 더 바랄 게 없다.

천국에도 바다가 있을까? 그렇다면 은빛 달이 가득한 눈부신 바다에서, 이 세상 어떤 명품보다 편안할 맨몸으로, 어머니와 함께 영원히 헤엄치고 싶다.

아…. 벌써 천국인가. 어머니가, 엄마가 다가온다. 여전히 따스한 엄마 품에서 나는 악어의 눈물을 쏟는다.

문득 한 줄기 빛이 머리 위로 비쳐 오고, 내 몸이 수면으로 가뿐히 떠오른다. 나는 천천히 눈을 감는다. 비로소 날아오를 시간.

어느 고등학생의
사랑 이야기

김재희

현구의 반에 새로운 전학생이 왔다. 이름은 오소임. 아이들은 뒤에서 별명을 오소리, 혹은 소림사라고 불렀다. 모두 이름과 비슷한 발음에서 나온 별명이었다.

전학생 소임은 전학온 지 한 달 가까이 되어도 친구가 거의 없이 조용히 학교에 다녔다.

소임은 점심시간에 혼자서 도시락을 먹고 분홍색 꽃이 그려진 텀블러를 들고 학교 운동장 구석의 느티나무 아래 벤치에서 시간을 보냈다. 눈을 감고 명상을 하는 것 같기도 했다.

현구는 축구를 하다가 그런 소임을 보고 고개를 갸웃했다.

언제부터인가 소임에게 시선이 갔다.

소임은 체육 시간도 종종 빠졌는데, 교실에서 안 보이면 보건실에 간 거였다.

앞머리가 이마를 덮는 덥수룩한 단발에 큰 소리로 말하는 걸 들어본 적이 없었다.

소임은 늘 조용하고 짝인 서이와 조곤조곤 얘기하며 화장실 갈 때 같이 가는 정도로 움직였다.

현구는 전학생 소임에게 약간의 관심이 생겼다. 셜록 홈즈 소설을 좋아하는 현구는 미스터리를 좋아해서 보드게임방에서도 클루게임을 종종 했는데 모든 일에, 특히 사람에게 관심이 많은 편이었다. 소임은 그 자체가 미스터리 같았다.

어느 날 운동장에서 놀다 온 현구는 소임의 자리를 보았다. 그녀는 조퇴해서 보이지 않았다.

'어디가 아픈 건가? 무슨 일이 있는 거지? 왜 조퇴했지?'

반에서 가장 까불거리는 세현이가 말했다.

"우와 대단해. 전학생 오소리. 어떻게 조퇴를 빼냐? 담임이 보통 깐깐한 게 아닌데."

짝 서이가 대신 말했다.

"아프대. 그나저나 오소리는 뭐야?"

"오소임이니까 별명 붙였잖아. 어떤 애는 소임이니까 소림사라고 부르자던데?"

"으이구. 저번에 톡방에서 너희끼리 마구 별명 짓던 거 말이지?"

"응. 네 별명은 이름이 서이니까, 3이야 3."

현구는 반 단톡방에 거의 참여하지도 않고 안 읽고 넘어간 적도 많았다. 학기 초에 형성된 단톡방이라 전학생을 끼워 주지 않았다.

서이가 발끈했다.

"야, 남학생들 함부로 우리 별명 짓지 말랬지. 안 되겠다. 소임이 내가 단톡방에 초대해서 함부로 별명 같은 거 입에 올리지 못하게 해야겠다."

서이가 말은 그렇게 했지만, 그날도 다음 날도 소임을 톡에 초대하지 않았다.

다음 날 현구는 자율학습 시간에 잠깐 교무실에 불려 갔다. 담임 선생님 앞에 단발머리 소임이 앉아 있었다. 교복을 입은 등이 무척 야위어 보였다.

"그래, 소임아. 잘 알았어. 반으로 돌아가도 돼."

소임이 일어나 고개를 푹 숙이고 교무실을 나갔다.

"공현구. 앉아 봐."

"넵. 선생님."

"이번에 시 단위 UCC 공모전이 있어. 학교를 알리는 홍보 영상을 내보내는 건데, 네가 백그라운드 음악 작곡해 봐. 알았지?"

"몇 초나요?"

"3분 내로 영상을 제작하면 되고, 5반의 회장과 의논해 봐. 시나리오와 감독을 맡았으니까. 팀 과제니까 잘 해 봐라."

"네. 알겠습니다."

"참, 공현구. 좀 있으면 머리카락 어깨에 닿겠다."

"에헤. 선생님 학생 인권 침해입니다. 헤어스타일을 품평하는 것은요. 이건 악상을 내려받는 마이 스타일이니깐요."

"아이고, 알아. 그냥 해 본 소리야. 미안하다. 그럼 경쾌한 곡으로 작곡해 봐."

현구는 머리카락을 귀 뒤로 넘기면서 악상을 구상해 보았다.

'어떤 스타일로 만들어야 하나.'

일단 시나리오를 맡은 친구를 찾아가 보는 게 급했다. 분위기를 맞춰야 한다.

교무실을 나가는데 점심시간 종이 울리고 급식실로 빠르게 가는 아이들과 하마터면 부딪힐 뻔했다.

"야! 좀 조심해! 인마."

복도를 나가 급식실로 향하는데 창밖으로 나무 벤치에 앉아 도시락을 먹고 있는 소임이 눈에 들어왔다. 느티나무 아래서 묵묵히 밥을 먹고 있었다. 그리고 여전히 텀블러를 들어서 차를 마시고 있었다.

'흐음, 은근히 따를 당해서 혼자 밥을 먹는 건가?'

아무래도 학기 중에 들어온 전학생을 신경 쓸 친구들은 많지 않았다. 조금은 안타까운 마음이 들었다.

월요일이다. 현구는 알람을 맞춰놨지만, 늦잠을 자다 뒤늦게 일어났다.

"힛! 오늘 주번인데."

일어나 바지를 입고, 가그린으로 입을 대충 헹군 후 고양이 세수를 하고 가방에 책과 필통을 집어넣고 부랴부랴 집을 나섰다.

이른 아침 자전거를 타고 아파트 단지를 나가는 현구의 눈에 소담 카페가 눈에 들어왔다.

푸른색 간판이 인상적인 자그마한 카페는 현구의 이모가 하는 한방차 카페로 쌍화차와 생강차, 대추차 등 다양한 차를 팔았다. 현구는 일손이 바쁜 주말에 알바로 가서 일을 도왔다. 가게 앞을 지나치는데 카페에서 나오던 사람과 부딪칠 뻔했다.

"어어, 조심!"

현구는 자전거를 틀다가 그대로 넘어졌다. 일어나 보니 소임이 텀블러를 손에서 놓친 채 주저앉아 있었다.

"괜찮아?"

소임은 말없이 분홍색 텀블러를 들고 일어나 치마를 단정히 하고 가방을 털었다. 그리고 앞서 걸었다.

"야, 전학생! 오소임! 오소임 맞지?"

현구가 이름을 부르면서 자전거를 타고 따라갔다.

"아니, 그렇게 급하게 나오면 위험하잖아. 나도 자전거에서 넘어져 큰일 날 뻔…."

소임은 억울한 눈빛으로 서운하게 현구를 보았다.

현구는 눈빛에 압도돼 말을 멈췄다. 소임은 총총 뛰어서 교문으로 쏙 들어갔다.

"흐음, 참 별나네."

현구는 자전거를 교문 앞 보관대에 자물쇠 채워 세워두었다.

그리고 부리나케 본관으로 달렸다. 아슬아슬했다. 수업 전에 교실 창문을 열고, 복도를 닦아야 한다.

교실에 간 현구는 소임이 조용히 텀블러에 담긴 음료를 마시면서 책을 읽는 걸 보았다.

'커피 마시나? 참, 이모 카페에는 커피 종류가 많이 없는데. 흐음.'

교실 안에 한약 같은 냄새가 퍼졌다. 현구는 코를 킁킁거리면서 대걸레를 들고 복도로 나가 물을 적셔 바닥을 닦았다.

청소하면서 교실 창문 너머로 소임을 보았다. 무슨 책을 읽는지 보는데 표지에 발레복을 입은 여성이 있었다.

현구는 고개를 갸웃했다. 발레를 배우는 걸까, 궁금했다.

수업이 끝나고 현구는 소임을 조용히 뒤따라가 보았다.

소임이 스터디 카페로 들어가자, 마침 학원 숙제가 밀린 현구도 따라 들어가 공부했다.

소임은 현구를 눈치채지 못했다.

다음 날 현구는 하교 때 소임을 보고 다시 슬슬 따라가 보았다. 소임은 아파트 단지와 상가 건물이 있는 사이로 천천히 걸었다.

그녀는 상가 건물 계단으로 향했다. 현구는 그녀가 발레 학원으로 들어가는 걸 보고 고개를 갸우뚱하면서 돌아 나오다 동네 아는 형을 만났다.

"어? 동우 형!"

"공현구. 여기 학원 다녀?"

"아니, 그냥."

"난 생수 배달하러. 여기 상가 정수기 생수 내가 담당해."

"형? 2층 발레 학원도 배달해요?"

"그럼."

"내가 도울게요."

현구는 그를 따라 생수 한 통을 짊어지고 2층으로 향했다.

소임은 발레 학원에서 천천히 교복을 벗었다. 재킷을 벗고, 블라
우스를 벗자 민소매 티 위로 길게 찢어진 흉터가 보였다. 소임은 분
홍색 흉터를 집게손가락으로 어루만졌다.

그녀는 한숨을 쉬고, 발레복으로 갈아입었다. 발레복 위로도 흉
터는 조금 보였다.

"어쩔 수 없지."

소임은 작게 내뱉었다. 소임의 어머니는 소임이 수술하고 항암
치료를 할 때마다 '하는 수 없지'라고 했다. 매일 눈물을 흘릴 수 없
는 일이다. 치료를 빨리 받아들이고 이겨내는 게 중요했다.

소임은 괴로울 때마다 '어쩔 수 없지'라는 말을 했다.

발레복 위로 드러난 흉은 예쁘지 않았다. 그녀는 머리가 간지러
워 잠시 가발 안으로 손을 넣어 긁다가, 그대로 가발을 벗어 가방
손잡이에 씌우고 가방 앞 지퍼에서 두건을 빼냈다.

항암 치료 때문에 머리카락이 군데군데 빠져 있었다. 엄마는 어

서 머리를 쉐이빙하자고 했지만 소임은 나중에 하자고 했다. 하지만 거울로 본 모습은 좋지 않았다.

차콜색 두건을 쓰고 발레복을 입고 토슈즈를 신은 모습을 거울에 비추어 보았다.

발레 바를 잡고 연습용 클래식 음악을 틀었다.

쇼팽의 왈츠가 흘러나왔다. 소임은 무릎을 굽히는 쁠리에와 드미 쁠리에 동작으로 몸을 풀어주었다. 한참 동작을 연습하다가 점프를 했다. 그리고 오른쪽 다리로 중심을 잡고 왼쪽 다리를 들어서 두 손을 공중으로 높이 들었다. 아라베스크 동작을 하면서 거울을 보는데, 누군가와 눈이 마주쳤다.

"야. 너 공현구! 뭐야!"

"어? 너 내 이름 알아?"

"그래! 공현구잖아."

"미, 미안."

"뭐냐니까!"

현구는 등에 지고 온 생수통을 내려놓으면서 덜덜 떨었다.

"아, 그게. 저… 여기 아는 형 도와주러 온 거야…. 너 따라온 게 아니고."

"너 나 미행했지. 엄마야!"

소임은 그제야 민머리에 두건 쓴 걸 깨닫고 얼른 탈의실로 달려가서 커튼을 치고 머리에 가발을 썼다. 그리고 발레복 위에 카디건을 걸치고 흉터를 가리고 나왔다.

"너 애들한테 내 상황 알리면 죽는다."

"아, 알았어. 절대 안 그럴게."

"앉아 봐. 할 말이 있어. 내가 왜 그런지 설명하면 이해될 거야."

현구는 조용히 거울에 기대 소임과 나란히 앉았다.

"나 사실 암에 걸렸어."

"어? 뭐라고?"

"암이라고."

"그럼 죽는 거야?"

현구가 겁에 질린 눈으로 소임을 보았다.

"바보 같이, 암에 걸린다고 왜 죽어. 지금 치료받는 중이야. 수술은 다섯 달 전에 받았고, 항암 하느라 머리카락이 거의 빠져서 가발 쓰고 학교 다니는 중."

"대박. 아, 아니야. 정말 미안해. 무슨 말을 할지 몰라서."

"눈치 못 챘구나? 나 가발인 거."

"응. 모르겠어. 무슨 암인데? 정말 안 죽는 거 맞지?"

"안 죽어. 치료 잘받으면 5년 후 관해가 된대."

"관해?"

"응. 일반 사람들은 완치라고 말하지. 암 증상이 사라진 상태. 난 여성 호르몬 양성 암이라 지금은 배에 난소 기능을 정지시키는 주사도 맞는다. 주사 맞은 날은 몸이 무척 나른해."

"그렇구나. 그래서 보건실에 자주 갔던 거야?"

"응. 그래서 체육 시간도 빠지고 그랬어. 담임 쌤은 알아. 비밀 지켜주시는 거야."

소임은 손으로 가발 끝을 만지작거리면서 말했다.

"근데, 나 유방암 이름 창피하다."

"왜?"

"왠지 엄마들이 걸리는 암 같아. 난 너무 어리잖아."

"그런데 왜 맨날 소담 카페에 가는 거야? 거기 사실 우리 이모가 하는 데라 종종 유리창 너머로 보고 학교 가는데, 네가 아침에 들리더라."

소임은 꽃이 그려진 분홍 텀블러를 들어 보였다.

"아, 이거? 쌍화차가 잘 맞더라. 사실 한약을 함부로 먹으면 안 되는데, 언젠가 엄마가 쌍화차를 사 오셨는데 나한테 너무 잘 맞고 몸이 따뜻해지고 그랬어. 항암 하고 나선 정말 전신이 아픈데 조금 나아지더라고. 그래서 그 소담 카페에 가서 사 마셨어. 이사 오기 전에는 백화점에 있는 한방차 매장에서 사 마셨고."

"그렇구나."

현구는 몰래 핸드폰 메모장에 '쌍화차가 좋다'라고 입력했다.

"뭐 하는 거야?"

"응. 톡 와서."

"너 내 말 메모하지?"

"어떻게 알았어?"

"내가 눈치 하나는 빨라. 그리고 남한테 미움 사지 않기 위해 노력도 하고. 걱정도 많은 편이야."

"그러니까 암에 걸리는 것 아냐?"

소임은 눈을 흘겼다.

"그런 말 암 경험하는 나에게 실례야."

"미안, 제발 용서해 줘."

현구는 고개를 숙이고 두 손을 들어 빌었다.

"하지만 맞는 말 같아. 스트레스 많이 받는 성격인 거 같아."

"소임아. 이렇게 발레 학원에 내가 들어와 있어도 되는 거야?"

"너 생수 배달하러 온 거잖아. 일어나 봐. 왈츠 상대 좀 해 줘."

"나 못 추는데."

"가만있기만 해."

소임은 현구의 손을 잡고 일으켰다. 그리고 거울을 마주 보면서 발레 자세를 가르쳐 주었다.

"오른발을 앞으로 내놓고 춤을 추듯 경쾌하게 껑충껑충 뛴다는 느낌으로, 두 손도 나처럼 위로 들어봐. 손가락은 앞뒤로 교차해서 까딱까딱 놀리고, 그래그래. 자, 가 보자."

소임은 핸드폰으로 쇼팽의 왈츠를 틀고 앞으로 왈츠를 추면서 나갔다. 현구도 머뭇거리다 따라 했다.

"손 줘봐. 이제 위로, 좀 더 위로 깡총깡총 뛰어오르는 거야."

소임과 현구는 리듬에 맞춰 손을 잡고 왈츠를 추면서 거울 앞까지 나갔다.

그들은 점프를 신나게 하면서 달리듯 다다다다, 거울로 가서 멈췄다.

소임은 현구에게 한참 동안 발레 동작을 가르쳐 주었다. 거울에 기대 앉아 잠시 쉬다가 소임이 갑자기 외쳤다.

"행복한! 유쾌한! 당당한! 용기 있는!"

현구가 놀랐다.

"어? 뭐라고?"

"따라 해. 행복한! 통쾌한! 기쁜!"

"행복한! 통쾌한! 기쁜!"

"심리학자가 쓴 책에서 읽었어. 좋은 단어를 말하면 세로토닌이 잘 나와서 편안해지고 건강해진대."

현구가 주먹을 쥐고 크게 외쳤다.

"건강한! 자랑스러운! 활달한! 텐션 업! 건강한! 건강한! 건강한 소임이!"

소임이 크게 웃었다.

"고마워. 건강한 오소임! 건강한 공현구!"

현구도 외쳤다.

"건강한 오소임! 오소임! 오소임!"

다음 날, 현구는 복도로 불러낸 소임에게 지퍼백과 대형 텀블러를 주었다.

"이게 뭐야?"

"찾아보니까 몸이 따뜻한 게 암에 좋대. 이건 쌍화차. 내가 이모네서 받아 왔어."

"쉿, 조용히 해. 애들 들어."

소임은 지퍼백을 열었다. 캐릭터가 그려진 자그마한 핫팩이 여러 개 들어 있었다.

"나, 괜찮은데. 핫팩 잘 쓸게."

"우리 이모네 카페서 쌍화차 마실 때마다 쿠폰 주는데 네가 바빠서 안 받아 갔다고 이모가 전해주래."

소임은 등교할 때 쿠폰 도장을 바쁘다고 찍지 않았다.

그런데 현구가 건네는 쿠폰 찍는 작은 종이에는 도장 10개가 찍혀 있었다.

"이거, 다 됐다고 한 잔 무료로 주신대."

"너 이모한테 내 얘기 자세히 한 거 아니지?"

현구는 두 손을 들어 저었다.

"아니, 전혀. 그냥 네가 나랑 같은 반이라고만 했는데 이거 전달해 주라는데? 나 이모네 카페서 주말 오후에 알바하거든. 놀러 와."

소임은 지퍼백과 텀블러를 들고 교실로 들어갔다.

토요일, 현구는 앞치마를 두르고 카페 안을 청소하고 손님들을 맞으면서 누군가를 기다렸다.

화장실에 다녀왔는데 손님이 있었다. 단발머리다. 앗! 소임이.

"소임아."

단발머리가 뒤돌아보는 데 아니었다.

"엇, 죄송합니다. 제가 아는 사람인 줄 알고요. 뭐 주문하시겠어요?"

일요일, 현구가 오후에 알바하면서 참고서를 보며 공부하는데 문이 열렸다. 앙증맞은 종에서 딸랑딸랑 소리가 났다.

소임이었다.

현구의 입꼬리가 하늘 높이 올라갔다.

"헤, 왔어? 오소임. 내 친구!"

카페 안에 있던 손님들이 쳐다보자 현구는 뒤통수를 긁적거렸다.

"쌍화차 시킬 거지?"

"아니, 오늘은 저번에 네가 준 10개 쿠폰으로 생강차 마실게."

"응. 알았어."

현구는 이모가 만든 수제 생강청이 든 병의 뚜껑을 열어서 스푼으로 크게 떴다. 그리고 생강청을 뜨거운 물에 넣고 스푼으로 잘 풀었다.

소임은 생강차를 받아 가장 구석에 가서 앉았다. 그리고 노트와 태블릿을 꺼내서 인터넷 강의를 들었다. 현구는 손님들이 나가자 소임에게 다가갔다.

"어? 미적분 부분 진도 안 나갔잖아? 선행하는 거야?"

소임이 이어폰을 빼고 웃으면서 말했다.

"쉿, 비밀인데 나 너희들보다 한 살 많아. 수술하고 항암 하느라 학교를 반년 넘게 쉬다 병원 근처로 전학해 와서 같이 다니는 거야."

"아, 그렇구나. 그럼 누나인데…."

"후후. 특별히 친구 사이로 해 둘게. 학교에서 소임이라고 불러. 애들한테 내 나이 말하지 마. 가뜩이나 불편한 말수 없는 친구인데 나이까지 많아 봐. 완전히 뭔가 있겠다 싶어 관심 두지 않을까? 지금처럼 은따가 좋아. 그냥 조용히 묻히는 벽지나 책걸상 같은 반 학생이 되고 싶다."

"누나, 아, 아니 소임아. 네가 왜 은따야. 엄연히 내가 친구인데."

"고마워, 그건. 콜록콜록."

"어? 기침하는 거야?"

현구는 항암 하는 중에는 항암제가 암세포뿐 아니라 정상 세포도 공격해 면역력이 굉장히 중요하다는 걸 나무위키에서 읽었다.

"잠깐 기다려."

현구는 냉장고를 열어 레몬을 꺼내 껍질을 까서 믹서에 넣었다. 그리고 커피머신에서 뜨거운 물을 스팀으로 컵에 받았다. 치이이이 증기 빠지는 소리가 요란했다. 현구는 컵에 레몬 간 것을 넣고 꿀을 두 스푼 넣었다.

"자, 마셔 봐. 내가 감기 걸리면 이모가 레몬 갈아서 스팀으로 물 받아서 꿀 넣고 준다. 그런데 신기하게 감기가 떨어져 나가. 뜨거워, 조심해. 호~."

현구는 차를 식히면서 조심스레 건넸다.

소임은 레몬차를 받아 아주 조금씩 음미하면서 마셨다.

"진짜 괜찮은데."

"그렇지, 신기하지?"

"응. 공현구, 너 쫌 바리스타 같다."

"이미 바리스타야, 자격증은 없지만. 토, 일 주말마다 와라."

"후후, 모르는 거 있음 물어봐. 그래도 내가 너보다 많이 배웠으니까."

"넵. 알겠습니다. 소임 선생님."

"근데 노래 뭐냐. 엄청 좋은데?"

현구의 얼굴이 붉어졌다.

"정말? 내가 작곡한 곡. 샘플로 쓸 수 있게 백그라운드 뮤직으로 만들어 봤어. 그런데 아직 사겠다는 가수는 없었음."

"어쩐지, 그래서 머리를 길렀던 거야? 예술가니까?"

현구는 귀밑머리를 손으로 쓸어내리면서 젠체했다.

"설마, 이건 그냥 미장원 가기 귀찮아서. 하지만 이 머리 때문에 뮤즈가 내려오기도 해. 그분이 오는 날 엄청나게 작업한다고."

"그렇구나. 난 부러워, 네 머리카락이."

현구는 입을 다물었다. 소임에게 머리 자랑은 금물이다.

다음 주말, 소임은 현구가 일하는 시간에 카페에 와서 공부했다. 그날따라 날이 좀 더웠다. 소임은 가발 속에 손을 넣어 긁었다.

"에어컨 켜 줄까?"

"감기 걸리면 안 돼. 항암을 하면 면역력이 약하거든. 맞춤 가발은 너무 꼭 끼어서 간지러워."

"헤, 맞다. 가발인 걸 까먹었어."

"카페 문 닫을 시간이지?"

"응."

어느덧 시간은 9시가 넘었다. 창밖으로 어둠이 내려앉아 있었다.

"블라인드 내려봐."

현구는 의아해하면서 블라인드를 내렸다. 소임은 카페 문을 잠 갔다. 현구는 긴장했다.

"친구니까 너한테만 보여주는 거야."

소임은 천천히 가발을 반만 벗었다. 머리가 빠져 듬성듬성한 게 보였다.

"유방암 환우들이 모인 카페에서는 골룸이라고 해. 스스로를. 후 후, 웃기지."

현구는 웃을 수 없었다. 소임은 다시 가발을 썼다.

"나만 10대고 다들 20대, 30대, 40대 이상이야. 나 같은 케이스 는 정말 몇십만 명 중 하나래."

현구는 아무 말도 못 하고 고개를 끄덕였다. 카페에는 잔잔한 음 악이 흘렀다.

"그런데 지금은 괜찮아. 의사 선생님이 고칠 수 있대. 오래 살 수 있고, 치료 잘 받으면 재발이나 전이 없이 살 수 있대."

현구는 소임의 눈을 보는 게 쉽지 않았다. 누구보다 건강한 자신 이 미안하다는 생각이 들었다.

다음 날 학교에서 청소 당번을 하던 현구에게 톡이 왔다.

– 당신을 오소임의 쉐이빙 파티에 초대합니다.

가발을 편하게 쓰고 두피 케어를 위해 머리를 전체적으로 밀 예정입니다. 쉐이빙은 일명 삭발이라고 하지만, 스님들이나 군인 아저씨들처럼 해야 된다네요.

이번 주 금요일 오후 6시 해바라기 상가 4층의 힐링 가발 스튜디오로 오세요.

소임의 톡 메시지를 받고 현구는 놀랐다. 하지만 스케줄 앱을 열어서 시간을 저장했다.

쉐이빙 파티가 열리는 날, 현구는 플라워 숍 앞에서 한참을 서성였다. 졸업식처럼 꽃이라도 들고 가야 할 것 같았다.

"이 꽃으로 주세요."

현구는 파스텔색 예쁜 꽃다발을 샀다. 손에 꽃을 들고 가는 게 계면쩍었지만 늦지 않게 가야 했다. 힐링 가발 스튜디오에 도착해 옷매무새를 만지고 조용히 문을 열었다.

"소임아."

현구가 소임을 찾자 중년 남성이 나와 안내했다.

"어떻게 오셨죠?"

"소임이 친구인데요."

"들어와요."

남성이 안내해서 안쪽으로 들어가니 미용실 같은 장소가 나왔다. 진열대에는 긴 머리, 짧은 머리 등 온갖 스타일의 가발이 전시

돼 있었다.

소임은 가운데 의자에 앉아서 현구를 돌아보았다.

"진짜 왔구나."

이때 뒤에 서 있던 중년 여성이 다가와 현구에게 인사했다.

"소임이 친구죠? 나 소임이 엄마야. 맨날 현구, 현구 얘기하는데 잘 와줬어요."

"엄마는 참, 그만 얘기해."

미용사가 다가와 소임에게 말했다.

"이제 쉐이빙 진행해도 될까요?"

"네. 친구가 와서 보니까 마음이 편해요."

"어, 잠깐만요. 여기 꽃."

소임은 현구에게 꽃을 받고 환히 웃었다.

"고마워…."

미용사가 소임의 가발을 벗겼다. 군데군데 빠진 소임의 머리가 드러났다.

"그럼 시작할 게요."

미용사는 이발기로 소임의 머리를 정성스레 밀었다. 현구는 놀랐지만 애써 담담한 척했다. 소임의 엄마는 손수건으로 눈물을 닦았다

천천히 두피를 정리해 드디어 한 올의 머리카락도 없게 되었다.

소임은 눈시울은 붉었지만, 미소를 지었다.

"다시 태어난 것 같아요. 항암 하면 노인처럼 아픈데 이제 아기

가 된 것 같아요."

미용사가 고개를 끄덕였다.

"항암 마치면 더 예쁘게 머리카락 자라니까 걱정하지 말아요."

미용사는 소임의 머리를 감기고 수건을 적셔 잘 닦아 주었다.

말끔한 소임의 머리에 가발을 씌우고 이번에는 가발 머리를 다듬었다.

소임은 현구에게 다가와 가발을 벗고 민머리를 드러내 보였다.

"나 어때?"

현구는 머뭇거렸다.

"어, 어. 그게 저…."

"말해보라니까."

"예뻐."

"공현구! 장난치지 말고. 빡빡이가 뭐가 예쁘냐?"

미용사가 다가왔다.

"정말 예뻐요. 내가 쉐이빙해 준 손님 중 탑 쓰리에 들어요. 두상이 이렇게 동그랗고 부드러운 사람은 많이 없어요. 정말 예쁘니 걱정 말아요. 지금처럼 한 달에 한 번은 들러요. 가발 세척하고 정리해 줄게요."

"네. 알겠습니다."

소임의 엄마가 다가와 정중하게 인사했다.

그리고 그들은 근처의 샤부샤부 가게에 들어가 식사를 했다. 1인용 냄비가 나와 입맛대로 먹는 식당이었다. 소임은 현구에게 채소를 권했다.

"채소 많이 먹어야 좋대. 이제 건강 프로그램 맨날 본다. 후후."

"나도 많이 알려줘."

"그럴게."

"현구 학생. 많이 먹어요. 오늘 와 줘서 정말 고마워요."

"네. 어머니."

그날 밤 현구는 망연히 책상에 앉아 음악을 들었다. 귀에는 빠른 힙합 음악이 들렸지만 머리는 공허했다.

'다시 태어나는 느낌이라는 건 어떤 걸까.'

토요일, 현구는 카페에서 일하다 앞치마를 벗었다.

"나갈 준비하자. 오늘은 이모가 와서 마감하신대. 이모 친구들 저녁에 카페에 놀러오신대."

소임은 책을 챙겨 배낭에 넣었다.

현구는 이모가 카페에 들어오자 소임과 인사를 하고 나섰다.

"자전거 타고 공원에 갈래? 오늘부터 벚꽃 축제한다던데…."

"그럴까?"

현구는 가방에서 접이식 헬멧을 빼서 소임에게 건넸다.

"이거 빌려줄게."

"너는?"

"괜찮아. 뒤에 앉아서 꽉 잡아라."

"오키."

현구는 아주 천천히 자전거를 출발시켰다. 소임은 느릿한 자전거 안장에 앉아서 현구와 이어폰을 나누어 꼈다. 모차르트의 왈츠가 흘러나왔다.

"무슨 음악이야?"

"발레 연습할 때 듣는 음악."

소임은 하늘에서 내려오는 꽃비를 손등으로 받았다. 아름다웠다.

공원에 도착해 자전거에서 내렸다. 현구는 소임의 헬멧을 받아서 가방에 넣었다.

"건강에는 운동이 중요하대. 같이 산책하자."

현구의 말에 소임은 환하게 웃었다. 공원 입구에서 김밥과 음료수를 사서 한참 걸어서 능선에 올랐다. 시원한 바람이 그들의 뺨에 스쳤다.

저 아래 잔디밭과 광장을 보다가 멀리 아파트촌을 보았다.

"아름답다."

노을이 지고 있었다. 소임은 나직하게 말했다.

"저번에 너한테 세이빙 파티에서 다 공개한 거 얼마나 후련한지 알아? 암에 걸린 걸 고백하는 걸 암밍 아웃이라고들 하는데, 주변 사람들에게 암에 걸린 걸 숨기는 사람이 많아."

현구는 조심스레 물었다.

"나랑 가족들 말고는 아무도 모르는 거야? 치료받는 거."

"아니. 전에 다니던 학교 친구들은 몇몇 알아. 친척들도 알고, 담임 선생님도 아셔."

현구는 음료수를 따서 소임에게 건넸다. 소임은 한 모금 마셨다.

"저번에 쉐이빙 파티에서 다시 태어나는 느낌 같다고 했잖아. 어떤 느낌이야?"

"항암을 하면 몸은 할머니, 할아버지처럼 무겁고 근육통이 있어. 그런데 머리카락은 없으니 아기 같고 기분이 묘해. 그러니까 노인으로 돌아가고 다시 태어나는 그런 느낌이 들었다는 거지."

현구는 고개를 끄덕였다.

"지금은 좀 어때?"

"오늘 괜찮아. 항암 하고 첫 일주일이 힘들고 그다음 주부터는 좀 나아지더라고."

"그런 거구나."

"그러니까 너무 신경 쓰지 마. 요즘은 괜찮아."

소임은 1년 전이 떠올랐다.

"소임아. 엄마 유방외과 가서 초음파 검사받는데 같이 가자."

엄마가 10년 전 유방암 수술을 받은 건 알고 있었다. 그날 소임은 엄마를 따라갔다가 마스토 체크라는 유방암 고위험군을 판단하는 피검사를 신청했다.

"선생님. 제가 10년 전에 암을 앓아서 소임이도 조기 검진 할 수 있으면 해보려고요."

"잘 생각하셨어요, 어머니."

의사는 소임의 팔에서 혈관을 조심스레 찾았다.

"주먹 쥐고 힘을 줘봐요."

소임의 붉은 피가 주사기 안으로 들어가고 있었다.

보름이 지나 병원을 방문해 고위험군으로 판단된다는 소견과 함께 초음파를 진행하고 악성 종양으로 의심되는 부분이 있어 조직 검사를 진행했다.

검사 결과가 나오기까지 일주일을 소임과 엄마는 전전긍긍하면서 기다렸다.

결과는 악성 신생물로 나왔다. 외국에서 일하시는 아빠가 소임의 유방암 수술에 맞춰 귀국했고, 소임은 생각할 겨를도 없이 대학병원에서 MRI 등 각종 검사를 마치고 의사 선생님의 수술 스케줄에 맞춰 수술을 받았다.

그리고 항암을 시작하게 된 거였다. 다니던 학교는 휴학계를 냈고, 수술 후에 항암을 하면서 쉬었다. 그리고 병원 근처로 전학하게 된 것이다.

소임은 수술 일주일 후 반창고를 뗄 때 정말 깜짝 놀랐다. 왼쪽 가슴 위에 10cm가 넘는 수술 상처가 붉게 나 있었다. 상처는 사선으로 내려오다가 둥글게 끝을 맺었다.

정말 속이 상했다. 생각지 못한 일이었다.

나중에 엄마에게 들으니 종양 크기보다 더 넓게 조직을 채취하기 위해 크게 절개한다는 것이었다.

소임은 너무나 두려워서 자기 전 잠옷으로 갈아입거나 샤워하고 거울 앞에 설 때 차마 상처를 보지 못했다. 몸도 매일 무겁고 피곤

했다. 항암으로 인해 토할 것 같고, 무기력감에 근육통 그리고 열감에 시달렸다.

고열이 지속되면 응급실로 달려갔다. 엄마가 일 보러 가시면 혼자서 응급실에 가서 전화하기도 했다.

"엄마, 아파. 아파. 아프다고! 엉엉."

암을 진단받고도 한 번도 울지 않던 소임이었지만 어느 날 밤, 온몸이 침대로 꺼지는 듯한 고통을 겪으면서 밤새 아이처럼 울부짖었다. 엄마는 소임의 손을 잡아주고 같이 침대에서 잤다.

아빠는 다시 외국으로 일하러 나가셨고, 소임은 담담하게 항암을 겪어 나갔다.

그리고 전학 가서 처음 등교하던 날, 소임은 가발을 썼지만 그래도 일상으로 돌아간다는 마음에 너무도 행복했다.

하지만 학기 중간에 들어간 조용한 전학생에게 관심을 갖는 친구들은 거의 없었다. 옆에 앉은 서이가 말을 걸어주고 같이 다녀 주기도 했지만 외로웠다.

소임은 채소 위주의, 암환자에게 좋은 식단으로 엄마가 싸 주는 도시락을 들고 다녔다.

아이들이 재잘거리며 급식실에 갈 때 운동장 느티나무 구석에서 몸을 따뜻하게 해주는 쌍화차와 조용히 도시락을 먹는 게 마음이 편했다.

이제는 항암도 몇 번 안 남았고, 호르몬 요법과 난소 기능 억제 주사를 맞으면서 학교생활에 적응해 나가야 하지만 재발의 걱정도 있고, 약물치료의 부작용에 아직도 체육 시간은 선생님들의 허락을 받아 빠지고 있었다.

'아이들은 나에 대해 뭐라고 생각할까. 이 병은 왜 이렇게 치료법을 이겨내는 게 힘든 걸까.'

소임이 깊게 가라앉을 때 가슴의 수술 상처는 찌릿하면서 전기가 오르는 듯 고통을 주었다. 신경절이 끊어진 부분은 아직도 소임이 유방암 환자임을 알려 주었다.

그런데 지금은 그 고통의 긴 시간을 지나 치료가 익숙해지고 공현구라는 비밀을 오픈할 수 있는 친한 친구도 생겼다.

생각에 빠진 소임의 손을 현구가 살짝 잡았다.

"내가 지켜줄게, 비밀."

"응?"

소임이 현구를 바라보았다.

"네가 치료받는 동안 힘든 거 있으면 얘기해. 도와줄게."

소임은 배시시 웃었다.

"지금도 너무 고마워. 괜찮아. 환자 취급하면 이 누나한테 혼난다. 알았지?"

그들은 나란히 앉아 해가 지는 걸 보았다. 시원한 바람이 뺨에 와 닿고 주황색 하늘에서 슬그머니 어둠이 내려왔다.

며칠 후 단체로 수영 수업을 하는 날이 왔다. 소임은 이날이 무척 걱정됐지만 그래도 수업에 참석하려고 했다.

모두 탈의실에서 수영복을 갈아입고 나왔다. 소임은 집에서 교복 안에 래시가드 수영복을 입어 가슴 흉터를 감추고 화장실로 가서 가발 위로 방수 수영모를 썼다. 탈의실서 나온 여학생들은 남학생들이 쳐다볼 때마다 소리를 지르고 야유를 보냈다.

현구는 소임이 걱정됐지만 다행히 소임은 물에 잠깐 들어가 있다가 선생님의 허락을 받은 후 의자에 앉아 지켜보았다.

그날 밤 단톡방에 수영 수업 이야기가 나오다가 소임에 대한 이야기로 화제가 전환되었다. 현구는 숨을 죽이고 톡방을 지켜보았다.

– 야, 근데 오소리 말이야.
– 응. 소림사?
– 왜? 뭥미?
– 가발 같지 않냐?

현구는 숨이 턱 막혔다.

– 에이, 설마….
– 진짜야. 내 눈썰미 알잖아. 나도 가발 사고 싶어서 얼마나 쇼핑몰 사진을 들여다봤는데.
– 아니다에 돈 건다. 10만 원, 아, 아니, 5만 원~
– 근데 수영 수업에 거의 물에 안 들어온 것도 그렇고 수영 모자

도 화장실 가서 쓰고 오던데? 좀 이상하긴 해.

– 헐, 정말?

다행히 이야기는 다시 시험과 축제에 관한 이야기로 흘러갔다.

현구는 가슴을 쓸어내렸다. 톡방을 닫고 컴퓨터 앞에 앉았다. 매일 짧은 음악을 작곡해 유튜브나 인스타그램에 올리는 게 일과다. 최근에 악상들이 떠올랐다. 제목은 〈Duty〉였다. 해야 할 의무라는 뜻이지만 한국어 해석으로는 '소임(所任)'이다.

소임을 떠올리면서 가사도 적어 나갔다.

너에게 나는 어떤 의미로 다가가는지 모르겠어.

그냥 친구일 수도 아니면 같은 반 친구일 수도

근데 최근에 너에게로 시선이 가.

학교에서 네가 조퇴한 날은 수업에 집중이 안 돼.

너와 같이 다니면서 네가 춥지는 않은지

그날의 컨디션이 어떤지 신경이 쓰여.

내 소임은 너를 지켜주는 그런 게 아닐까?

현구는 가사를 적어 나가면서 얼굴에 홍조가 올랐다. 곡을 피아노 건반으로 쳐서 기타 음을 입혀 녹음을 끝마쳤다. 그리고 유튜브에 올렸다. 며칠 후 현구는 뜻밖의 메시지를 받고, 천장으로 높이 손을 들고 뛰어올랐다.

일요일, 소임은 현구가 알바하는 소담 카페에 와서 쌍화차를 주문하고 노트북으로 조별 과제를 하고 있었다. 카페에서는 힙합 음악이 흘러나왔다.

"어? 이 곡 뭐야? 되게 신난다."

"후후. 제목은 〈Duty〉. 의무라는 뜻이지. 누군가를 지켜주는 사나이에 관한 곡이야. 메이드 바이 공현구! 나의 신곡이지."

"그래? 정말 귀에 딱딱 꽂힌다. 노래도 누가 불렀으면 좋겠는데."

현구가 눈을 크게 떴다.

"참, 연락 왔어. 인스타 메시지로. 내 곡을 쓰고 싶다면서 홍대 앞에서 버스킹 공연할 테니까 오라는 거야. 힙합 가수는 제이저크버그인데 언더 씬에서는 꽤 유명해. 내 곡을 부르겠대. 나중에 음반으로 내면 저작권 사용료도 정산해 준대."

"대박이다! 정말? 공연이 언젠데?"

"금요일 밤. 나 초대받았어, 같이 갈래?"

소임은 잠시 망설이다 답했다.

"가고 싶어. 홍대."

"그래, 같이 가자. 근데 괜찮을까? 면역력이 떨어지잖아. 항암할 때는."

"아, 많이 올라왔어. 백혈구 수치 괜찮아. 나 아직 스물도 안 된 팔팔한 청춘이라고! 하하. 이 녀석이, 누나라고 어르신 걱정하는 거야? 장난쳐?"

현구는 소임과 약속을 잡고 헤어졌다.

약속한 날, 소임과 현구는 전철을 타고 홍대로 향했다. 금요일 밤 홍대는 인파로 북적거렸다.

홍대 놀이터에 도착한 현구는 주변을 두리번거리면서 톡을 했다.

레게머리를 하고 힙한 옷을 입은 남자가 현구의 등을 탁, 쳤다.

"공현구 작곡가님."

"아, 영광입니다. 제이저크버그 님!"

"그냥 형이라 불러. 이리 와요. 완전 VIP석을 마련했어. 어? 누구? 여친?"

현구가 당황하는데 소임이 나섰다.

"네. 맞아요."

"예쁘다. 이 친구 능력자네. 전생에 나라를 구했나. 앞으로 나라에 세금 더 내요."

"아, 네."

현구와 소임은 벤치에 앉아 힙합 그룹의 공연을 보았다.

현구는 자기가 작곡한 곡을 가수가 부르자 하늘에 높이 떠 있는 것 같았다.

소임이 추운지 몸을 조금 떨자, 현구는 점퍼를 벗어서 어깨에 걸쳐주었다.

"고마워."

"내일 카페로 가져와라, 옷."

소임이 미소를 지었다. 현구는 공연 중간에 편의점에 가서 초 코라떼를 사 왔다. 쌍화차를 팔지 않아서 따뜻한 음료를 찾아 사 왔다.

"자, 마셔."

"응. 너무 좋다. 나 아프고 나서 콘서트 한 번도 못 갔어. BTS 좋 아해도 면역력 때문에 갈 수가 없어. 몸도 아팠고. 진짜 길을 걷는 데 할아버지처럼 여기서 저기를 건너갈 수 있을까, 라는 생각도 들 더라."

현구는 어깨에 소임의 머리를 기대게 했다. 그들은 일어나 춤을 추기도 하면서 공연을 한참 즐겼다.

그날 밤 현구는 소임을 집에 데려다주고, 가볍게 소임의 손을 들 어 입을 맞추고 소원을 빌었다.

"아프지 말아야 해. 내일 카페로 와."

"오키, 들어가라. 공현구."

다음 날, 현구는 카페에서 일하면서 소임을 기다렸지만 그녀는 전화도 안 받고 연락이 없었다. 현구가 보낸 톡을 소임은 읽지 않 았다.

밤에 소임에게 다시 전화했는데 소임의 엄마가 받았다.

"여보세요. 소임이 친구 현구인데요."

"아, 현구 학생. 소임이 응급실 와서 대기하다 입원했어요."

"네?"

"금요일 밤에 어디를 갔다 왔는지 전화도 안 받고 밤늦게 들어왔는데, 밤중에 열이 올라서 갑자기 응급실 갔어요. 누구랑 놀았냐고, 어디 다녀왔느냐고 물어도 입을 안 열어. 그러다 열 좀 내리고 지금은 잠자고 있어요."

"정, 정말요? 어, 어머니. 죄송해요."

"어? 아니 왜? 전화 끊어야겠네요. 의사 선생님이 오셨어요. 참 소임이가 현구 학생 옷 전해달라고 해서 방에 놔둔 게 있는데, 언제 집에 들러요."

그렇게 전화가 끊겼다. 현구가 소임이 다니는 병원에 문병할 수 있는지 알아보니, 코로나바이러스 감염 방지를 위해 면회가 안 된다고 했다.

현구는 발을 동동 구르고 속이 탔다. 컴퓨터를 켜고 작곡을 하려 했지만 눈에 들어오지 않았다.

월요일에 소임은 결석했다. 현구는 속이 타올랐지만 아무 말도 할 수 없었다. 엇! 그런데 소임이 톡을 읽었다.

- 괜찮아?

소임은 다시 읽지 않았다.

화요일, 소임이 학교에 나왔다. 소임은 말없이 자리에 앉아 있었다. 현구가 다가가는데 수업 시작을 알리는 종이 울렸다.

그날 체육 시간에 현구는 배탈이 났다고 하면서 보건실로 갔다.

보건실에 소임이 누워 있었다. 현구는 보건실 선생님에게 약을 받아서 먹고 그 옆 침대에 누워 커튼을 슬며시 쳤다. 현구가 작게 말했다.

"똑똑, 노크합니다. 저기, 소임아. 괜찮아?"

커튼이 살짝 열렸고, 그 틈으로 소임의 반달처럼 웃는 눈이 보였다.

"공현구. 너 완전 꾀병."

"아니야. 배가 살살 아파."

"괜찮아. 걱정하지 마."

"미안해."

"무슨, 그날 그냥 아팠던 거야. 버스킹 공연 봐서 그런 거 아니야. 나 이제 겨우 고등학교 2학년이야. 앞으로 아무 일도 안 하고 못 하면서 살지 않아. 물론 무모하게 해서는 안 되지만…. 하여간 그래. 후후. 걱정 마, 공현구. 그런 건 너에게 안 어울린다. 넌 그냥 신나게 축구하고 작곡하고 그런 게 어울려."

현구는 마음이 무거웠지만 소임이 커튼 사이로 슬그머니 내미는 손을 잡았다.

마음속으로 '지켜줄게, 소임아'라고 말했다.

소임은 현구와 눈을 마주치다 그대로 잠에 빠져들었다.

다음 날 오후, 세현과 영택이 반에서 축구공을 슬슬 주고받으면서 노는데 소임이 자리에서 일어나 화장실에 가려다 그만 축구공에 걸려 넘어졌다.

바닥으로 넘어진 소임은 가발이 삐뚤어지자 손으로 가다듬었고, 그러다 그만 가발이 벗겨졌다.

아이들은 놀라서 입을 다물고 상황을 지켜보았다.

세현이 키득대면서 말했다.

"앗싸, 내가 이겼다. 돈 줘. 거 봐, 가발 맞지?"

현구는 소임을 일으켜 주려다 소임이 흐느끼는 걸 알고 그만 놀라서 멈추었다. 소임이 일어나 교실 밖으로 빠르게 나가는데 세현이 다가와 말했다.

"공현구. 돈 받으면 한턱낼게."

현구는 너무 화가 나 세현의 얼굴에 주먹을 날리고, 가발을 주워 들고 교실 밖으로 나와 소임을 찾았다.

느티나무 아래 소임이 등지고 서 있었다. 현구는 복도 창문으로 보고 달려가 소임에게 다가갔다.

"소임아, 괜찮아…."

소임은 엉엉 울면서 현구의 등을 손바닥으로 다다닥, 쳤다.

"엉엉, 정말 괴롭고 힘들어도 참았어. 그런데 가끔 이래. 마음이 요동쳐…. 흑흑…."

현구는 말없이 맞아주었다.

"나 때려도 돼. 그만 아파라. 제발…."

소임은 눈물을 닦고 울음을 그쳤다.

"내 상처 볼래?"

"응?"

현구의 눈이 동그래졌다.

"눈 감아봐."

현구는 눈을 감았다.

소임은 블라우스 단추를 천천히 풀었다. 민소매 티가 살짝 보이면서 붉은 흉터가 보였다.

"이제 눈 떠 봐."

현구는 눈을 뜨고, 놀랐다.

"아팠겠다. 정말."

"이거 엄마 빼고는 처음 보여주는 거야. 아빠도 못 봤어."

현구는 긴장된 얼굴이었다.

"어때?"

"소임아. 너 정말 대단해. 어벤져스 히어로 같아. 큰 수술의 고통도 이겨낸 거잖아."

"마취했지만, 깨어났을 땐 정말 춥고 아팠어."

"나이키 로고 같기도 한데?"

소임이 쿡쿡 웃었다.

"정말 비슷해. 밑으로 가면 둥근 형태야."

소임은 단추를 잠그면서 눈을 마주쳤다.

"공현구. 이 흉터는 진짜 비밀이다."

"어, 알았어."

소임은 현구와 새끼손가락을 걸고 약속했다.

다음 날 소임은 학교를 빠진다고 했다. 현구는 소임의 집으로 자전거를 타고 향했다.

바람이 선선히 부는 청명한 날씨였다. 현구는 자전거에서 내려

소임의 집에 들어갔다.

"어머니. 안녕하세요?"

"현구 학생. 이렇게 와 줘서 고마워요. 들어가 봐요."

소임은 침대에 누워 있었다.

"나 오늘 학교 안 갈 거야."

"가자. 내가 옆에 있어 줄게."

소임은 작게 숨을 내쉬고 침대에 일어나 앉았다.

"생각 좀 해 보고."

"학교 가기 전에 잠깐만, 보여줄 게 있어."

현구는 헬멧을 벗어 보였다. 그의 빡빡 민 머리가 드러났다.

"머리 뭐야?"

"이제 아침마다 학교에 같이 가자. 어제 미용실에서 밀었어."

"머리카락에서 음악 나온다면서."

"그거 그냥 하는 소리였어. 어서 교복 입고 가발 써. 돌아 있을게."

소임은 침대에서 천천히 나왔다. 눈가에 눈물이 맺혔다.

"야, 공현구. 너 뒤돌아보면 죽는다. 알았지?"

"걱정 마."

소임은 잠옷을 벗고 교복 블라우스를 입으면서 한 번 가슴의 흉터를 쓸었다.

찌릿한 느낌이 들었다. 소임은 담담하게 교복 치마와 무릎까지오는 양말을 신었다. 그리고 두건을 벗었다.

"옷 다 입었다. 돌아봐봐."

현구가 천천히 돌아보았다.

"이거 봐. 머리카락 1센티 더 자랐어. 대단하지?"

"어, 멋진데!"

소임은 현구의 빡빡머리를 쓰다듬었다.

"너도 곧 자랄 거야."

소임은 단발머리 가발을 썼다. 그리고 운동 모자를 눌러 써 단단히 고정했다.

"됐어. 가자."

현구는 환하게 웃으면서 왼쪽 발을 뒤로 두 손을 벌리는 발레 인사를 공손하게 하면서 말을 건넸다.

"제 자전거에 오르시지요. 공주마마."

소임과 현구는 집을 나서서 정원에 있는 자전거에 올랐다. 현구는 주황색 헬멧을 소임에게 건네고, 소임은 모자를 벗어 배낭에 넣고 헬멧을 썼다.

"너랑 타고 다니려고 헬멧 하나 샀어. 이제 내가 너 지켜줄게. 우리 이모네 들러 쌍화차 사 가자. 앞으로 나도 마실 거야."

현구는 페달을 밟아서 자전거를 출발시켰다. 조심스레 운전하면서 비틀거리면서 소임을 태우고 천천히 자전거도로로 들어갔다. 자전거에는 무지개무늬가 그려진 대형 텀블러가 거치대에 걸려 있었다.

갑자기 현구가 외쳤다.

"건강한! 자랑스러운! 활달한! 텐션 업! 건강한! 건강한! 건강한 소임이!"

소임이 크게 웃으며 따라 외쳤다.

"고마워. 건강한 오소임! 건강한 공현구! 아자, 학교 가자!"

엄마의 소울 푸드

홍헌표

"대장암입니다."

의사는 표정 없이 건조한 목소리로 말했다.

재훈은 머릿속이 하얘졌다. 2주 전 대장 내시경에서 발견한 용종이 암 같다고 해서 정밀 조직 검사를 했는데 의사는 그게 암이라는 것이다.

"수술을 해봐야겠지만 초기는 아닌 것 같고 수술 뒤에 항암치료를 해야 재발 확률이 낮아요."

의사는 대장암 치료의 모범 답안을 읽는 것처럼 치료 절차를 말해주었지만 재훈의 귀에는 하나도 들리지 않았다.

병원에서 나와 재훈은 무작정 걸었다. 반차를 내고 잠시 나온 강남역 사거리 회사 사무실로 돌아가려면 전철을 타야 하지만 아무 생각이 나지 않았다. 횡단보도 신호에 멈춰 선 재훈은 긴 숨을 내쉬며 하늘을 쳐다봤다. 초가을 하늘은 왜 또 그렇게 푸른지….

갑자기 현타가 왔다. 생각이 복잡해졌다. 어떻게 치료하는지, 살수는 있는 건지, 항암은 얼마나 힘들지, 당장 회사 일은 어떻게 해야 할지, 가족들은 얼마나 놀랄지…. 온갖 상념이 꼬리에 꼬리를 물고 떠올랐다. 온몸에서 힘이 쭉 빠져나가는 느낌이었다.

그게 3년 전의 일이었다. 마흔아홉에 불청객처럼 갑작스럽게 닥쳐온 암이었다. 수술을 받고 항암 치료를 시작한 지 한 달이 지나도록 재훈은 고향의 부모님에게 거짓말을 했다.

"내시경을 했는데 용종이 좀 많아서 수술을 해야 한다네요. 수술받고 며칠 입원하면 돼요. 아무 걱정 마세요."

서울에 사는 형님과도 그렇게 입을 맞췄다. 하지만 눈치 빠른 엄마는 금세 알아챘다. 한동안 모른 척하며 혼자 속앓이를 하셨다는 걸 나중에 알았다.

크고 작은 부작용을 견디며 항암 치료를 끝낸 지 두 달 만에 재훈은 S 그룹 계열사 팀장으로 복귀했다. 가족들은 좀 더 쉬어야 한다고 말렸다. 주변 지인들도 이구동성으로 '잘못하면 재발한다는데 조금만 더 쉬지 그러냐'고 충고했다. 하지만 재훈에게는 특별히 하는 일 없이 빈둥빈둥 하루하루를 보내는 게 더 고통스러웠다.

"쉬엄쉬엄 하면 되죠 뭐~."

복직 첫날, 사무실로 출근하는 길에 시골 엄마의 전화를 받은 재훈은 걱정하지 말라며, 엄마를 안심시켰다. 오랜만에 앉아 보는 사무실 책상, 진한 커피 향, 창밖으로 보이는 강남대로의 빌딩 숲…. 뭔가 낯설기도 했지만 재훈은 온몸에서 생기가 도는 느낌이 좋았다.

완치 판정을 받을 때까지 2년이 남았지만 재훈은 암 수술 이전의 삶으로 돌아갔다. '암 환자'라는 꼬리표를 떼고 싶은 마음도 강했다. 책임감 강하고 일 잘한다는 칭찬을 듣는 게 그에겐 삶을 지탱해 주는 에너지의 원천이었다. 병원에서 암 치료를 받는 중에도 회사에 복직해 일하는 꿈을 꿀 정도였다. 하지만 마음속 저 깊은 곳에 똬리를 틀고 있는 두려움은 피할 수 없었다.

'대장암 3기. 조금만 삐끗하면 재발할 수 있고 일단 재발하면 치료가 쉽지 않음.' 인터넷이 알려주는 암 정보는 시도 때도 없이 그의 마음을 뒤흔들었다. 몸 어딘가에서 조금만 통증을 느껴도 '혹시?' 하며 불안해했다. 가끔씩 찾아오는 복통에 화장실을 들락거리며 변기 안을 몇 번이나 확인하는 게 습관이 됐다.

회사 동료들도 거래처 사람들도 모두 예전과 똑같이 그를 대했지만 재훈은 자신도 모르게 눈치를 봤다. 가끔 자신만 혼자 내버려진 것처럼 외로움과 두려움에 싸이곤 했다. 어떤 때는 일에 몰두하려 해도 '내 몸은 정말 괜찮을까?' '만약 재발하면 어떡하지?' 하는 생각이 끊임없이 그를 괴롭혔다. 가끔 만나는 친구들이 "몸은 괜찮냐"고 묻는 것도 부담스러웠다.

새벽 1시 반. 오늘도 야근을 한 재훈은 조심스럽게 현관문을 열었다. 온몸이 물먹은 솜처럼 무거웠다. 불 꺼진 거실은 후텁지근했다. 아내와 딸 보람이가 제주도로 여름휴가를 떠나면서 문을 꼭꼭 닫고 간 모양이었다. 재훈은 "회사 일이 너무 많다"며, 함께 가자고 닦달하는 보람이를 겨우 달랬다. 창문을 활짝 열었지만 열대야의 뜨거운 기운이 훅하고 밀려왔다. 음식 배달을 하는지 아파트 단지 도로를 오토바이가 요란한 소리를 내며 지나갔다.

재훈은 얼른 문을 닫고 에어컨을 켰다.

"아이고, 힘들어라."

재훈은 혼잣말을 하며 그대로 소파에 푹 쓰러졌다. 한두 시간 잤나 보다. 시계를 보니 새벽 4시였다. 재훈은 온몸이 짓눌리는 느낌에 눈을 떴다. 몸이 움직여지지 않았다. 소파에서 꼼짝할 수 없었다. 내용은 하나도 기억이 안 나지만 악몽을 꾼 것 같았다.

한참 동안 천장만 멍하니 쳐다보던 재훈은 누군가에게 애원하듯 말했다.

"아, 어디든 그냥 가고 싶다!"

아무도 모르게 아무 계획도 없이 떠나고 싶었다. 암 환자라는 딱지가 싫어 아무렇지도 않은 듯 열심히 회사를 다녔지만 재훈은 점점 더 자신이 없어졌다. 암 재발 여부를 확인하기 위해 병원 검사를 받을 때마다 무서웠다.

검사 결과는 아직 이상이 없지만 몸 상태는 예전만 못했다. 오후가 되면 일에 집중하지 못할 때가 많았다. 무엇보다도 다람쥐 쳇바퀴 돌 듯 반복되는 일상이 지겨워졌다. 끝이 보이지 않는 느낌이었다.

갑자기 엄마가 보고 싶어졌다. 고향 바다가 보고 싶었다. 재훈은 힘겹게 몸을 일으켜 배낭에 주섬주섬 옷 몇 벌과 세면도구를 우겨 넣었다. 5시가 채 지나지 않아서 그런지 서울양양고속도로는 한산했다. 여름의 강렬한 아침 해를 정면으로 마주하며 재훈은 힘껏 차 액셀러레이터를 밟았다. 휙휙 지나가는 도로변 풍경이 눈에 들어오기 시작하자 마음이 더 급해졌다.

재훈의 고향은 강원도 삼척이다. 맏이라는 뜻의 맹(孟)과 꽃부리 방(芳) 자를 합친 맹방이라는 정감 넘치는 이름을 가진 바닷가 마을에서 어린 시절을 보냈다. 집에서 5분 거리에 바다가 있어 한밤중에는 파도 소리가 또렷이 들렸다. 고운 모래가 반짝이는 명사십리로 유명한 맹방해변이 그의 놀이터였다.

바다에 놀러 가고 싶으면 아무 때나 반바지 차림으로 웃통을 벗고 바다를 향해 달렸다. 여름 태양에 달궈진 한낮 모래밭이 너무 뜨거워 걷지 못하면 "앗, 뜨거! 앗, 뜨거!" 소리를 지르며 바닷물까지 전력 질주해 풍덩 뛰어들곤 했다. 대학 다닐 때는 서클 친구들의 단골 엠티 장소였다. 그럴 때마다 엄마는 뭐든지 마음껏 가져다 먹으라고 텃밭을 통째로 내어 주셨다.

재훈은 집 근처 솔밭에 차를 세우고 한참 동안 멍하니 바다 끝 수평선을 바라보며 추억에 잠겼다.

"후~, 좋다~."

아득하게 들려오는 파도 소리를 들으며 재훈은 안도의 한숨을 길게 내쉬었다. 온 몸의 피로와 독소가 다 빠져나가는 느낌이었다.

마을 제일 뒤편 솔밭 한가운데 자리 잡은 엄마 집엔 대문이 없었다. 재훈이 막 마당으로 들어서려는 데 마당 한 구석에서 재훈을 노려보는 고양이와 눈이 마주쳤다. 1년에 한두 번 명절에만 찾아오는 재훈이가 고양이에겐 경계 대상이었던 것이다.

1년 반 전 아버지가 심장마비로 갑자기 돌아가신 뒤 엄마는 지적 장애가 있는 여동생과 함께 고향 집을 지키고 있었다. 안방 TV에서 임영웅의 구성진 트로트 노랫소리가 들렸다. 삐걱거리는 평상에 올라 방충망 문을 살짝 열었더니 TV를 보다 졸았는지 잠이 덜 깬 목소리가 들렸다. 엄마였다.

"누구요?"

"저요, 둘째."

"어이~? 아들이요? 왜서? 갑자기 연락도 없이?"

엄마가 깜짝 놀란 듯 억양 센 삼척 사투리로 물었다. 암 투병 중에 제대로 돌봐 주지 못하는 게 늘 마음에 걸렸던 재훈이 아무 연락도 없이 수척한 얼굴로 갑자기 나타나자 반가움보다는 걱정이 앞섰기 때문이다.

재훈은 엄마를 와락 끌어안았다. 그새 허리가 더 굽고 어깨가 좁아졌는지 엄마의 얼굴이 재훈의 가슴에 푹 파묻혔다.

"야가 왜 이러나?"

엄마를 안아 주기는커녕 손도 잡은 적이 없는 무뚝뚝했던 재훈의 느닷없는 행동이 엄마는 이상했던 것이다. 재훈은 갑자기 울컥했다. 눈물을 감추려고 일부러 큰 목소리로 말했다.

"울 엄마가 갑자기 보고 싶어 왔지!"

"밥은 먹었나? 전화 좀 하지! 반찬이 하나도 없는데 우타 하나?"

몇 달 전부터 무릎과 고관절이 아프다고 했던 엄마는 뒤뚱거리며 부엌으로 건너가 가스 불을 켰다. 금세 식탁 가득 아침 밥상이 차려졌다. 전날 끓인 거라며, 미안한 듯 내놓은 호박 된장국, 계란부침, 김과 열무김치…. 재훈은 며칠을 굶은 것처럼 허겁지겁 먹기 시작했다. 밥그릇 가득 담은 고봉밥이 순식간에 사라졌다.

"역시 울 엄마 집밥이 최고요!"

옆에 앉아 재훈이 허겁지겁 밥 먹는 모습을 안타깝게 지켜보던 엄마의 눈에 눈물이 맺혔다.

"밥 좀 더 주까? 암 환자는 잘 먹어야 된다매? 맨날 굶고 다니나?"

8월의 태양이 마당을 달구기 시작했다. 뜨거운 기운이 훅하고 마루로 밀려들었다. 재훈은 시원한 냉수 한 컵을 들이켜곤 집 앞 텃밭으로 향했다. 밤을 꼬박 새우다시피 하고 운전을 했는데도 잠이 올 것 같지 않았다.

"너무 가물어서 다 말라 죽겠다"고 엄마는 여름 내내 걱정을 했지만 텃밭의 고추, 감자, 옥수수, 깨, 상추가 엄마 성격을 닮아 가지런히 줄을 맞춰 쑥쑥 자라고 있었다. 텃밭에서 100미터만 가면 아름드리 소나무가 빼곡하게 서 있는 산책로가 나온다. 소나무가 뿜어내는 피톤치드가 풍부하고, 파도 소리를 들으며 소나무 그늘을 따라 걸을 수 있기 때문에 차로 20분 걸리는 시내에서도 일부러 운동을 하러 많은 사람들이 찾아온다.

암 진단을 받기 전에도 재훈은 고향에 올 때면 아침저녁으로 이 길을 걷곤 했다. 완벽주의자 재훈의 마음을 복잡하게 만드는 온갖 상념도 이 길을 걸으면 잠시 잊을 수 있었다. 재훈에게는 이곳이 치유의 숲이었다.

재훈은 천천히 심호흡을 하며 산책로를 따라 걸었다. 바다에서 물놀이하는 아이들의 재잘거리는 소리와 파도 소리가 멀리서 들려왔다. 소나무 사이로 내리쬐는 따가운 햇살에 금세 이마에 땀이 맺혔다. 채 닦지 못한 땀은 등으로, 가슴으로 흘러내렸다. 산책로 중간에 바다가 한눈에 내려다보이는 정자가 있어 바다에서 간간이 불어오는 바람과 함께 땀을 식혀준다.

재훈은 잠시 쉬어 가려고 정자로 향했다. 휴대폰 삼매경에 빠진 수영복 차림의 젊은 커플 사이로 엄마의 동갑 친구 두 분이 앉아 두런두런 얘기를 나누고 있었다.

"편안하시죠? 저 재훈입니다."

"아이고, 야이~ 야! 재훈아. 몸은 어떻나? 고생 많재?"

"고생은요, 뭐. 저는 좋습니다."

"니 엄마는 맨날 니 걱정이다. 에휴~ 참 젊은 사람이 어떡하다 암에 걸려서. 쯧쯧."

"어여 나아야지. 엄마한테 잘해래이!"

"예. 그래야지요."

다시 걷기 시작한 재훈의 발걸음이 무거워졌다.

'아, 나 혼자 암투병한 게 아니구나. 나 때문에 엄마도 마음으로 앓고 계시는구나.'

재훈은 평생 부모님의 자부심이었다. 아버지는 친구들과 놀 때도, 읍내를 오가는 택시에서도 기사에게 아들 자랑을 했다고 한다. 아버지가 돌아가셨을 때 조문을 왔던 지인들은 너나 할 것 없이 "니 아버지는 맨날 니 얘기만 했다. 그거 아나?" 하며 재훈의 손을 꼭 잡았다. 엄마도 겉으로 표현하지는 않았지만 마찬가지였다. 그랬던 재훈의 암 발병은 부모님에게 큰 충격이었다. 항암 치료가 끝난 뒤 고향에 갔을 때 재훈은 아버지의 눈물을 봤다. 누구에게도 보이지 않던 눈물이었다.

집 앞 밤나무에서는 매미들이 맹렬하게 울어 댔다. 매미 울음을 자장가 삼아 재훈은 오랜만에 꿀맛 같은 낮잠을 잤다. 잠에 취해 헤매고 있는데 텃밭에서 호박을 따오던 엄마가 큰 소리로 외쳤다.

"배 안 고프오? 밥 먹어야지?"

재훈이 대답했다.

"조개죽 좀 먹어 봅시다."

"야이~ 야! 조개죽이 얼마나 손이 많이 가는 술 아나?"

엄마는 잔뜩 야윈 재훈에게 조개죽보다는 고기라도 먹이고 싶었던 것이다.

"내가 도와드릴게. 오랜만에 엄마표 조개죽 좀 먹어 봅시다. 조개는 내가 잡아 오지 뭐."

엄마 속을 모르는 재훈은 뒷마당 창고에서 망태기 하나를 들고 바다로 나섰다. 그는 여름이면 고향에 올 때마다 바다에 나가 조개를 잡았다. 맹방 바다에는 유난히 굵은 조개가 많았는데 옛날에는 동네 사람들이 쇠로 만든 조개 틀로 모랫바닥을 훑어 조개를 몇 자루씩 잡곤 했다.

키가 큰 재훈에겐 조개 틀이 필요 없었다. 선 채로 발가락을 이용해 조개를 잡는 기술이 있었기 때문이다. 물이 가슴까지 차오를 때까지 바다 안으로 들어가 트위스트를 추듯 두 발로 모랫바닥을 헤집으면 자갈밭의 자갈처럼 조개가 밟혔다. 재훈은 왼발 엄지와 검지 발가락 사이에 조개를 끼워 올린 뒤 손으로 조개를 잡아 올렸다. 발동작이 얼마나 빨랐던지 10분 만에 양동이 하나 가득 조개를 잡곤 했다.

옛 추억을 떠올리며 재훈은 천천히 바다로 들어갔다. 이웃 바다 선착장 공사 탓에 모래가 많이 쓸려간 탓인지 얕은 곳이 없었다. 재훈은 조금씩 깊은 곳으로 들어가며 열심히 발가락 질을 했다. 오전에 조개잡이 배가 휩쓸고 갔는지 옛날처럼 조개가 한곳에서 무더기로 쏟아지진 않았다. 그래도 수십 년 단련된 발가락 기술 아닌가. 재훈이 엄지발가락을 모랫바닥 아래 깊숙이 찔러 이리저리 휘젓자 굵은 조개가 하나둘 모습을 드러냈다. 두 시간쯤 지났을까, 망태기 하나 가득 조개가 채워졌다. 재훈은 개선장군처럼 어깨를 으쓱하며 엄마 앞에 조개 망태를 내놓았다.

"아이고, 많이도 잡았네. 어디에 이렇게 조개가 많더나?"

"옛날만큼 없던데요. 그래도 내가 발가락 조개잡이 선수잖소."

엄마는 감자 옹심이 조개죽을 만들기 시작했다. 엄마의 머릿속에만 있는 레시피는 쉽지 않다. 재훈이 잡은 조개와 엄마가 뙤약볕 속에서 기른 감자, 찹쌀, 텃밭에서 막 따온 호박과 고추 등 갖가지 재료가 들어간다. 먹는 사람에겐 그냥 죽 한 그릇이지만 엄마 정성이 가득 담긴 소울 푸드다.

조개는 하룻밤 바닷물에 담가 해감을 시켜야 모래를 다 뱉어내지만, 재훈은 내일까지 기다릴 수 없었다. 재훈의 마음을 알아챘는지 엄마의 손놀림이 빨라졌다. 우선 감자는 껍질을 벗기고 강판에 갈아야 옹심이를 만들 수 있다. 재훈이 "이건 나도 할 수 있지" 하면서 달려들자, 엄마는 "손 다친다"며 칼을 빼앗았다. 감자 옹심이를 만들려면 수분을 없애야 하는데, 그건 엄마만 할 수 있는 고난도 작업이다. 하얀 천에 갈아 놓은 감자를 넣고 손의 스냅으로 꾹꾹 눌러 수분을 짜내야 하기 때문이다.

재훈은 수십 년 동안 뒷마당을 지켜온 야외 아궁이에 솥을 걸고 장작불로 조개를 데치는 일을 맡았다. 타닥타닥 소리를 내며 시뻘겋게 타오르는 불을 멍하니 지켜보고 있는데 아들 하는 일이 못미더웠던지 엄마가 한마디 했다.

"나무를 잘 넣어줘야 불이 좋지~."

펄펄 끓는 물에 데친 조개를 건지고 나면 솥 바닥에 깔린 모래가 쓸려 들어가지 않도록 육수를 냄비에 부어야 한다. 재훈이 조심조심 솥을 들려고 하는데 엄마가 또 나섰다.

"아들요, 저리 가오~. 야아~!"

엄마는 조갯살을 골라 체 바구니에 담고 흐르는 수돗물로 박박 씻었다. 또 한 번 모래를 제거하는 과정이다. 마침내 재료 준비가 끝났다. 재훈은 솥에 육수를 붓고 아궁이에 두툼한 장작 3개를 더 넣었다. 불길이 타오르자 조개를 데친 육수가 펄펄 끓기 시작했다.

엄마는 빠른 손놀림으로 조갯살과 찹쌀을 솥에 쏟아 넣은 뒤 주걱으로 휘휘 젓기 시작했다. 찹쌀이 익을 때쯤 감자 옹심이를 한 조각씩 떼 물이 펄펄 끓는 솥에 투하하고 채 썬 호박을 넣고 나면 그다음엔 인내의 시간이다. 폭염경보 속에 아궁이 불까지 땠으니 오죽 더웠을까? 흐르는 땀을 닦기 위해 목에 수건을 두른 엄마는 기도하듯 아궁이 옆을 지켰다.

엄마는 나무 국자로 죽을 떠 잘 익었는지 눈으로 보고, 코로 냄새 맡으며 한 치의 오차도 없이 시간을 쟀다. 그런 엄마를 바라보는 재훈의 코끝이 찡해 왔다.

이 세상 어느 곳에서도 맛볼 수 없는 엄마표 감자 옹심이 조개죽이 마침내 완성됐다. 재훈의 고향 집 부엌 방 탁자 위에 소박한 밥상이 차려졌다. 반찬이라고는 고추를 잘게 썰어 넣은 매콤한 양념간장과 묵은김치뿐이었다.

재훈은 죽 한 숟가락을 입에 떠넣었다. 입에 퍼지는 바다 내음과 쫄깃쫄깃한 감자 옹심이, 있는 듯 없는 듯 씹히는 부드러운 조갯

살…. 세상 부러울 것 없는 한 끼 밥상이었다. 엄마는 누군가에게 전화를 했다.

"삼촌이요? 어서 오오~. 재훈이가 와서 조개죽을 끓였잖소. 와서 한술 뜨오~."

별미를 만들면 어김없이 근처 사시는 당숙들을 불러 모으시던 엄마였다. 금세 막내 당숙이 오셨다.

"몸은 좀 괜찮나?"

"뭐, 그렇죠. 잘 회복 중입니다."

짧은 인사가 오간 뒤 당숙과 재훈은 식탁에 얼굴을 파묻듯이 하고 말없이 죽을 먹었다. 식탁 한가운데 앉아 "이게 별미야~" 하시던 아버지의 목소리가 재훈의 귓가에 울렸다.

재훈이 TV를 보는 사이 설거지를 마친 엄마가 포도 두 송이를 씻어 들고 안방으로 들어왔다. 무릎 관절 통증 때문에 몇 달에 한 번씩 주사를 맞으며 버티고 있는 엄마는 "아고, 아고" 소리를 내며 재훈이 옆에 앉았다.

"죽으로 되나? 금방 배가 꺼질 텐데…. 이거 드시오. 싫으면 복숭아도 있고."

"배부른데 뭘 자꾸 주오?"

퉁명스럽게 대답했지만 재훈은 안 먹을 수가 없었다. 포도알 하나를 입어 넣고 재훈은 엄마를 눕게 했다.

"여기 좀 누우시오. 마사지 좀 해 드릴게."

"아이고, 됐네요. 안 그래도 힘든데 어서 일찍 주무시오."

재훈은 엄마를 강제로 눕게 하고 무릎과 다리를 살살 주무르기 시작했다. 그러고 보니 엄마 걸음걸이도 예전 같지 않았다. 꼿꼿했던 허리가 눈에 띄게 구부정해졌다. 재훈은 눕자마자 코를 골며 잠든 엄마의 손을 살며시 잡았다. 햇볕에 검게 탄 손등의 주름과 손바닥의 굳은살을 주무르며 재훈은 엄마 왼쪽 손가락을 살폈다. 재작년 팔순 때 사드린 금반지가 없었다. "밭일하는 데 갈구 친다"고 하시더니 아예 반지를 빼놓으신 모양이었다.

깊게 파인 얼굴 주름과 듬성듬성 빠진 엄마 머리카락을 쓰다듬으며 재훈은 혼잣말을 했다.

"울 엄마 많이 늙으셨네."

엄마 얼굴을 이렇게 자세히 본 건 처음이었다. 재훈은 아버지보다 엄마를 더 많이 닮았다는 소리를 들었다. 이목구비가 뚜렷해 시집올 때부터 동네 미인으로 손꼽혔던 엄마였는데….

예전에 아버지는 문중 일을 처리하기 전에 꼭 엄마와 상의했다. 엄마는 지금도 농사를 지으면 시내에 사는 친척을 다 불러 박스 하나 가득 감자, 옥수수, 호박, 쌀을 들려 보낸다. 잊을 만하면 찾아오는 친정 조카와 아버지 지인들도 밥 한 끼라도 먹여서 뭔가 들려 보낼 정도로 엄마는 정이 많다.

밤이 되자 바다 쪽에서 시원한 바람이 불어오기 시작했다. 재훈은 옷장에서 얇은 이불을 꺼내 덮어주고 안방을 빠져나왔다. 엄마는 언제나 든든한 우리 집의 버팀목으로 남아 계실 줄 알았는데, 엄마도 세월의 속도를 거스를 순 없나 보다.

다음 날 아침, 재훈은 아침밥을 먹으며 엄마에게 말했다.

"외갓집 동네 한 번 가봅시다."

외갓집 얘기만 나오면 목소리가 커지고 생기가 돌았던 엄마와 추억 여행을 떠나고 싶었다. 갑작스러운 제안에 엄마는 재훈의 얼굴을 살피며 손을 내저었다.

"왜서? 바쁜데 서울 안 가도 되나?"

말은 그래도 엄마는 싫지 않은 표정이었다.

"휴가를 하루 더 내면 되죠 뭐. 나도 가보고 싶고. 옥계도 마이 바뀌었겠네요."

재훈이 철들고 나서 엄마와 단둘이 떠나는 여행은 처음이었다. 명주군 옥계면 남양1리 238번지. 엄마는 외갓집 옛 주소를 아직도 기억하고 있었다. 지금은 명주군이 없어져 강릉시에 편입되고 주소도 다 바뀌었다.

동해고속도로를 타니 차로 옥계면까지 30분밖에 걸리지 않았다.

"옛날에는 묵호까지 기차 타고 가서 묵호에서 또 버스를 두 번 갈아탔는데."

엄마는 옥계 면사무소 앞에 잠시 내려서는 옛 기억을 떠올리려 애쓰는 듯했다.

"어디가 어딘지 하나도 모르겠다. 옛날에 버스 정류소에서 버스를 갈아탔는데. 국민학교 자리는 어디나? 니 이모부가 거기 선생이

었잖나."

　사람들이 남양골이라고 부르는 산골짜기에 있는 외갓집까지 가려면 옥계면 읍내에서 덜컹거리는 버스를 타고 한참 가야 했다. 버스가 하루에 몇 번밖에 없는데, 재훈도 버스를 놓쳐 신작로 옆으로 흐르는 큰 개천을 따라 걸어갔던 적이 있다.

　잘 닦인 포장도로를 따라 10분 만에 도착한 남양리 마을. 사방을 둘러보던 엄마는 "여기가 어디나? 니 외갓집 자리가 저기나?" 하고 사방을 두리번거렸다.

　"저도 못 찾겠어요. 벌써 40년이나 넘게 지났는데요. 10년 전에 외숙모 돌아가시고 민우 형이 집을 팔았다면서요. 그 뒤에 다 바뀌었겠죠 뭐."

　재훈은 온돌방이 뜨끈뜨끈했던 초가집의 기억을 떠올렸다. 외갓집은 야트막한 산자락 끝 대나무 숲에 둘러싸여 한겨울에도 볕이 잘 들어 따뜻했다. 6.25 전쟁 때 강제로 인민군에 끌려갔다 돌아온 뒤부터 조현병 증상을 보인 넷째 외삼촌은 쉴 새 없이 혼잣말을 하면서도 "어, 재훈이구나~" 하면서 엄마와 나를 반갑게 맞아주곤 했다.

　겨울이면 외사촌 형, 이종사촌 형들과 앞 개천에 나가 돌 밑에서 동면하는 개구리를 잡아 부엌 아궁이에 구워 먹었다.

　"내가 외갓집 뒷산에 칡뿌리를 캐러 갔다가 뱀 보고 놀라 도망친 적이 있었는데, 엄마는 기억 나시오?"

　"가만있자~. 큰집 조카 준혁이가 아직 여기 산다고 했는데. 옛날

큰집이 어디나?"

"전화번호 없소? 전화 한번 해보면 되지."

"지난번에 그 동생 민혁이 집에 왔을 때 준혁이가 여기 산다고 들었지 뭐. 근데 전화번호는 없어."

엄마는 여전히 미련이 남은 듯 한참 동안 사방을 두리번거렸다.

"어휴, 덥다 더워. 엄마요. 어디 들어가서 시원한 거 좀 마시고 점심 먹으러 갑시다."

재훈은 발걸음을 떼지 못하는 엄마 등을 떠밀어 차에 태웠다.

재훈은 옥계 시내로 가는 길에 처음 나타난 카페에 차를 세웠다. 개천 너머로 백두대간 능선이 보이는 전망 좋은 카페였다.

"이런 데 처음 온 거 아니요?"

"뭐하러 비싼 돈 주고 이런 데 오나? 집에서 커피믹스 타 마시면 되지."

"이제부턴 좀 이런 데도 다니고 맛있는 거 먹으러 외식도 하고 그러세요!"

"아이고, 먹고 싶은 것도 없다. 난 집에서 밥 먹는 게 제일이다."

재훈은 평생 이렇게 살고 있는 엄마가 답답했다. 잠시 침묵이 흘렀다. 평일 낮이라 카페에는 다른 손님도 없었다.

멍하니 먼 산을 바라보던 재훈이 엄마에게 물었다.

"엄마 인생을 동물로 비유하면 무슨 동물인 것 같아요?"

"내가 토끼띠잖아. 정월의 토끼~."

"왜 하필 정월의 토끼요?"

엄마는 한숨을 푹 내쉬었다.

"눈 내리는 추운 겨울에 먹을 게 없잖나. 그 팔자가 오죽하겠나?"

재훈의 눈이 동그래졌다. 엄마의 삶에 대해 깊이 생각해본 적은 없지만, 한겨울의 토끼와는 안 어울렸기 때문이다.

"잘 못 먹을 팔자라고요?"

"먹는 거야 남들만큼 먹었지. 아이고, 시집와서 고생한 거 생각하면…."

"그래도 엄마 인생에서 좋았던 기억, 행복했던 순간은 있지, 없었소?"

엄마는 옅은 미소를 지으며 말했다.

"글쎄~. 그런 게 뭐 있겠나? 없다!"

재훈은 속으로 움찔했다. 엄마에게 감춰진 한이 있는 것 같았다. '아버지 가실 때 따뜻하게 손도 못 잡아줬다'고 하시며, 지금도 가슴 아파하는 엄마인데….

재훈에게 아버지는 좋으면 좋다, 싫으면 싫다 감정 표현을 안 하는 고지식한 분이었다. 집 밖 사람들에게는 늘 존경받는 좋은 분이었다. 문중의 어른으로, 제자들에게 존경받는 스승으로 흠 잡힐 일 없이 올곧게 사셨지만 엄마와 재훈 형제에게는 무뚝뚝하고 재미없는 가장이었다.

집안의 대소사를 엄마에게 맡기다시피 해 엄마는 "겁 많고 이기적이고 고집불통인 니 아버지"라는 소리를 입에 달고 사셨다.

엄마는 큰이모의 중매로 아버지를 만나 결혼했다. 아버지는 차남이었지만 고향에 산다는 이유로 재훈의 조부모를 모시고 있었다. 엄마도 덩달아 시집살이를 해야 했다. 아버지가 국민학교 교사여서 사모님 소리를 들으며 살 수 있었지만, 밭일을 하며 시부모를 모시는 둘째 며느리 역할이 더 컸다. 지적장애가 있는 여동생을 계속 돌보면서 성격이 까칠한 시부모를 모시느라 엄마 자신을 위한 삶은 엄두도 내지 못했다는 시절이 있었다.

"니 아버지가 얼마나 이기적인지 아나?"

엄마는 재훈이 몰랐던 사실을 털어놓았다. 중풍으로 쓰러져 한쪽 다리를 못 쓰시는 할아버지께서 갑자기 아프셔서 병원에 모시고 가야 할 일이 있었다고 한다. 그런데 아버지가 "나는 못 업는다. 니가 업고 가라!"고 하셨단다. 엄마는 그저 웃자고 들려준 얘기였지만 재훈은 엄마 앞에서는 특히 더 이기적이었던 아버지 모습이 떠올라 자신도 모르게 얼굴이 일그러졌다.

아버지는 정년을 한참 앞두고 갑자기 은퇴를 결정하셨다. 몇 차례 교감 승진이 좌절되고 나이 어린 후배가 교감, 교장이 되는 걸 보고 자존심이 상했던 것이다. 그 뒤로 아버지는 마작을 하며 놀기만 했다.

집을 살 때 진 빚을 갚기 위해 생선을 팔러 다니고, 고기잡이 그물을 정리하는 아르바이트를 한 것도 엄마였다.

"밭농사를 하느라 하루해가 짧았던 시절, 니 아버지는 그저 세월 좋게 놀러만 다녔지."

아버지는 돌아가시기 몇 년 전부터 결핵에 걸리고 건강이 부쩍 나빠졌는데 그 병 수발을 다 들면서 아버지가 맡은 문중 일을 대신 처리한 것도 엄마였다. 재훈은 아무리 엄마라도 아버지 원망하는 마음이 생기지 않을 수 없겠다고 생각했다. 그런데 참 이상했다. 그렇게 아버지와 함께한 세월의 대부분을 미운 정으로 살았던 엄마지만 아버지 돌아가신 뒤 지금까지도 밤잠을 제대로 못 이루고 있다. 재훈은 그게 도저히 이해되지 않았다.

웃음과 한숨을 섞어 지난 세월의 삶을 얘기해주던 엄마의 한마디로 재훈은 엄마의 그 마음을 이해하게 됐다.

"집에서는 재미대가리 하나 없더니, 그래도 밖에 나가면 마누라 자랑, 아들 자랑은 했던 모양이더라."

재훈은 엄마를 주인공으로 '여자의 일생'이라는 제목의 영화를 만들어도 될 것 같다는 생각을 했다.

"울 엄마, 정말 고생 많이 하셨네."

엄마는 부끄러운 듯 손을 빼며 말했다.

"야가 왜 이러나?"

그래도 엄마는 꼭꼭 숨겨뒀던 속마음을 아들에게 털어놓고 나니 속이 후련했다.

"나는 다 살았다. 니 동생이랑 니가 걱정이지. 영순이는 내가 죽기 전에 앞세워야 할 텐데. 아들도 어여어여 회복하시오."

재훈은 엄마의 손을 꼭 잡고 그녀의 눈을 바라보았다. 엄마 눈에는 오랜 세월 겪은 마음고생과 아픔, 그리고 가족에 대한 무한한 사랑이 가득 차 있었다. 재훈은 꽉 막힌 가슴이 뚫리는 기분이 들었다.

'엄마는 이렇게 씩씩하게 버텨 오셨는데, 팔순이 넘은 지금도 이렇게 나의 든든한 버팀목이 되어 주시는데 내가 엄마를 더 힘들게 하면 안 되지.'

갑자기 울컥하고 눈물이 쏟아졌다. 엄마는 재훈의 눈물을 닦아 주며 웃었다.

'아들요, 엄마는 그저 아들이 건강하고 행복하면 돼. 제발 좀 몸에 신경 쓰오, 이 양반아. 돈이 억만금이 있으면 뭐 하오, 건강이 최고지. 적당히 하오, 야아~!'

어디 식당에 가서 밥 먹고 가자는 재훈의 말에 엄마는 차에 타며 말했다.

"멀지도 않은데 집에 가자. 식당에서 먹어봐야 뭐 별거 있나?"

그날 밤 재훈은 깊은 잠을 잤다. 수시로 괴롭히던 복통도, 손 저림도 없이 온몸에서 힘이 쭉 빠지는 기분 좋은 느낌이었다.

다음 날 아침 재훈은 서울로 돌아가기 위해 짐을 싸고 있었다. 감자와 마늘을 하나 가득 채운 박스를 차 옆에 갖다 놓은 엄마는 아무 말없이 재훈을 바라보았다.

"엄마, 아들 걱정은 마오. 엄마 밥 먹고 솔밭 기운도 잔뜩 받았으니 이제 됐소."

재훈은 엄마를 힘껏 안으며 말했다.

"얼릉얼릉 조심해 가."

엄마는 애써 재훈의 눈길을 외면하며 말했다.

서울 톨게이트를 지나자 차창 밖에 느껴지는 공기가 달랐다. 답답했다. 하지만 재훈의 마음은 날아갈 듯 가볍고 상쾌했다. 재훈은 속으로 외쳤다.

'그래, 이제 내 마음이 하라는 대로 살아보자. 일에 끌려가지도 말고, 암도 두려워하지 말자.'

엄마와 함께 만들어 먹은 감자 옹심이 조개죽 맛이 입 안에서 맴돌았다.

어느 노배우의
마지막 수업

김동수

– 안녕하세요? 며칠 전 전화로 인터뷰 요청을 드렸던 〈월간 한국〉의 유정숙 기자입니다. 지금 선생님의 건강 상태가 어떠신지요? 오늘 제가 찾아뵙는 게 선생님께 너무 부담을 드리는 게 아닐는지요?

　– 아, 괜찮습니다. 그렇잖아도 며칠 전 유 기자님 전화 받고 목욕재계하고 기다리고 있었습니다. 심층 취재를 하신다고 해서 마음의 준비를 단단히 하고 있었습니다.

　– 다행이시네요. 저, 이런 말씀 드리기 좀 뭐하긴 합니다만 선생님 현재의 건강 상태는 어떠신지요?

　– 네. 한 달 전에 대학병원에서 폐암 말기라고 하더군요. 수술도 할 수 없고, 더 이상 손 쓸 수 있는 의과적 수단도 없고요. 다만, 글리백이란 항암제만 복용하라고 해서 지금 하루 세 번씩 열심히 먹

고 있습니다. 예상컨대 남은 시간이 3개월에서 6개월쯤 될 것 같다는 의견이더군요.

— 그런 힘든 상황인데 제가 늦게 불쑥 찾아와서 선생님께 너무 민폐를 끼치는 게 아닌지 염려가 되네요.

— 아, 아니에요. 오랜만에 말동무 만난다고 생각하니 오히려 즐겁습니다. 편하게 생각하시고 얘기 나누지요.

— 저희 잡지 '원로와의 대화'란 코너에 이번 달 게스트로 김철수 선생님을 모시라는 편집장님의 지시로 선생님을 찾아뵙게 됐지만, 사실 너무 늦게 찾아뵙는 게 아닌가 하는 의견들이 많았습니다. 좀 더 진작 만나 뵙고 좋은 말씀을 들었어야 했는데 이제야 찾아뵙게 됨을 다시 한번 사과드립니다.

— 아유, 그런 말씀 마세요. 지금이라도 이렇게 만나게 된 게 나로선 얼마나 고마운지 몰라요. 적적하던 차에 때맞춰 말동무가 찾아왔으니까요.

— 고맙습니다, 선생님. 오는 김에 선생님 취향도 여쭤보지 않고 건강 음료수 몇 가지 좀 챙겨왔는데 한 번 드셔보세요.

— 아유, 고맙습니다. 잘 먹겠습니다. 이거 생각보다 맛있네요. 사실 제 막냇동생도 5년 전에 위암 말기로 3개월 시한부란 진단을 받고 글리백 복용을 한 지 1년 만에 수술을 받고 지금까지 사회 활동을 열심히 하는 걸 보고 저도 자신감이 생겨서 희망을 품게 됐습니다.

— 네, 선생님께서도 그렇게 되기를 열심히 기도하겠습니다.

– 감사합니다.

– 선생님께선 배우이자 연출가로 왕성한 활동을 하셨고 희곡도 한 편 발표하셨는데, 언제부터 예술 작업을 시작하셨는지요?

– 1970년에 CBS, 그러니까 기독교 방송국 성우 7기로 방송 활동을 시작했다가 군 징집영장이 나와 현역으로 만 3년 복무하고 나왔지요. 1973년, 다시 CBS 성우 시험을 치러 방송에 복귀했다가 KBS–TV 예능국에서 신인 탤런트 모집 공개 오디션 프로그램에 제가 아는 선배의 추천으로 출연하게 됐어요. 한국 최초로 오디션 전 과정을 보여주는 방송이었죠. 거기에서 제가 그만 덜컥 합격해서 KBS–TV 1기 탤런트로 데뷔하게 됐습니다.

– 선생님께선 출발도 아주 화려하게 하셨네요. 근데 지금은 연극인으로 우뚝 자리를 잡으셨는데요. 그동안의 사연이 있으신지요?

– 허허허, 사연치곤 아주 파란만장하다고 할까요? 사람은 누구나 인생 초반에 너무 일찍 출세하면 안 된다는 말이 있지요. 저도 초반부터 일일 연속극부터 단막극 주인공 등 승승장구하면서 선배들의 인정을 받았어요. KBS 극회 총무에 이어 탤런트 협회 사무국장까지 맡게 됐는데요. 그때부터 지금의 상황으로 흘러갈 씨앗이 심어진 셈이랄까요? 그당시 TV 출연료 문제로 탤런트들의 불만이 높았던 시절이라 탤런트 협회 이사회에서 방송 출연료 인상을 위한 투쟁을 하기로 하고 사무국장인 나에게 그걸 위한 자료 조사 및 탤런트 백서를 준비하게 했어요. 6개월 동안의 산고 끝에 한 권의 책

으로 된 《탤런트 백서》를 만들어 각 방송사는 물론이고, 각 언론, 국회 상임위, 중앙정보부, 경찰청 등 관계 요로에 배포하고 방송사와의 협상에 들어갔으나 끝내 결렬되었습니다. 그 시절 감히 데모는 꿈도 못 꿀 시절이니 '전직(轉) 결의 대회', 즉 다른 직업으로 전환하겠다는 취지의 결의 대회를 광화문 세실극장(현 국립정동극장 세실)에서 치렀었죠. 결국 방송들이 펑크나기 시작하면서 대체 프로그램으로 때우는 일이 생겼는데도 방송사는 요지부동이었어요.

― 그땐 언론사라면 절대 권력에 가까웠겠지요. 특히 직원도 아닌 자유 계약직인 연예인들이야 오죽했을까요?

― 그래도 탤런트들은 방송사의 잦은 유혹과 협박에도 굴하지 않고 버텨 결국은 방송사와의 협상에 성공했어요. 출연료의 기본 틀을 제가 만든 시안을 그대로 적용하여 지금까지 시행 중입니다.

― 우리 한국 방송사 출연료 협정의 역사적 기준점을 만든 장본인이셨군요.

― 하지만 그 사실을 정확히 알고 있는 사람은 거의 다 돌아가시고 몇 분 안 남으셨죠. 그 뒤 바로 10.26과 12.12 사태가 난 다음 80년 5월 광주민주화운동과 겹치면서 당시 전두환 국가 보위 상임위원장 시절 '언론통폐합'으로 기존 민영 방송을 전부 KBS로 통폐합시켜 오늘날의 맘모스 KBS가 탄생하게 됐어요. 난 국보위가 만든 사회정화위원회란 조직에 의해 탤런트 정화자 리스트에 포함되어 KBS 9시 뉴스에 자막과 함께 보도되면서 각 신문 사회면도 장식하게 되는 사태를 맞게 됐죠. 그 후 1년간의 제재 후 다시 연예인 방송

금지 조치가 해제됐으나, PD들이 캐스팅해서 올리면 국장실에서 이미지가 맞지 않다는 명분으로 제외하면서 계속 거부당했어요. 결국 난 실업자가 되어 집에서 두문불출, 무기력한 유랑민으로 생활한 게 무려 15년입니다. 33살부터 48살까지 내 인생의 공백기였죠. 가끔 영화나 행사 (팬터마임 공연) 섭외가 되면 활동하고, 수동적인 은둔 생활을 하면서 정신적 공허감에서 오는 허무주의 비슷한 체념으로 빈둥빈둥 인생의 최고 황금기를 15년간이나 흘려보낸 거예요.

— 왜 그렇게 오랜 기간을 소극적으로 소위 잠수하시듯 시간을 보내셨나요?

— 어려서부터 읍내에서 아주 먼 목장 지대에 살았는데 그래서 친구 없이 혼자 지내면서 사회성 결핍 같은 성격이 생긴 게 아닌가 생각돼요. 세 살 적 버릇이 여든까지 간다는 말처럼 그런 환경에서 비롯된 일종의 '자발적 고독'을 즐기는 성격으로 바뀐 게 아닐까 하는 합리적 의심이 들기도 하네요. 하하!

— 아무리 그렇다 해도 15년이란 기간은 너무 긴 시간인데요. 대개는 그럴 경우 직업을 바꾸게 되는데 선생님은 그렇게 안 하신 이유가 뭘까요?

— 혼자 지내는 삶이다 보니 그냥 무기력하게 생활하면서 15년이란 시간에도 연극 작업만은 계속해 왔으니까요. 그러다 보니 방송 활동은 점점 멀어져갔고 나중에 보니 나에게도 우울증이란 게 어릴 적부터 있었던 거더라고요. 중학교 시절부터 죽음에 대한 막연한

공포가 있어서 학교 도서관에서 '칼 힐티'나 '키에르케고르' 등 알지도 못 하는 철학자들의 책을 빌려 읽어 보기도 하고 '헤르만 헤세'에 빠져 지낸 시간이 있었죠.

　- 선생님, 그러면 언제부터 연출 작업을 하신 건가요?

　- 난 한 번도 연출가가 되겠다고 생각해본 적은 없었어요. 1993년 12월 31일 밤, 연극 연습이 끝나고 집에 들어와 잠자리에 누웠는데 갑자기 이렇게 살다 보면 결국 배우의 삶이란 게 내 의지와 관계없이 끝날 수도 있겠다는 생각이 들었어요. 1년 동안 고민한 끝에 1994년 8월부터 〈국민일보〉 1억 당선작 '새들은 제 이름을 부르며 운다'를 각색하며 공연을 올렸습니다. 이날이 바로 내 인생의 잠수 기간이 끝나는 날이었죠. 매스컴이 전부 다 공연의 리뷰를 실어주고 원로 연극인들도 다 칭찬해주니, 그게 바로 내 후반 생의 출발점이 된 셈이죠.

　- 지금 연극계에선 선생님을 명각색자, 명연출자로서 특히 배우들을 무대에서 잘 보이게 하는 연출이라고 이구동성으로 얘기하는데, 거기에 대해선 어떻게 생각하시나요?

　- 제가 극단 산울림, 극단 세실을 거치면서 당대의 명연출가들인 '임영웅' '채윤일' 이 두 분의 영향을 절대적으로 받으면서 두 분의 장점만을 취하여 제 색깔을 입히는 스타일로 작업을 하기 때문이에요. 전 연극 무대에서 배우들의 화술만큼은 정확히 점검해야 한다고 생각합니다. 물론 아무리 신경을 써도 기본이 안 되어 있는 배우들한텐 무리한 주문일 수밖에 없죠. 평생 써 온 말투가 두세 달

만에 절대 교정될 수 없기 때문인데요. 거기에서 배우와 연출 간의 전투가 시작됩니다. 신인들은 오히려 전공에서 오는 잘못 길든 화술, 기존 배우들은 젊어서부터 해 온 잘못된 말투로 인해 연출가들은 절망에 빠지고 작업이 어렵게 됩니다. 흔히들 쉬운 말로 영화를 '감독의 예술', 연극을 '배우의 예술'이라고 하잖아요. 아무리 명작인 셰익스피어 작품일지라도 배우가 대사를 소화하지 못하면, 연출은 과감히 그 역할의 대사를 다 자를 수밖에 없어요. 그리고 움직임만의 형식으로 바꾸게 되는 거죠. 요샌 배우보단 연출이 돋보이는 실험적 작품들이 조명받는 시대지만, 결국 연극은 처음이자 마지막이 '배우'일 수밖에 없는 예술이죠. 명배우라면 셰익스피어의 그 장광설 같은 문학적 수사학이 한 편의 시(詩)처럼 들리게 되니까요. 삼류 배우가 하면 셰익스피어라도 그냥 심한 잔소리꾼으로 전락하게 되고요.

— 얼마 전 매스컴에 보도돼서 알려진 손석구 배우의 '가짜 연기' 논란에 대해선 어떻게 생각하시나요?

— 저도 신문과 잡지를 통해서 알게 됐는데요. 손석구 배우의 견해가 일견 맞기도 하고 또 틀리기도 한 말이라고 생각합니다. 무대에서 속삭이는 장면에서의 대사가 객석까지 안 들린다고 크게 해달라는 연출의 디렉션에 대해서 그게 '가짜 연기'를 요구하는 거라고 했다는데, 연극무대에서 배우의 대사는 그 극장 공간에 맞는 대사법을 구사해야 한다고 얘기하고 싶습니다. 얼마 전 아주 작은 소극장의 다섯 번째 줄의 객석에서 안톤 체호프의 작품을 관람한

적이 있는데 두 여배우가 무대 앞 객석 첫 줄까지 다가와 대사를 하는데 난 한 마디도 알아들을 수가 없었어요. 연극이 끝나고 같이 구경한 사람한테 그 대사가 무슨 말이냐고 물었더니 다들 그 대사를 못 알아들었다고 하더군요. 내가 우리 모두가 '난청 질환자'라고 병원에 가서 청력 테스트를 해보라고 했었죠. 하하하. 그러니까 손석구 배우의 말은 배우가 진실에 충실하면 그게 진짜 연기이고, 연출의 말대로 자기 감정과 상관없이 관객을 위한 큰 발성의 대사는 '가짜 연기'란 말인데, 난 그렇게 생각 안 해요. '배우의 진실이 아니고 관객의 진실이어야 한다'고요. 아무리 배우가 진실을 얘기해도 관객이 진실을 못 느끼면 그게 바로 '가짜 연기'라고요. 옛날엔, 하하, '라떼 이즈 호스', 이럼 또 꼰대가 되고 마는데, 코로나가 시작되던 2020년 11월 영국 BBC에서 한국말 꼰대를 영문으로 표기해서 방송한 적이 있어요. 요즘 옥스퍼드 사전에는 한국말이 스물여섯 개 이상 수록돼 있죠. '대박'이니, '오빠'니 등등이요. 옛날엔 대개 연출이 배우의 대사를 많이 체크하고 말 잘하는 배우들을 선호했어요. 그러다 점점 소극장이 활성화되고 방송으로 진출하는 연극인이 대세가 되면서 중극장만 해도 무선마이크를 착용하게 되니 배우의 발성과 화술에 대한 인식이 점점 사라지게 된 것입니다.

　– 그럼, 앞으로 어떻게 개선하는 방법이 있을까요?

　– 난 학교에서 강의도 해 봤고, 아카데미도 만들어 보고, 연출 작업도 계속하고 있지만, 어느 미국 학자가 쓴 책에서 읽은 내용이 생각나네요. 미국도 학교 교육에서 '말하기'와 '쓰기'에 대한 공

부가 점점 사라진다고 우려하는 글을 읽었는데요. 우리 한국의 경우엔 아예 '말하기' 교육 자체가 커리큘럼에 없어서 이를 제대로 가르칠 선생도 없으니 우리 말하기 교육이 전멸할 수밖에 없죠. 그래서 늦은 나이에 대학에서 자기들끼리 만든 작품에서 잘못 길든 화법을 구사하게 되고, 그런 지망생들이 현장에서 '불량품' 취급을 받게 되는 거예요. 그래서 난, 여름방학과 겨울방학 시즌에 어문계열 학과 교수, 연영과 교수, 연극반 담당 선생님 등을 대상으로 한 '한국말 말하기 교육'에 대한 수련 기간을 이수하게 하는 정책이 필요하다고 생각합니다. 배우는 물론이고 작가, 연출 등 연극에 관계되는 모든 사람이 교육을 받아야 한다고 생각합니다. 특히 소설이나 희곡의 경우 '구어체'가 아닌 '문어체'로 대사를 쓰는 작가들이 거의 다 그렇게 쓰거든요. 난 그 이유가 선교사 로스와 한국 신도 두 명이 번역한 한글 《성경》(1883) 때문에 아직도 그 영향이 남아 있는 게 아닌지 혼자 추측할 뿐입니다. 예를 들면, '내게' '네게' 등은 우리가 실생활에서 쓰는 말이 아니거든요. 전에 어떤 배우가 '네게'를 '니게'라고 발음하는 걸 보고 내가 한참 웃었던 적이 있거든요. '내게'는 '나에게'의 준말이고, '에게'의 구어체는 '한테'이니까, '네게'는 '너에게', 즉 '너한테'가 구어체이죠. 한 번 소설을 들여다보면 한국 소설이든 번역 작품이든 모두가 '내게'와 '네게'를 쓰고 있는 건, 아무도 교육 과정에서 그에 대해 가르치는 사람이 없기 때문에 발생하는 심각한 문제입니다.

— 그럼, 선생님의 화술 외에 배우 교육 및 훈련에 대한 견해는

무엇인지요?

— 리처드 볼레스라브스키 러시아 출신 미국 연기 교사가 쓴 《Six Lesson's》란 책이 있는데. 등장인물은 딱 두 명, 연기 지망 소녀와 연기 선생이 첫 장면에서 나누는 대화의 시작은 이렇습니다.

소녀 : 저… 선생님, 연기를 배우고 싶어서 왔는데요. 어떻게 배울 수 있나요?

선생 : 연기란 가르칠 수 없는 겁니다. 일종의 타고 난 천분 외에 많은 훈련과 공부가 필요하죠. 특히 인접 학문인 공연 예술과 인문학적 소양을 기르고, 좋은 단체에서 좋은 연출가와 좋은 동료, 그리고 좋은 작품에서 좋은 배역을 맡아 꾸준한 트레이닝을 거치면 되는 겁니다.

— 난 대학에서 전공 학생들을 향해서도 이렇게 얘기했어요.

"자네들, 여기 뭐 하러 들어왔나? 여기서 자네들끼리 '도토리 키재기' 해봤자 말하기에 대한 나쁜 쪼(調)만 박혀서 오히려 불량품이 되어 현장에서 그걸 고치는데 고생만 죽어라 하게 되는 거야."

난 그래서 다른 인문학적 소양을 키우기 위한 전공을 택하라고 하죠. 희곡에서의 역할이란 게 바로 인간을 탐구하는 예술이잖아요. 인간만이 연극의 주인공이자 대상이란 말이죠. 영화는 애니메이션도 있고, 로봇도 주인공이 될 수 있지만 연극은 아직까지 인간만이 할 수 있는 장르니까요. 하지만 앞으로는 모르죠. 감성 훈련이 된 AI를 장착한 로봇이 연극 무대를 설 수 있는 날이 올지도…. 난 평소에 그런 얘길 많이 했는데, 다들 내 말을 믿지 않더라고요. 물리학자 스티븐 호킹도 그랬잖아요? 앞으로 인간의 진화가 기계의 진화를 따를 수 없는 날이 오게 될 거라고. 그리고 지구의 기후 위기와 인구 폭발, 환경 오염으로 인한 지구 탈출, 새로운 행성으로의 이주를 위한 계획을 빨리 세워야 한다고. 일론 머스크가 준비하고 있는 게 그거잖아요.

 - 뜬금없는 질문입니다만 선생님께선 아직도 싱글이신 걸로 아는데 왜 아직까지 결혼하지 않으셨는지, 인생관 같은 걸 들을 수 있을까요? 불편하시면 말씀 안 하셔도 됩니다.

 - 난 어릴 때부터 어머니한테 나에 대해 점치고 오신 이야기를 항상 들었기 때문에 일종의 세뇌된 상태로 인생을, 그리고 여자를 바라보게 됐어요. 시각에 따라 비극이랄 수도 있지만, 지금은 오히려 솔로를 추구하는 시대가 돼버렸으니 옛날엔 나보고 다 비웃었는데 이젠 날 부러워하더라고요. 선구자라고. 어머니께선 항상 "넌 일찍 죽는대. 그리고 결혼하면 장가를 두 번 가게 된단다"라고 말씀하셨죠. 그래서 난 일찍 죽는 데다가 장가도 두 번씩 가면 가족들이 힘들게 될까 봐 여자를 만나도 '이 또한 지나가리라.' 이렇게 돼버린 거예요. 그러다 나일 먹게 되니 난 나름대로의 정신 무장, 자기 합리화, 일종의 정신 승리 같은 뇌피셜로 무장하기 시작했어요. '알베르 카뮈'가 그랬죠. "행복의 의미를 따지면 불행하고, 삶의 의미를

찾으면 더는 살지 못한다." 이런 아포리즘에 기대어 위로받으면서
삶을 살아가는 원동력을 얻게 되는 거죠.

예를 들면,
"죽음이란 뭐라 말할 수 없는 것,
거의 아무것도 아닌 것,
형언할 수 없는 것,
되돌릴 수 없는 것,
존재의 한가운데에 갑자기 뚫리는 공허인 것,
모든 생명체의 보편적 법칙,
피조물들의 일치된 숙명,
죽음으로 인해 해체되는 것은 물리학적으로 마땅하며,
안심해도 좋을 일이란 점을 증명한다.
사망이란 타인 전용의 재난인 것처럼,
누군가의 죽음이란 자신과는 전혀 무관한 일인 것처럼,
죽음의 날짜가 불확정이란 데에서 터무니없는 위안과 용기를 얻
고 있지.
사람이 죽음을 피할 수 있는 일은 역사상 한 번도 일어난 적이
없다.
죽음이란 필연적인 가장 예견되는 사건이지만 가장 예측 불가능
하길 바라지."

난 이런 아포리즘을 달달 외우고 다녀요. 마치 작년에 돌아가신 김동길 교수님께서 시를 영어로 유창하게 낭송하듯이. 부조리 극작가 '외젠 이오네스코'의 죽어가는 왕은 이렇게 구슬프게 외치죠.

"당신들, 나보다 먼저 죽은 수많은 이들이여, 모두들 나를 도와주오.

죽는 일은 어떻게 했는지 말해주오. 나에게 가르쳐주오.

그대들의 사례에서 내가 위로받고자 하오.

목발에 기대듯이, 친구의 팔에 기대듯이

그대들에게 의지하고 싶소. 그대들이 넘어갔던 그 문을 내가 넘도록 도와주오.

잠깐만 이쪽으로 건너와서 나를 도와주오. 일이 어떻게 되는 것이오?"

그리고 또 셸링이란 시인은 "죽음은 사유를 무너뜨리는 '아무것도 아닌 것'이지 결코 '무(無)'가 아니다"라고 했죠.

— 너무나 좋은 말씀 잘 들었습니다. 긴 시간 피곤하실 텐데 마지막으로 연기를 정의한다면 어떻게 말씀하시겠어요?

— 난 항상 두 가지 얘길 전하려고 노력합니다. 첫 번째는 〈패튼 대전차군단〉이란 영화에서 2차 대전 중 패튼 장군 역으로 출연한 '조지. C. 스콧'이란 명배우의 말을 인용합니다. "연기란 통제된 정신 분열이다." 난 이보다 더 정확하게 연기를 정의한 사람을 아직 못 봤어요. 아, 또 한 명이 있지요. 역대 셰익스피어리언 중에서 '로

렌스 올리비에'와 동시대를 누빈 '존 길구드' 경의 말을 아주 좋아합니다. "연기란 절반은 부끄러움이요, 절반은 영광이다. 자기 자신을 드러내야 할 때 느끼는 부끄러움, 그리고 자신을 잊어버릴 때 오는 영광." '존 길구드' 경은 과연 배우라는 것이 할 만한 일인지 끊임없이 의심했어요. 그는 그런 의심을 생의 후반기까지 거두지 않았어요. 그는 불현듯 달려오는 불안에 떨었고 자신이 배우라는 사실을 받아들이고 싶지 않았다고 해요. 무엇보다 할리우드를 싫어했고 할리우드의 탐욕과 위선과 협잡에 그는 경멸감과 혐오감을 감추지 않았다고 합니다. 그런가 하면 '말론 브랜도'는 노년에 이르러 이런 허접한 걸로 너무 많은 돈을 버는 게 싫다는 자괴감에서 영화 출연을 거부하기도 했었답니다. 하지만 내가 아무것도 생기는 게 없는 연극에 매달려 있는 건 작업 과정 속의 창조성을 추구할 수 있다는 점이에요.

— 선생님 말씀대로 연기란 가르칠 수 없긴 하지만, 그래도 연기자들에게 도움이 될 수 있는 책들을 추천하신다면 어떤 게 있을까요?

— 《배우의 길》(미하엘 체호프가 아닌)은 영국의 연극학교 심리학 교수가 정상급 배우들을 인터뷰하여 심리학적인 관점에서 쓴 책으로 샤머니즘에서 출발하여 신비주의로 끝나는 아주 독특한 책이에요. 근데 이미 절판되어 중고 시장에서 아주 고가에 매매된다고 하더군요. 그리고 20세기의 비극 배우로 알려진 '엘레오노라 두제'의 평전인 《허무한 영광》('무대의 마술사 두세'로도 재출간)이 있고요. 영

화배우 '마이클 케인'이 쓴 《연기 수업》이란 책도 아주 실용적으로도 도움이 되는 책이에요. 요즘 나온 책 중에 제가 강력히 추천하는 책은 '헤럴드 거스킨'이 쓴 《연기하지 않는 연기》란 책입니다. 배우들이 꼭 읽어야 할 책입니다. 물론, '스타니스랍스키'의 《배우 수업》은 당연히 거쳐야 하는 코스고요.

─ 그럼, 선생님은 홀로 생활하시면서 즐기시는 취미 같은 게 있으실까요?

─ 물론 연극이 최우선이지만, 나의 유일한 친구는 바로 책들입니다. 한국에도 미친 '다독가' '탐서가'들이 많이 있지만, 작년에 암으로 작고한 일본의 '다치바나 다카시'를 제일 좋아합니다. 그 사람은 도쿄의 3층짜리 빌딩이 전부 책으로 채워져 있는데, 벽에 고양이 그림이 그려져 있어 '고양이 빌딩'이라고들 하죠. 그는 '현대 저널리즘 지식인의 거장'으로서의 웅장한 모습을 보여준 '지성의 전범(典範)'이라고 할 수 있죠. 그런가 하면 작년(2022년)에는 한국에서도 내가 평소에 존경하는 훌륭한 두 분을 잃는 아픔도 있었죠. 한번에 동시에 컴퓨터 석 대를 가동하면서 왕성한 작업을 해 오시던 한국 지성의 거목 '이어령' 선생입니다. 일찍이 《축소지향의 일본인》이라는 명저로 일본에서 더 인정을 받은 석학이셨던 이 선생은 초대 문화부 장관으로서 한국예술종합학교의 창설을 적극적으로 추천하여 관철함으로써 한국에 '실기 예술 전문학교'의 탄생이라는 역사적인 발자취를 남기셨죠. 암으로 투병 중이던 말년에 간행된 인터뷰집을 통하여 선생의 속내를 드러내기도 했는데, 평소 깊은

교류를 할 친구가 없음에 쓸쓸함을 느낀다는 말씀을 듣고 깊은 연민을 느끼기도 했습니다.

 - 선생님 말씀을 듣다 보니 너무 흥미로워서 시간 가는 줄 몰랐네요. 앞으로의 계획이 있으시다면 한 말씀 부탁드리겠습니다.

 - 난 사실 심혈관 질환으로 뇌경색과 심근경색도 거쳤지만, 폐암 관결을 받았을 때, 좀 안도감을 느꼈어요.

 - 네? 암 관결을 받으셨는데 안도감이라뇨?

 - 심혈관 질환은 순간적으로 생사를 넘나들잖아요? 근데 암이란 질환은 설사 치유가 힘들더라도 마음의 준비를 할 수 있는 시간적 여유가 있으니 꽤 괜찮은 질병이라 생각합니다. 그리고 요즘엔 말기암 환우도 완치 관결을 많이 받잖아요. 하하.

 - 선생님께선 죽음이란 명제에 대해서 어릴 때부터 생각하셨다고 그랬는데 지금, 이 시점에선 어떤 생각이신지요?

 - 난 어릴 때부터 죽음에 대한 막연한 두려움으로 염세주의 철학자인 '쇼펜하우어'라든가, '니체'나 '카뮈', 그리스 시대의 '소크라테스'나 '플라톤', '석가모니' 등 불교 철학에도 기웃거려 보았어요. 한때 전 세계를 풍미한 인도 철학자인 '오쇼 라즈니쉬'에 심취하기도 했었죠. 그 사람을 한국에 처음 소개한 전위 무용가 '홍신자'씨가 요번에 새로운 책을 출간했더라고요. 근데 내용 중에 본인이 죽음을 맞이했을 때 자발적으로 서서히 곡기를 끊으면서 주변 사람들에게 자신의 죽어감을 보여주면서 마감하고 싶다고 했더군요.

 - 굉장히 파격적인 죽음의 퍼포먼스로군요.

- 난 역시 '흥신자스럽다'는 생각을 했어요. 내가 좋아하는 사람 중에 '헬렌 니어링'과 '스콧 니어링' 부부가 있어요. 진보주의 학자였던 '스콧 니어링'이 결혼에 한 번 실패한 뒤 50대 때 영적인 삶을 추구하던 20대의 '헬렌 니어링'을 만나 결혼하면서 버몬트주의 시골에 정착하여 오전엔 함께 밭을 갈고 오후엔 책을 읽거나 집필, 또는 강의 원고 작성을 하면서 명상적인 삶을 추구했지요. 드디어 '스콧 니어링'이 100세가 되었을 때 아내와 약속합니다. 스스로 자발적인 죽음의 예식을 치르기로 말이죠.

첫째, 오늘부터 난 곡기를 끊는다. 둘째, 내가 위급한 상황이 닥치더라도 절대 의료진을 부르지 않는다. 그렇게 자발적 단식에 의한 죽음을 선택하여 세상을 떠난 후, '헬렌 니어링'은 우연한 교통사고로 93세의 삶을 마감합니다.

- 참 훌륭한 커플이었네요. 정말 부러운 삶이었군요. 선생님께선 독신으로 사셨지만, 결혼에 대한 미련 같은 건 없으셨나요?

- '쇼펜하우어'가 그랬다죠? "결혼해라, 실망할 것이다. 결혼하지 마라, 그래도 실망할 것이다." 하하하. 근데 난 둘 중 하나만 맞는 말이라고 생각해요. '쇼펜하우어'가 평생 독신으로 살았으니 하나는 체험이고, 하나는 관념이죠.

- 요즘, 올해로 104세가 되신 '김형석' 철학자님이 많은 사람들에게 선한 영향력을 끼치고 계시는데 어떻게 생각하세요?

- 네, 저도 그분의 책과 영상을 되도록 다 찾아보려고 노력하고 있습니다. 다른 건 제가 다 따라갈 수 없지만, 그분의 말씀 중에 같

은 철학자였던 '김태길' 교수님과 '안병욱' 교수님이 만났던 어느 날, 인생에서 가장 즐거웠던 시간이 언제였던가를 논한 적이 있다는데 세 분의 결론은 '나이 60부터 75세까지가 인생에서 제일 즐거운 시간이었다'였습니다. 나도 그 말에 전적으로 동의합니다. 내가 좋아하는 작가 중 한 사람인 '마루야마 겐지'의 잠언 중 몇 가지를 인용하고 싶군요. 예술을 직업으로 삼는 사람들에게 역설적으로 삶에 철학을 얘기한 게 있는데 들려드릴까요?

– 아, 네!

– 첫째, 부모를 버려라. 부모의 과도한 사랑이 자식의 뇌를 녹슬게 한다.

둘째, 밤 산책하듯 가출해라. 가족은 일시적인 결속뿐이다.

셋째, 신 따윈 없다. 개나 줘버려라.

넷째, 애절한 사랑 따위, 같잖은 것! 연애는 성욕을 포장한 것일 뿐, 서른 이후는 사랑이 어렵다.

다섯째, 청춘, 인생은 멋대로 살아도 좋은 것! 인생 따위 엿이나 먹어라!

여섯째, 죽음은 통과 의례일 뿐, 훌륭한 생이란 없다.

이렇게 신랄하게 우리의 고정관념에 질타를 가하지만 그건 역설적으로 우리에게 무엇이 진실인지 깨달음을 준다고 생각합니다.

– 선생님, 너무 피곤하실 텐데 진짜 마지막으로 하고 싶으신 말씀이 있을까요?

– 음…. 와타나베 준이치의 《둔감력》이란 책이 있지요. 요새 다

른 제목으로 재출간됐던데. 제가 살아온 세월 동안 수많은 인간관계 및 사회적 불이익을 당한 단 한 가지 이유가 있다면 바로 이것입니다. 자신의 '화'를 다스리지 못하고 즉시 반응하는 바람에 많은 다툼이 발생하게 되고 결국은 상대를 적으로 만들게 되고 마는 우를 범하는 경우가 태반이었죠. "그때 내가 좀 더 참았더라면…." 이제 내가 인생 후배들에게 드리고 싶은 말은 매사에 되도록이면 호흡을 한 번 하고 속으로 셋을 센 다음 천천히 말을 새기면서 하라는 겁니다. 되도록이면 '둔감하게 살아라.' 인생 뭐 별거 있나요? 자기 기준으로 즐겁게 살다가 미련 없이 떠날 수 있다면 그것처럼 행복한 삶이 어딨겠습니까? 인생에 의미가 있다면 있는 거고, 없다면 없는 거겠죠. 어차피 한 번뿐인 인생, 우주가 언제까지 존재할지, 어디까지인지 알면 뭐 하고 모르면 어떻습니까? 인간과 자연이 조화되는 관계 속에서의 그런 삶만이 인간을 구원할 것입니다. 아까 얘기한 '마루야마 겐지'의 《소설가의 각오》란 책을 선물로 드리겠습니다.

　- 네, 감사합니다. 지금까지 오랜 시간 너무 감사했습니다. 안녕히 계세요.

　유정숙 기자는 공손히 인사한 다음, 발꿈치를 들고 조용히 김철수 선생님 댁의 대문을 닫고 나오면서 선생께서 주신 책을 펼쳐보았다. 그리고 천천히 한 대목을 읽기 시작했다.

청춘이란 달콤한 향기에 취해 천국 같은 나날을 보내는 젊은이들도 많다. 그들이라고 전혀 고뇌가 없는 건 아니다. 분명히 있을 것이다. 그러나 그들은 무슨 일을 시작하든 우선 고독이라는 강을 건너지 않으면 안 된다. 그 강을 건너기 전에 토해낸 언어는 모두 넋두리나 주절거림일 따름이다. 그 강을 건너면서 이건 이래서 좋고, 저건 저래서 싫다는 가치 평가를 내려선 안 된다. 싫어도 건너야 한다면 건너야만 한다. 건너편 강기슭을 보면서 단숨에 몸을 날리는 수밖에 없다. 그다음은 강물 속에서 온몸으로 몸부림치면 된다. 그 몸짓은 실로 멋대가리 없다. 강기슭에서 바라보는 인간들은 조소를 금치 못할 것이다. 그래도 웃게 내버려 두어라. 건너편 기슭에 도달하고 나서 그들에게 웃음으로 되돌려 주면 된다. 하지만 그들은 아무리 세월이 흘러도 그 강을 건너려 하지 않는다. 가능하면 평생 건너지 않게 되기를 바랄 것이다. 그러나 건너지 않으면 불필요한 고뇌가 항상 따라다닌다. 그뿐만이 아니다. 그 고뇌의 횟수와 내용은 오히려 나날이 불어난다. 젊음에 부여된 그칠 줄 모르는 체력과 한결같은 열정은 놀기에 전념하라고 있는 것이 아니다. 그 강을 끝까지 건너라고 있는 것이다.

언제나 그 강을 건널 수 있다고 생각하는 건 커다란 오산이다. 서른을 넘기면 절대로 건널 수 없다. 건너고 싶어도, 이미 체력이 따라오지 않는다. 그다음은 변명할 말을 찾으며 늙어가든지, 아니면 얕은 개울물에 발을 담그고 빠진척하며 즐기는 도리밖에 없다.

복남이의
풀 한 포기

서연진

동무들과 열심히 땅따먹기를 하는 나.
아이들이 노래를 부르기 시작한다.

꼬꼬댁 꼬꼬, 먼동이 튼다.
복남이네 집에서 아침을 먹네. 옹기종기 모여 앉아 꽁당보리밥.
꿀보다도 맛 좋은 꽁당보리밥, 보리밥 먹는 사람 신체 건강해.
복남이, 진짜 건강해~ 하~ 하~ 헤~ 헤~.

친구들이 웃는 소리가 여기저기서 들린다.

〈꽁당보리밥〉 노래처럼 나는 먹는 걸 좋아한다.
음식을 특별히 가리지도 않았고 먹을 것도 없었던 나는, 팔 남매의 경쟁 속에서 음식에 대해서 늘 꽤 진심이었다. 특히 과일은 내 몫이었다. 오빠, 언니, 동생은 과일을 안 좋아해서 대부분 내 차지였다.

인근 과수원에서 일하고 얻은 못 파는 과일들을 가져오면, 엄마는 내 이름부터 불렀다.

"복남아, 복남아. 너 좋아하는 과일 가지고 왔다. 빨리 와서 먹어라."

"아이구, 우리 복남이 우찌 이리 과일을 잘 먹노! 잘 먹어 튼튼하고 씩씩해서 좋다."

"엄마, 내가 잘 먹는 게 좋아?"

"그럼, 그럼. 잘 먹으니 얼마나 예쁜데!"

못난이 과일들은 언제나 내 차지였다.

오빠, 언니, 동생은 한두 개만 먹었지, 소쿠리로 한가득 쌓여 있어도 쳐다보지도 않았다. 뺏지도 않고 나더러 마음껏 먹으라고 했다. 흠이 있거나 벌레 먹은 과일은 언제나 배부르게 먹을 수 있는 유일한 나만의 행복한 식량이었다.

또다시 노랫소리가 희미하게 들린다.

"엄마! 친구들이 이름 가지고 노래 부르면서 자꾸 놀려. 내 이름은 왜 이렇게 책에도 나오고, 노래에도 나와서 친구들한테 놀림을 받아야 돼?"

엄마… 엄마… 엄마… 하고 부르다 시끄럽게 귓가를 때리는 휴대폰 알람 소리에 잠이 깬다.

나는 아직도 어릴 적 친구들이 놀리는 꿈을 가끔 꾼다.

목이 타 일어나 물을 한 잔 마시려다 보니, 손에 든 컵에 금이 가 있다.

어쩐지 불길한 느낌이 몸을 스치지만, 태연한 척 아무 일 없다는 듯이 쓰레기통에 버린다.

"요즈음 바쁘다는 핑계로 엄마 보러 안 간 지 좀 되었네."

혼잣말을 속삭이며 서울에서 볼일 본 후 가 보자고 생각하며 다른 컵을 꺼내 물을 마시려는 순간, 울리는 전화벨 소리. 셋째 오빠다.

'아침부터 무슨 일이지? 오늘 일하러 안 갔나?' 생각하면서 전화를 받는다.

– 복남아.

– 응, 오빠! 더운데 잘 지내제?

– 더워서 일하기 힘들지? 근데 그보다… 엄마가 아프다.

– 뭐? 어디가?

– ·······.

나도 모르게 놀라서 목소리 톤이 올라간다. 잠시 침묵을 지키던 오빠는 내가 조금 마음을 가라앉히자 이어서 말한다.

– 엄마… 직장암 말기다.

순간 나는 할 말을 잃는다. 눈에는 벌써 눈물이 글썽거린다. 내 목소리 톤이 올라가고 흥분하기 시작한다.

– 오빠, 무슨 말이야? 며칠 전에도 오빠가 요양원 갔을 때 별일 없다 했잖아? 어떻게 된 건지 자세히 말해 봐.

나는 점점 더 흥분하며 오빠를 숨도 못 쉬게 다그친다. 오빠는 머뭇거리며 뜸을 들이더니 재촉하는 내게 천천히 말을 꺼낸다.

– 혈압이 갑자기 올라가 요양원 연계 병원에 갔는데, 그 병원에서는 혈압이 안 내려가고 원인을 못 잡아 더 큰 병원을 소개해 줬어. 큰 병원 의사가 말하기를, 변을 못 뉘 혈압이 올랐고, 이렇게 두면 안 된다고 해서 급하게 수술했는데 열어 보니 암이 주변 장기들에 퍼져서 수술하다 죽을 수도 있다고 하더라. 그래서 급한 대로 장루 주머니만 밖으로 빼고 닫았다.

오빠는 담담히 말했다.

– 복남아, 마음의 준비해야 되겠다.

나도 모르게 화내듯 강하게 말이 나간다.

– 무슨 말이야! 최선을 다해야지! 나 지금 서울이니 바로 진주 갈게.

무거운 대화를 마치자마자 제일 빠른 고속버스 표를 예매한다.

버스 창문에 비친 내 모습을 멍하니 바라보다 10년 전… 언니가 갑자기 죽었을 때의 느낌이 되살아나 버스 안의 나는 눈물로 가득하다.

풀 한 포기도 밟지 못하는 소중한 시간!

살았기에 함께 할 수 있음이 얼마나 소중한지를 배우는 시간이었다.

너무 갑자기 일어난 일이라 이별의 준비조차 할 수 없던 언니의 죽음.

언니를 그렇게 보내고 나서, 엄마에 대해서만큼은 준비를 해야지, 되새기며 자주 찾아뵈려 했지만 역시 삶의 이런저런 핑계로 잘 안 돼 미루곤 했는데…. 엄마가 직장암 말기라는 말을 들으니, 하늘이 무너져 내렸다.

내가 살아온 인생에 대한 사형 선고를 받는다면 이런 느낌일까?

창문 너머로 벚꽃이 떨어지며 흩날리기 시작한다. 나는 생각에 잠긴다.

언니를 보내고 몇 년 뒤 어느 봄날!

엄마가 봄나물을 무치다 소금 대신 설탕을 넣어 이상하다 생각한 적이 있었다. 소금과 설탕은 색깔이 같으니 누구나 실수하거나 착각할 수 있으니까 별로 대수롭지 않게 여겼다. 엄마가 나이가 들어서 그렇다고만 생각했다.

가끔 냄비도 태워 먹고 집에 가면 빨랫줄에 속옷이 유난히 많이 널려 있었고, 갈 때마다 수돗가에는 엄마 속옷이 물에 잠겨 있었다. 그걸 보면서도 우리 엄마는 진짜 깔끔하다고 생각했지, 치매라고는 의심조차 하지 않았다. 엄마의 몸에서 예전과 다른 냄새가 났지만, 나이가 들어서 나는 냄새 정도로 이해할 수 있었다.

나의 롤모델, 위대한 엄마니까.

엄마는 항상 '고맙다'라는 말을 입에 달고 사셨다.

내가 시골에 가면 바쁜데 와 줘서 고맙다고 한다.

"엄마. 딸이 엄마 보러 오는데 당연한 거지. 자주 못 와서 내가 미안하지."

엄마는 그래도 고맙다고 한다. 천사 같은 우리 엄마!

그래서 더 치매라고 의심을 못 했다.

주간보호센터도 잘 다니고 계셨고, 잘 먹고 잘 움직이고 해서 대수롭지 않게 생각했는데… 예전과 달리 말의 소통이 안 되었을 때 알아차렸어야 하는데… 내가 너무 무심했다.

대화를 자연스럽게 이어 나가지 못할 때 알아차렸어야 했는데.

어느 비 오는 일요일, 그날을 잊을 수 없다. 내 눈으로 본 게 맞는지….

동생과 함께 엄마를 모시고 마트에 갔는데 시장을 다 보고 화장실에 가고 싶다셔서 사람들이 많아 엄마와 내가 한 칸에 같이 들어가게 됐다. 소변을 누고 싶다더니 대변을 눈 엄마…. 그것도 아주 조금. 대충 처리하길래 깔끔을 떠는 엄마가 좀 이상하다고 생각하면서 나는 잔소리만 했다.

"엄마 왜 그러는데? 잘 닦아야지!"

엄마가 뭐라고 대답하셨는지 기억나지 않는다. 그날도 혼자서 저녁을 안 챙겨 드실까 봐 나는 저녁 먹는 모습까지 보고 가려 했다. 그러다 마트에서 뒤처리가 잘 안된 게 기억 나 씻으러 가자며 일으켜 세우는데 이상하게 엄마의 엉덩이가 축축했다. 물이 쏟아졌나 생각하며 주변을 둘러보았다. 그러다 순간 놀라서 몰래 엄마가 앉은 방석과 엄마 엉덩이를 살짝 다시 만져보았다. 축축했다.

냄새도 물 냄새가 아니었다. 보고도 믿어지지 않았다. 잠시 아무 것도 할 수 없었다.

"엄마, 옷이 왜 젖어 있어?

조심스럽게 확인하니, 당황하던 엄마….

"왜 젖어있지?"

부끄러워 말못하던 엄마….

엄마를 씻기고 동생이 속옷을 갈아입히는 동안, 나는 수돗가에 앉아 속옷을 빨았다. 하염없이 쏟아져 내리던 눈물.

엄마가 그런 실수를 한다는 게 받아들여지지 않았다. 눈물만 계속 났다.

엄마가 들을까 봐 문을 등지며 수돗물을 세게 틀었다.

내 어깨를 어루만지며 위로하는 동생과 같이, 우리는 한참 흐느껴 울었다.

지금 생각하면 치매를 의심할 증거들이 너무나 많았는데… 딸로서 너무 몰랐다는 후회와 죄책감이 밀려왔다.

그날 내 눈으로 직접 그 광경을 목격한 이상, 엄마를 시골집에 혼자 둘 수 없었다. 생리 조절을 못 하는 엄마가 시골에 혼자 계시면 안 될 듯해 오빠에게 전화했다.

한 아버지는 열 아들을 키울 수 있으나 열 아들은 한 아버지를 봉양하기 어렵다는 속담이 현실로 절실히 다가오는 시간이었다. 팔남매가 다들 바쁘다는 핑계로 엄마를 요양원에 모시는 게 좋겠단다. 나 역시 그때 당장 엄마를 못 모시는 입장이었기에, 치매 환자가 환경이 크게 바뀌면 안 좋다는 말로 위로와 합리화를 하며 요양원으로 모시는 데 찬성했다.

고맙게도 셋째 오빠가 엄마 요양원 가면 못 돌아오신다며, 보낼수 없다고 고집을 피웠다. 새언니 눈치가 보였지만 오빠가 잠깐이라도 모시고 싶다고 해서 우여곡절 끝에 엄마는 다음날 셋째 오빠집으로 가게 됐다.

엄마는 저항 없이 셋째 오빠 집으로 가셨다. 치매가 아니면 절대불가능한 일이었다. 엄마가 치매를 진단받기 몇 년 전부터 셋째 오빠는 졸랐다. 엄마도 나이가 있으니 혼자 있으면 외롭고 무슨 일이생길지 모르니 같이 살자고. 여러 번 말했고, 동생도 연년생 애 셋을 키우며 힘들어 엄마랑 같이 살기를 바랐다. 나도 애 키우며 직장생활을 하기가 힘들어 엄마랑 같이 살기를 원했지만 그때마다 엄마의 답은 같았다.

"나는 시골을 절대 떠날 수 없다."

우리집에도 1년에 한 번 오면 많이 오시는 거였다. 오면 하루 자고는 바로 내려가셨다. 도시는 답답해서 못 있겠다며, 동물들에게 밥 줘야 한다고 이틀도 채 못 있고 내려가셨다. 그때는 진짜 섭섭했고 친정엄마와 같이 사는 친구들이 마냥 부럽기도 했다. 하지만 그 또한 내가 편하려고 엄마와 살기 원했던 것.

그런 엄마가 셋째 오빠 집에 순순히 가신다고 하니 가슴이 무너지듯 아팠다.

엄마는 셋째 오빠 집에서 주간보호센터를 2년 정도 더 다녔다.

주간보호센터 사회복지사 선생님은 엄마가 걸어 다니고 손도 잘 움직이고 말도 예쁘게 하셔서 다른 분들에 비해 돌보기 편하다고 하셨다. 그 말로 위로를 삼으며 마음을 놓은 지도 잠시…. 차츰 오빠의 얼굴과 목소리가 어두워졌다. 술 마시면 새언니의 눈치를 봤다. 나도 며느리라 오빠가 말 안 해도 알 수 있었다. 처음에는 주간보호센터에서 밥도 세 끼 다 주고 착한 치매라 괜찮다 싶었겠지만, 엄마의 소변 실수가 늘어나고 씻기도 싫어하자, 오빠와 잦은 말다툼이 이어지며 새언니도 지쳤다. 결국·엄마는 변 조절까지 잘 안돼 요양원으로 가게 되었다. 딸도 못 하는 힘든 일을 며느리인 새언니가 2년 가까이 엄마를 모신 게 너무 고맙고 감사했다. 셋째 오빠는 그동안 엄마와의 이별 준비를 어느 정도 한 듯 보였다.

진주 촉석루가 시야에 들어왔다. 눈물을 닦고 퉁퉁 부은 눈으로 버스에서 내렸다. 셋째 오빠가 터미널에 마중을 나와 있다.

"수술은 잘 됐다."

다행이다. 큰 고비를 잘 넘기셨다. 잘 이겨내신 엄마.

엄마가 병원에 누워 계시는 모습이 너무 낯설다.

엄마는 인지지원등급(6등급)으로 시작해 지금은 3등급이다.

엄마는 다른 사람보다 건강하셔서 이때까지 병원에 거의 가 본 적이 없다.

개한테 물려서 며칠 입원한 거 빼고는 기억이 안 날 정도다.

엄마가 치매 빼고는 건강하다고 생각해 대장 내시경을 안 한 게 후회된다. 정기적으로 검사만 받았어도 이렇게 되지는 않았을 텐데…. 너무 죄송하고 미안하다.

내가 어릴 때 대장암에 걸려 장루 주머니를 달고 고통스러워하던 아버지의 모습과 엄마의 모습은 전혀 다르다. 수술도 잘 됐고 장루 주머니도 내 눈에는 예쁘게만 보인다. 지금 살아 계시고 눈을 마주치며 이야기하는 엄마 모습은 천사나 다름없다. 조금이라도 더 엄마 얼굴을 볼 수 있고, 만질 수 있음에 감사했다.

손을 꼭 잡고 있는데 눈을 계속 감고 계신다.

"엄마 괜찮아? 많이 아프지?"

엄마는 대답 없이 눈만 감고 계신다.

치매라 해도 수술의 아픔을 못 느끼는 건 아닐 테니, 성품이 온화

하고 고와서 참으시는 거겠지. 올해 엄마의 나이 89세. 더 이상 큰 고통 없이 아프지 않고 편안하게 가셨으면 좋겠다.

눈을 감고 있는 엄마의 얼굴 너머로, 나는 생각에 빠져든다.

다시 〈복남이네 어린아이〉 노래가 귓가에 맴돈다.

복남이네 어린아이 감기 걸렸네, 복남이네 어린아이 감기 걸렸네. 복남이네 어린아이 감기 걸렸네, 모두 다 찾아가서 위로합시다. 히히히~~ 헤헤헤~~ 복남이 감기 걸렸대요, 감기 걸렸대요, 히 히히~~ 헤헤헤.

아이들의 해맑은 웃음소리가 점점 약해진다.

어린 시절의 나는 이름 때문에 유난히 친구들에게 놀림을 많이 받았다.

지금 생각하면 좋은 관심이지만, 그때는 노래에도 나오고 책에 도 나오니, 복남이라는 이름이 책이나 노래로 나올 때마다 늘 친구 들한테 관심의 대상이었고 그때는 괴로웠다. 그래서 나는 복남이라 는 이름이 싫었다.

시골 마을이라 학생들이 거의 없었고 초등학교 1학년 때부터 6학년까지 1반밖에 없어 6년 동안 계속 봐서 그런지, 아니면 그 시절에 유행하는 이름이라서 부르기 쉽고 익숙해서 그런지 조용히 있어도 나는 늘 눈에 띄었다. 팔 남매 중 내 이름은 동네 어른들이 모르는 사람이 없을 정도로 항상 기억하는 이름이고, 존재감 있는 어린이였다.

"네가 복덩어리라서 그래. 너 낳고 땅을 많이 사서 복남이라고 이름 지었어."

친구들이 놀릴 때도 엄마는 늘 이렇게 말하며 내 자존감을 세워 주셨다.

오빠와 동생이 편 먹고 나를 왕따 시킬 때도 싸우지 말라고 큰 소리를 내셨지, 나한테 화를 내신 적은 거의 없다. 정말 어진 분이 셨다.

공부하라고 강요도 안 하셨고, 시험 기간 밤늦게까지 공부하면 항상 기특하다며 내 머리를 다정하게 쓰다듬어 주셨다.

어릴 때 농사일이 싫어 주말마다 교회 갈 때도 엄마는 한두 마디 하셨을 뿐, 몰래 교회 가도 더 이상 말씀을 안 하셨다. 교회에 가면 맛있는 간식도 주고 밥도 줬다. 노래도 부르고, 재밌는 게임도 하고, 좋은 말도 많이 해 주고, 칭찬도 많이 해 줘 좋았다. 자연스럽게 교회를 안 다니면 지옥에 간다고 확신하던 즈음, 아버지가 50대 초 반의 이른 나이에 대장암으로 돌아가셨다.

나는 세상에 태어났을 때처럼 목청이 떨어져라 서럽게 통곡하듯이 울부짖었다.

배변이 안 되던 아버지가 차신 장루 주머니를 어린 나이에 봐서 그런 걸까? 교회에 안 다니셨던 아버지이기에 구원을 못 받아 지옥에 떨어진다고 상상해서일까? 아니면 대학 가야 하는데 못 갈까 봐 걱정했던 걸까?

나는 온동네가 떠나갈 듯 목이 쉴 정도로 대성통곡하며 한을 쏟아 냈다.

너무 어린 나이에 사람의 죽음을 봤기에 울음이 났을 것이다. 아니, 내 아버지가 죽었다는 사실에 눈물이 났을 것이다. 아버지가 술주정하며 엄마와 우리를 괴롭히는 모습조차도 다시는 눈으로 볼 수 없고 만질 수도 없으니까.

그 뒤로 세월은 소리 없이 빠르게 흘러갔다.

나는 종교의 힘으로 도덕적으로 반듯하게 자라 알바하고 대학교도 가면서 아버지라는 존재를 점점 잊었다. 어느덧 서른여덟의 아줌마가 돼, 결혼도 하고 애도 낳고 직장 생활을 하며 평범하게 살아가던 3월 꽃피는 봄날, 하늘이 무너져 내리는 소식이 들렸다. 쉴 틈 없이 일하고 있는데 오빠한테서 전화가 와 있었다. 점심시간에 걸려온 이상한 전화였다.

– 복남아, 누나가 많이 아프다. 지금 병원에 와 있다.

요즈음은 월차니 연차니 내가 날짜 조절해서 사용할 수 있지만

10년 전만 해도 사장님이 쉬는 날에야 쉴 수 있었다. 바로 휴가를 내기 어려웠던 나는 3일 뒤가 주말이라 다행이다 싶었다.

– 오빠, 오늘이 수요일이니, 토요일에 진주 내려갈게.

전화를 끊을 때만 해도 그날 다시 전화를 받을 줄은 몰랐다. 오후에 다시 불길한 전화가 왔다. 받을 상황이 안 돼 진동으로 해 뒀는데도 계속 울렸다. 잠시 틈을 내 구석에 가서 소리를 죽이고 겨우 전화를 받았다.

– 오빠, 빨리 말해. 토요일에 내려간다고 했잖아, 나 일하고 있어, 빨리 요점만 말해!"

다그치는 내 말에도, 오빠는 목소리가 파르르 떨릴 뿐 차마 말을 못한다. 바쁘다고 다시 재촉하니 그제야 한마디했다.

– 누나… 죽었다.

어안이 벙벙했다.

– 무슨 말인데, 죽다니! 언니가 왜 죽어? 아까 병원에 갔다고 했잖아, 오빠! 오빠! 다시 말해 봐. 진짜 언니가 죽었다고?"

나는 내 두 귀를 의심했다. 믿어지지 않았다.

병원에 왔다고 연락받은 게 불과 몇 시간 전이었다. 아직 언니에게 가 보지도 못했는데, 언니가 죽었다고 한다. 정신이 혼미해진 상태로 사장님께 달려가 울면서 진주에 가야 하겠다고 했더니 무슨 일이냐고 물었다. 말도 제대로 못 하고 울먹이는 나를 보던 사장님의 당황스러운 눈빛이 아직도 눈에 선하다.

"언니가, 언니가, 죽었어요."

"뭐? 빨리 가 봐!"

집에서 걸어서 10분인 직장이, 2시간도 넘게 걸리는 기분이었다.

엉엉 울면서 걸어가는데 지나가는 사람들과 차들이 이상한 여자라는 듯 나를 힐끔힐끔 쳐다보며 마구 경적을 울렸다. 어디선가 세찬 바람이 불어와 나를 흔들었고, 코트에 단단히 달린 줄 알았던 벨트가 저 멀리 바람에 날려 갔다. 나는 붙잡지도 못하고 바라보며 소리 내 울기만 했다. 달리는 차 사이로 벨트는 그렇게 거짓말처럼 사라졌다. 아무리 주위를 둘러봐도 없었다. 나는 더 크게 소리 내어 울었다. 손끝에 잡지 못한 벨트가 언니인 것처럼…. 붙잡지 못했다는 슬픔으로. 얼굴이 눈물로 범벅이 돼 정신줄을 잠시 놓았다. 지나가던 사람이 나를 알아보고 무슨 일이냐고 물었다. 나는 다시 정신을 차리고 집까지 갔다.

어떻게 집까지 갔는지 모르겠다. 진주에 며칠 있어야 되니, 짐은 대충 챙겼다. 더 이상 시간을 지체할 수 없었다. 언니를 빨리 봐야 하니까.

싸늘히 식은 언니는 젊은 나이라 예쁘게 화장하고 예쁘게 옷도 입혀 있었다. 얼굴을 봐도 여전히 실감이 나지 않았다. 언니의 나이 44세였다. 지금의 나보다도 어린 나이…. 보고도 믿기지가 않았다. 언니는 잠이 든 것 같았다. 몇 번이고 언니 이름을 불러 보고서야 죽음을 실감할 수 있었다.

지금 내 눈앞에 누워 있는 엄마의 얼굴 너머로 언니가 죽던 날 놓쳤던 검정 벨트가 다시 아른거린다.

팔 남매인 우리는 파가 나뉘어 있었다.

큰오빠, 큰언니, 둘째 오빠는 나와 대화가 안 통했고, 세대 차이도 많이 나 무 접근 파고, 둘째 언니, 셋째 오빠, 동생만이 내게 유일한 형제 파라고 생각했다.

둘째 언니는 나와 여섯 살 차이고, 셋째 오빠는 나와 세 살, 동생은 두 살 차이라 셋째 오빠와 나, 동생은 서로 많이 티격태격했지만, 둘째 언니는 내가 마음으로도 의지하며 배우는 점이 많았기에 언니의 죽음은 내게 커다란 정신적 충격을 남겼다.

당연히 80세까지, 아니 적어도 70세까지는 나와 여섯 살 터울로 같이 살아갈 거라고 믿었는데, 그 모든 현실이 말이 안 되는 상황으로 다가왔다.

언니와 단둘이 따뜻한 밥 한 번 제대로 못 먹었다는 후회가 밀려왔다. 언니랑 못 해본 것이 너무 많았다. 맨날 바른말로 잔소리하고 언니한테 지적질만 하느라 따뜻한 말 한마디, 작별 인사도 못 했는데…. 그렇게 언니는 다시는 돌아올 수 없는 먼 길을 떠났다.

갑자기 떠날 줄 알았으면 달랐을 텐데….

인생이 너무 허무했다.

삶이란 이런 걸까?

어릴 때부터 언니를 본 초등학교 절친인 친구들한테도 언니가 죽었다는 연락을 못 했다. 나의 마음 상태가 준비가 안 되었고, 나도 믿기지 않는 상황이라 언니가 죽었다고 말하기 싫었다. 아니, 인정하기 싫었다. 부의금은 중요하지 않았다.

언니를 보내고 나는 한동안 말수가 줄어들었다.

1년이 지나도 누구한테 쉽게 언니에 대한 말을 못 했다.

혼자 있으면 갑자기 눈물이 나고 가슴이 먹먹해 혼자 있기가 싫었다.

셋째 오빠나 동생을 만나도 먼저 언니에 대한 말을 쉽게 꺼내지 못했다. 술이 들어가 알코올의 힘을 빌려 언니에 대한 이야기가 나오면 한동안 더 힘들었다.

언니라는 말만 들어도 눈물이 먼저 나와서, 말문이 막혀서, 말이 안 나왔다.

그냥 눈물만 흘리는 시간이 얼마나 지났을까?

10년이 지난 지금도 언니 이야기를 꺼내면 목이 메고, 눈물이 난다.

이 눈물은 마르지 않는 샘인가 보다. 내 가슴 깊이 박힌….

준비되지 않은 이별이라 더 가슴 아픈 언니와의 이별.

아버지의 죽음은 병원 생활을 3년이나 하시고 집에서 돌아가셔서인지 미리 준비가 되어 있었다. 잠시 슬펐지만, 사회 생활을 하면서 나름대로 잊혀 갔다. 하지만 언니의 죽음은 다르다. 같은 자매이기에 갑작스러운 죽음을 준비 못 했다. 결혼하고 애도 낳고 세상에 대해서 어느 정도 알 만하다고 생각하던 때라서 더 힘들었을지도 모르겠다.

언니의 죽음은 나의 터닝 포인트였다.

언니의 죽음은 나의 인생을 어떻게 살아야 하는지 가르쳐 주는 나침반이 되었다.

돌아보니 나는 너무 곧이곧대로 살아왔다.

어릴 적 종교적 영향도 있었지만, 농담도 곧이곧대로 믿었다.

그래서 살아생전 언니가 외치던 언니답게 살기 위한 독립선언에도 반대했고, 내가 이해해 주지 못해서 언니에게는 더 힘든 시간이 되었을지도 모르겠다.

결혼하고 애도 여럿 낳고 살았는데도 이렇게 모범 답안처럼만 살아오다니…. 나도 참 어리석었다.

인생에는 정답이 없다는 걸 언니를 멀리 보내고서야 깨달은 나.

나는 언니 이혼을 반대했다.

미쳤다면서, 언니를 이해하지 못했다.

자식한테 부끄럽지 않냐면서, 잔소리와 지적을 하며 언니 인생을 응원하지 못했다.

오로지 언니 인생을 누구보다도 더 응원했어야 했다.

그랬으면 더 오래 함께 갈 수 있지 않았을까?

사람들은 지나고 나면 항상 후회하는 것 같다.

나 또한 마찬가지였다.

나는 언니의 죽은 이후로 죽음에 대해서 진지하게 생각해 봤다.

죽음이란 누구도 피해 갈 수 없는 숙명이다.

그제야 나는 지금껏 살아온 생활에서 조용한 일탈을 시작했다.

그동안은 나와 내 가정이 우선이었다면, 이제는 이웃을 먼저 생각하기로 했다.

죽으면 아무런 소용이 없기에 돈에 대한 욕심을 가장 먼저 버렸다. 죽어서 가지고 갈 수 없는 것에 연연해하지 않기로 했다. 살면서 필요한 만큼 있으면 되고, 혹시 내 능력이 빛을 발해 돈이 들어온다면 이웃을 위해 모른 척하지 않기로 했다. 죽어서 예쁘게 화장하고 예쁜 옷 입으면 무슨 소용이 있으랴. 죽으면 그만인 것을!

언니처럼 내일 당장 죽을 수도 있다는 생각이 한동안 나를 괴롭혔다.

나는 다니던 직장을 그만두었다.

나를 아는 모든 사람들이 바보 같은 결정이라며, 손가락질했다.

전문직의 안정된 월급을 마다하고 그만둔다는 건 사실 힘든 결정이었다.

하지만 나는 구속이 없는 자유를 원했다.

내가 하고 싶은 게 무엇인지, 무엇을 좋아하고, 무엇을 추구해야 하는지, 어떻게 사는 것이 보람된 삶인지 알고 싶었다.

누구의 아내, 누구의 엄마가 아니라 오로지 나다움을 찾고 싶었다.

엄마는 아버지를 보내고 아버지의 술버릇 때문에 힘든 세월을 잊은 듯, 그리워하듯이 조금씩 술을 배우셨다. 언니를 먼저 보내고는 술을 더 많이 드셨다. 엄마의 암은 그때부터 시작되었는지도 모른다. 가늠할 수 없는 육체적, 정신적 고통을 술로 달래셨을 엄마.

나도 힘든데 엄마는 오죽하셨을까?

나도 자식을 낳아 길러보니 자식이 먼저 죽는다는 상상만으로도, 하루하루가 지옥이며 남한테 말 못 할 고통이라 느낀다. 상상조차 싫고 끔찍하다.

자식을 앞세우면 무슨 낙이 있겠는가?

맨정신으로는 살아가기 힘들어서 그랬을 것이다. 가지 많은 나무에 바람 잘 날 없다고 조용한 날이 없었다. 아버지의 술버릇을 감당하셨고, 대장암으로 병원 생활을 하던 3년 동안 간호하셨다. 남편을 보내고 자식까지 떠나보내는 마음은 말할 수 없는 고통과 아픔이었을 것이다.

말 못 할 가슴 저미는 순간들. 모든 것을 지우고, 잊고 싶었던 것일까?

그래서 엄마는 치매에 걸리신 걸까?

둘째 언니가 갑자기 죽고 난 뒤 나는 매일 연습했다.

후회하지 않게!

미련 가지지 않게!

가슴에 한을 남기지 않게!

이 순간 현재에 충실하자는 것!

언니와의 추억이 너무 없다. 10대 때는 너무 어려 언니의 고마움을 몰랐고, 언니니까 당연하다고만 생각했다. 20~30대는 연애하고 결혼하고 애 키운다고 언니와 단둘이 여행 한 번 못 가본 게 후회되었다. 소소한 일상적인 것들 외에 제대로 된 기억이 없다.

사랑은 주는 것이라고 하지만 주는 것도 중요한데 함께하는 것은 더 소중하다. 지금 내 옆에 있는 사람과 함께하는 것은 정말 소중한 시간이다.

언니를 보내고서야 느끼는 새로운 감정들이다.

나는 엄마와 함께한 시간을 잊고 싶지 않다.

내가 시골집에 간다고 하면 아침부터 나와 정자나무 아래에서 내가 올 때까지 기다리던 모습이 떠오른다. 엄마가 요양원에 있을 때 치매라 기억이 왔다 갔다 할 때, 내가 엄마 업고 요양원 한 바퀴 돌 때, 잠시 기억이 돌아와 아이처럼 내 등에서 떨어지지 않으려고 어깨를 더 꼭 잡는 모습도 선명하다. 한번은 엄마와 동생과 나 셋이

간 일본 여행에서 음식이 짜다고 투정하시더니 집에 와서는 딸들이랑 비행기를 탔다며, 이웃분들한테 자랑하시던 환한 얼굴을 오래도록 기억하고 싶다.

다시 엄마가 내 손을 다시 꼭 잡으신다.

살이 점점 빠져 가는 모습을 보니 가슴이 너무 아프다. 볼 때마다 달라지는 엄마의 모습!

그러나 받아들여야 한다. 이 현실을!

언니, 오빠, 동생이 항암 치료는 하지 말자고 했다. 엄마가 기력이 너무 없으시고 나이도 들고 직장암 말기라 이구동성으로 안 하는 게 좋겠다고 했다. 나도 아프지 않게 가시길 바라는 마음이 간절하기에 호스피스로 마음을 정했다.

젊었을 때부터 고생을 많이 하셨는데 마지막 가시는 길에는 고통과 아픔을 최대한 덜어드리는 게 맞지만, 막상 호스피스 전문 간호사가 사인하라고 하니 가슴이 너무 아프다.

나도 엄마를 고통스럽게 보내 드리고 싶지 않다고 했지만, 이게 잘하는 걸까?

혈관을 못 찾아 시퍼렇게 멍이 든 손등을 보며 잘한 결정일 거라고 스스로 위로 아닌 위로를 해 본다.

죽음이란 삶의 자연스러운 과정이라지만 엄마를 계속 볼 수 없다고 생각하니 너무 슬프다.

간호사가 부르는 소리에 정신을 차려보니 면회 시간이 끝났다.

엄마 손을 오래 잡고 싶지만 그럴 수 없다.

"엄마. 나 갈게, 다시 올게."

손을 살며시 빼려는데, 내내 아무런 말이 없고 눈만 계속 감고 있던 엄마 손이 갑자기 싫다는 듯이 내 손을 세게 잡는다.

눈물이 난다.

치매지만 귀로는 다 듣고 계셨다. 촉감으로 표현하며, 느끼고 계셨던 것이다.

결국 엄마는 병실 안으로 들어가셨지만 나는 복받쳐 오르는 울음을 참지 못하고 남들이 보든 말든 통곡하며 한동안 울면서 병실 앞에 서 있다.

엄마, 언제까지나 나의 롤모델인 위대한 엄마, 사랑합니다.

장 여사
아랫배 수난사

황영준

장 여사가 사라졌다. 일주일 후 난소에 있는 혹을 제거하는 수술을 하기로 되어 있었는데.

박 씨가 서울에 사는 아들 진성에게 전한 정황은 이러했다. 아침에 일어나 보니 장 여사가 없었다. 밥도 안 차려놓고 어딜 갔는가. 박 씨는 부아가 치밀었지만, 장 여사가 평소 다니던 헬스장에 조금 일찍 갔겠거니 여기고 있었다. 점심이 되어도 장 여사가 돌아오지 않자 배가 고팠던 박 씨는 장 여사에게 톡도 남기고 전화도 해보았다. 톡에서 1은 사라지지 않았고, 전화기도 꺼져있었다. 관리비 고지서를 비롯해 온갖 잡동사니가 널려있는 거실 테이블을 들춰봐도 남긴 쪽지 한 장 없었다. 옷이나 가방이 사라지진 않았냐는 진성의 질문에 박 씨는 답하지 못했다. 평소 눈여겨보지 않앉던 터라 장 여사가 있던 자리에서 무엇이 들고 났는지 알 도리가 없었다.

이게 도망갈 일인가, 진성은 의아할 따름이었다. 난소에 생긴 그 혹, 그것은 암이 아니라 경계성 종양이라고 했다. 양성도, 악성도 아닌, 말 그대로 경계에 서 있는 것. 가만히 착하게 남아 있을 수도 있고 사악하게 돌변할 수도 있는 상태. 물론 확실한 것은 수술해서 꺼내 봐야 아는 것이라곤 했지만. 암은 아니라는 말에 일단 가슴을 쓸어내린 진성은 그 자리에서 산부인과 의사 말대로 수술하기로 했다. 의사가 날짜를 급히 잡는 것으로 보아 여유 있게 지켜볼 상황은 아닌 듯했다.

장 여사가 혹시 수술 자체에 지레 겁먹은 것인가? 하긴 수술대에 오를 수 있는 몸인지 확인하려고 별도로 심장 초음파도 살펴보는 상황이었으니, 가뜩이나 자주 가슴이 쿵쾅거리고 설레는 장 여사로서는 수술을 피하고 싶었을지 모른다고 진성은 생각했다. 하지만 어제 장 여사도 같이 들었다시피 심장내과 전문의는 괜찮다고, 수술을 할 수 있다고 하지 않았는가. 부정맥이 있지만 수술 못 할 정도는 아니라고, 다만 평소에 혈전 예방을 위해 먹던 아스피린만 수술 전까지 중단하시라고.

아니지. 진성의 뇌에 다른 생각이 스쳤다. 난소는 여성의 상징 아닌가. 매일 아침 헤어롤로 말고 드라이어로 정리하고 다니는 적은 숱의 파마머리나 특유의 느린 하이톤 목소리 말고 자신이 여성임을 생물학적으로 명백하게 입증해 주는 그것, 장 여사는 그것을 떠나보내는 것이 두려웠던 것 아닐까? 진성은 자기 배 아래를 잠시 살펴보았다. 자신에게 그걸 잘라내야 한다는 선고가 떨어진다면? 아무리 이제 별로 쓸 데가 없다지만, 쉽지 않은 결정이리라. 갑자기 소름이 돋아 진성은 소변을 보고 난 다음처럼 몸을 부르르 떨었다.

같은 시간, 박 씨는 다른 고민을 하고 있었다. 박 씨는 진성에게 다시 전화를 걸었다.

– 아무리 생각해도, 이 여편네가 지금 나한테 시위하는 거야.

– 찔리시는 게 많은가 봐요? 엄마랑 최근에 싸우셨어요?

– 지금 이거 내가 병원에 같이 안 가고 골프 치러 갔다고 그러는 거잖아.

– 제가 안 그래도 병원 가면서 엄마한테 아버지 욕을 얼마나 했는지. 그래도 제가 같이 갔잖아요. 아들이랑 병원 가니 오히려 좋다고 하시던데, 엄마한테 섭섭하게 해 드린 거 또 없어요?

– 아, 글쎄. 수술할 때도 내가 간병인 구하라 그러긴 했는데, 그게 그렇게 분했나? 어설픈 나보다 전문가의 손길이 백번 낫지 않겠어? 내가 그, 화장실에서 밑도 닦아준다고 생각해 봐. 나 본인 생각해서 그런 건데, 거참.

박 씨는 매 장면을 상상하는 표정을 지으며 몸을 부르르 떨었다.

146

– 참나, 엄마가 아버지한테 기대나 했겠어요? 엄마 이번에 수술하는 곳이 난소잖아요. 제 생각에는요, 엄마는 지금 여자의 상징이 없어지는 게 무섭고 싫은 거예요. 그러게, 평소에 여자 대접 좀 제대로 해주시지. 지금 엄마는 '여자'이고 싶은 겁니다. 엄마 속마음은 하나도 몰라 주고 자기 생각만 하시니 참.

– 무슨 소리 하는 거야? 갱년기에 이미 그렇게 난리를 쳤는데, 아직 여자였어? 그때 뭐라더라? 자기 이제 여자로서 끝났다고. 뻑하면 화내고, 추운데도 열난다고 에어컨 틀어 재끼고, 내가 그거 참느라 얼마나 고생한 줄 알아?

– 근데 정말 희한하네. 수술해야 한다고 할 때 표정은 멀쩡하셨는데.

– 안 들려서 그랬겠지. 엄마 그때 보청기 꼈었냐?

– 끼셨던가? 하여간 못 들으셨을까 봐 제가 수술해야 한다고 다시 설명해 드렸어요. 그때도 고개만 끄덕이셨는데. 그래서 제가 수술 전에 챙겨 드셔야 하는 거 이것저것 말씀도 드렸고.

– 그러고 보니 이거 이 여편네가 내가 아니라 너한테 화난 거 아냐? 너 또 엄마한테 잔소리 퍼부었지? 사람들하고 얘기할 땐 꼭 보청기 껴라, 밥 먹고 걸어라, 혈당 올라가니 채소 먼저 드셔라, 물 많이 드셔라, 그런 걸 조목조목, 소리 버럭버럭 질러가며 당부했겠지. 안 봐도 뻔하다. 평소에 엄마한테 말 좀 조곤조곤하게 하지. 아직도 엄마한테 복수심이 타오르냐?

– 아니, 왜 또 저한테 뒤집어씌우세요? 이러시는 거 보면 진짜

아버지한테 화가 나서 나가신 것 같기도 하고. 엄마 어디로 가셨을지 짐작 가는 곳 없어요?

— 가긴 어딜 갔겠어. 뛰어봐야 벼룩이고 내 손바닥 안인데. 운전도 못 해서 나보고 만날 어디 데려가라고 난리 치던 여편네가. 여기는 내 고향이지 너희 엄마는 여기 친구도 없어. 뭐 교회 사람들이나 좀 알까.

— 그러면 교회 권사님들께라도 좀 물어보세요. 저도 찾아볼 테니까.

진성은 전화를 끊은 뒤에도 회사 일에 좀처럼 집중하지 못했다. 장 여사에게 보낸 톡 앞에는 1이 그대로 붙어 있었다. 다른 흔적은 없을까 생각하던 진성은 지난 명절에 장 여사의 휴대전화에 인스타그램을 설치했던 것을 떠올렸다. 손주 사진은 주로 여기 올리니까 직접 팔로우해서 보시라고, 친절하게 이용하는 방법 설명도 했건만, 진성 외에는 장 여사를 팔로우하는 계정이 없었다. 혹시나 하는 마음에 박 씨에게 장 여사 신용카드가 누구 명의인지도 물어보았지만, 허사였다. 돈 관리는 모조리 장 여사가 해 왔고, 신용카드도 장 여사 명의였다. 네 돈도 내 돈, 내 돈도 내 돈. 장 여사의 평소 좌우명답게 박 씨가 도리어 장 여사 명의로 된 카드를 쓰고 있었다. 카드 기록으로 뒤를 밟는 방법도 실패였다. 장 여사 휴내진화에 위치 추적 앱이라도 깔아놓을 걸 그랬나? 진성은 '부모님 위치 추적'을 검색해보았지만, 초등학생 자녀를 추적한 부모들의 경험담이 대부분이었다.

박 씨는 교회 권사들의 연락처를 몰랐다. 교회에서 장년부는 철저하게 남 선교회와 여 선교회가 따로 모이니까. 같이 골프 치는 남자 장로들과 집사들의 연락처뿐이었다. 부부 모임을 해서 장 여사와 함께 아는 사람도 있었지만, 그렇다고 대놓고 자기 아내를 보았냐고 묻기도 난망한 노릇이었다. 막막해진 박 씨는 일단 집을 나섰다. 딱히 생각나는 목적지가 없어 교회를 향해 걷다가 교회 근처에서 카페를 발견했다. 통창 너머를 힐끗거려 보았으나 장 여사의 모습은 보이지 않았다. 기왕 내친김에 장 여사가 다니는 헬스장에도 쳐들어가 구석구석 둘러보았지만 허사였다. 혹시나 해서 헬스장에서 여자 사우나로 연결되는 문 앞을 서성이던 박 씨는 열리는 문을 향해 시선을 돌렸다. 흘깃 쳐다보는 순간, 사우나에서 나오는 일군의 무리와 눈이 마주쳤다. 그들의 표정이 일그러졌다. 까딱하면 변태로 몰려 지역 뉴스에 나오겠다 싶어 박 씨는 황급히 뛰쳐나왔다. 나오면서 안내데스크에 있는 청년에게 사정해 장 여사의 출입 기록을 문의했지만, 오늘은 오지 않았다고 했다.

"이거 실종 신고라도 해야 하는 거 아니에요?"
"호들갑 떨지 마라. 아직 한나절밖에 안 지났다. 저녁에는 들어오겠지."
진성의 성화에 호기롭게 대답하긴 했지만, 박 씨의 표정도 점점 굳어지고 있었다. 친지들에게 연락해 보기도 민망한 상황에 어찌 경찰에 신고하겠는가. 그랬다가는 장 여사가 사라졌다는 소문이 삽시간에 퍼질 테고, 다들 대체 박 씨가 어떻게 처신했으면 수술을 앞둔 장 여사가 잠적했겠냐며 수군댈 것이 분명했다. 함께 골프를 치던 교회의 젊은 친구들도 '나이스 샷' 대신 야릇한 비웃음을 흘리겠지. 이런 불경한 연상이 꼬리에 꼬리를 물었다. 있을 수 없는 일이었다.

불안한 마음에 한참을 거실에서 서성이던 박 씨가 허기를 참지 못하고 냉동실에서 몇 년 묵었는지 알 수 없는 백설기를 꺼내 두 겹이나 둘러쳐진 비닐을 벗기고 전자레인지에 해동하려는 순간, 휴대전화 진동음이 들려왔다. 장 여사의 톡이었다.

– 나 멀쩡해요. 때 되면 돌아갈 테니까 찾지 말고 좀 내버려 둬요.

박 씨는 긴장이 풀리는 것을 느끼며 떡을 쥔 채 소파에 주저앉았다. 허탈한 마음을 되짚어 보며 장 여사가 집을 나간 이유를 다시 생각해 보았다. 혹시 삼식이가 원인이었을까? 삼시세끼 집에서 먹으며 입만 벌리고 있는 자신이 지겨울 법도 했고, 참 고단했겠다 싶었다. 하지만 다 이유가 있었다. 5년 전 장 여사는 건강검진으로 복부 초음파를 찍다가 쓸개에 있는 결석을 발견했다. 수술 후 장 여사는 쓸개 빠진 사람이 되었다.

한동안 부부는 밖에서 사 먹을 엄두를 내지 못했다. 장 여사는 십이지장으로 쓸개즙을 뿜어낼 수 없어 고기와 기름진 음식들을 특히 소화를 못 시켰는데, 음식점에서 파는 것들이 다 그런 것들 아닌가. 게다가 장 여사는 식사 중에도 한참을 요란했다. 그억그억 트림 소리, 무시로 나오는 방귀 소리, 게다가 냄새까지. 진정 곤욕스러웠다. 박 씨 자신은 가족이니 참는다 치더라도, 음식점 옆 테이블에서 식사하는 이들은 또 무슨 낭패인가.

어쩔 수 없이 부부는 그때부터 집에서 채식과 현미밥 위주의 식사를 시작했다. 먹고 나서도 문제였다. 함께 식사를 마치고 나면 박 씨는 느긋하게 앉아 TV를 보고 싶었지만, 장 여사는 바로 산책을 나서야 했다. 그래야 조금이나마 소화가 되는 것 같다고 했다. 억지로 따라나선 사람답지 않게 박 씨는 항상 앞장서 걸었다. 부릉부릉, 장 여사 뒤로는 무언가 계속 배출되고 있었기 때문이다. 그 불안한 산책이나마 장 여사 홀로 한 지 한참 되었다. 박 씨가 식사 후 바로 골프 연습장으로 내빼기 시작했기 때문이다. 박 씨는 그동안 장 여사가 섭섭할 만했다고 생각하며 입맛을 다셨다.

소식을 들은 진성도 허탈하기는 마찬가지였다. 진성은 장 여사가 난소를 떼어내야 한다는 말에 충격을 받은 것이라는 생각을 떨치지 못했다. 장 여사가 사라진 다음 날, 진성은 포털 사이트에 접속해 난소암 카페를 찾았다. 다른 환자들도 다들 그런 심정을 느끼는지 확인해 볼 요량이었다.

'장루 환자 배에 차는 가스 어떻게 해결하시나요?'

'자궁에 복수가 차 있대요' '수술 후 디펜드 필요할까요?'

자유게시판에는 환자의 고통스러운 일상이 연상되는 질문들로
가득했다. 수술 후 어머니가 중환자실에서 돌아오지 못하고 있어
애가 탄다는 보호자도 있었다. 진성은 자기도 모르게 카페 회원 가
입 버튼을 누르고 게시물을 읽을 권한을 얻어 글을 하나하나 살펴
보기 시작했다. 갑작스레 닥친 불행 때문인지 글들은 대체로 경황
없고 두서없었다. 댓글들이 오히려 차분했다. 오랜 투병 생활을 한
환자와 보호자들이 여러 어려움을 견뎌내며 얻은 지혜를 값없이 나
누어주고 있었다. 게시글을 차례로 읽어 내려가던 진성은 간단한
질문 앞에서 멈추었다.

"경계성 종양, 나이가 있어서 그러는데 수술 안 하면 안 될까요?"

글쓴이의 아이디는 '장 여사'였다. 아이디를 클릭하니 블로그가
연결되었다. 박 씨의 휴대전화가 울렸다.

— 엄마가 쓰는 블로그를 찾았어요. 몇 시간 전에 글을 올리셨는
데, 사진만 봐서는 어디 계시는지 종잡을 수가 없네. 아버지 혹시
짐작 가시는 곳 없어요? 엄마 친구 집이나 그런….

블로그? 그게 뭐지? 진성의 설명을 듣고서야 블로그가 무엇인지

이해했지만, 박 씨는 그동안 장 여사가 그런 걸 한다는 건 전혀 눈치채지 못했다. 짐작 가는 곳이 있냐고? 장 여사는 혼자 서울에 가면 진성의 집에만 머물지 않고 지인의 집에서도 하룻밤씩 묵곤 했지만, 다녀오기만 하면 누구 엄마는 뭘 샀고, 누구 엄마는 남편이랑 어딜 다녀왔고, 그런 시시콜콜한 이야기만 늘어놓는 통에 모조리 귓등으로 흘려들은지라 기억나는 이름이 하나도 없었다.

게다가 그녀의 친구가 어디 한둘이던가? 박 씨가 약국에 들어가 박카스를 한 병 사서 시원하게 들이켜는 그 찰나 동안 약사와 말을 트고 친구처럼 얘기하고 있던 것이 장 여사였다. 냉큼 답하지 못하고 우물쭈물하는 박 씨를 보며 진성은 일단 좀 기다려 보자고 말하는 수밖에 없었다. 수술 앞두고 걱정도 되고 답답하니 잠깐 바람 쐬러 가신 것일 거라고, 금방 돌아오실 거라고.

전화를 끊은 진성은 계속 블로그를 들여다보았다. 장 여사의 블로그는 단순했다. 간판도 그냥 아이디 그대로 달아놓은 꾸밈없는 기본형. 개설한 지는 5년이 넘어 있었지만, 누적 방문자 수는 500명이 채 안 되었다. 오늘 올라온 글엔 만개한 꽃 사진이 가득했다. 마침 봄의 절정에서 여름으로 넘어가는 계절이었다. 하지만 진성은 의아했다. 장 여사가 꽃을 좋아했던가? 아니었다. 생일이나 어버이날에 꽃바구니를 선물하면 돈 아깝게 이런 걸 왜 샀냐고 투덜대며 내민 손을 민망하게 만들던 것이 장 여사였기 때문이다. 장 여사가 언제나 원했던 것은 꽃보다 현찰이었다. 며느리까지 초대한 단체

채팅방에서 아침마다 출처를 알 수 없는 사진들을 무수히 올리던 장 여사였지만, 꽃 사진을 올린 적은 없었다.

어쨌든 그게 중요한 것이 아니었다. 장 여사가 어디 있는지 단서를 찾아야 했다. 휴대전화로 찍은 것으로 추정되는 그녀의 꽃 사진들은 풍경 함유량이 매우 적은, 꽃에만 오롯이 집중한 접사였다. 덕분에 꽃잎 속에 감춰진 암술과 수술, 꽃가루까지 보일 지경이었지만, 장 여사의 위치는 전혀 유추할 수 없었다. 꽃은 식물의 성기라더니, 아름다운 자태와 향기로 벌과 나비를 유혹해 수정을 마치고 나면 열매를 맺기 위해 떨어지는 꽃잎. 장 여사도 저 한 떨기 꽃에서 자신에게 다가오는 운명을 본 것인가. 들꽃 위주로 찍으셨네. 겸손하기도 하시지. 개망초처럼 생긴 들꽃 밑에는 글도 한 줄 남겨져 있었다. '내려갈 때 보았네, 올라갈 때 보지 못한 그 꽃.' 진성은 은퇴한 직장 선배의 톡 프로필에서 본 것 같다고 생각하며 그 문구를 지나쳐 다음 글을 클릭했다. 어제 올라온 것, 이번에는 음식 사진이었다. 그냥 소박한 국숫집에서 비빔국수 한 그릇을 앞에 두고 찍은 사진 밑에는 '요즘 애들 입맛, 맵다 매워'라고만 적혀 있었다. 진성은 다시 박 씨에게 전화를 걸었다.

— 아버지, 블로그 열어보세요. 음식 드시는 사진이 있는데, 여기 혹시 어디인지 아시겠어요?

찾아보겠다고 전화를 끊은 박 씨가 다시 진성에게 연락한 것은 한참이 지나서였다. 지금 장 여사가 올려 둔 음식 사진을 보고 있다고 했다. 자기 말이 맞았다고, 식사하며 장 여사한테 구박을 많이 했었는데 그래서 집을 나간 게 분명하다고. 후회막급이라며 호들갑을 떨었다. 하지만 정작 어느 음식점인지는 모르겠다고 했다. 하긴 집밥만 드시던 분이 어떻게 음식점을 알겠냐며, 진성은 기다렸다는 듯 쏘아붙였다. 장 여사가 오죽하면 자기에게 전화할 때마다 외식하고 싶다고 털어놓았겠냐고도 덧붙였다. 가끔 박 씨 없이 혼자 진성의 집에 들렀을 때는 손주 핑계 삼아 치킨이나 피자도 즐겨 드셨다고, 진성은 박 씨에게 알고나 계시라는 투로 말하고 퉁명스럽게 전화를 끊었다.

진성은 다시 블로그로 시선을 돌렸다. 다음 글은 과거를 회상하는 글이었다. 날짜를 보니 블로그를 개설했던 즈음인 5년 전에 쓴 것이었다. 진성은 그 무렵 무슨 일이 있었는지, 기억을 더듬어 보았다. 장 여사는 그 무렵 수술을 받았던 것 같다. 떼어낸 것이 쓸개였던가.

소리가 잘 들리지 않아 보청기를 맞추었다. 소리는 크게 들리는데 웽웽, 웅웅, 소리 때문에 어지럽다. 빼놓고 있다 보면 남편이 얼굴을 찌푸리며 소리를 지른다. 남편은 나보다 나이도 많은데 아직 귀가 멀쩡하다. 헤어드라이어 소리로 가득한 미용실에서 오래 일한 탓일까. 참 오래도 일했다. 열일곱에 학교도 제대로 마치지 못하고 잔심부름부터 시작한 미용 일이었다. 3남 3녀 대식구를 꾸리기에 집은 너무 가난했고, 나는 맏언니였다. 남동생 둘이 대학을 마칠 때까지 버는 돈은 집에 가져가야 했다. 어느덧 나는 꽤 실력을 인정받았고, 남편과 결혼하면서 내 미용실을 차렸다. 손님은 많았지만, 덕분에 쉴 틈도 없었다. 한 달에 휴일은 이틀이었다. 두 번째, 네 번째 일요일. 점심은 물에 만 밥에 김치로 후딱 해치우기 일쑤였다. 아가씨들은 시도 때도 없이 나가겠다며 속을 썩였고, 월급을 가불해 주지 않으면 다음 날 출근하지 않는 경우도 많았다. 나도 악을 쓰고 혼내며 버텼지만, 아가씨들이 얘기 좀 하자고 하면 겁부터 났다. 말이 많은 손님도 골치 아팠다. 파마하는 내내 시시콜콜한 시댁 욕을 해대는 통에 귀가 아플 지경이었다. 옆에서 울리는 드라이어 소리 때문에 잘 들리지도 않는데 손님은 자기 푸념에 맞장구를 쳐주길 원했다. 귓전을 울리던 그 온갖 소리 때문에 뜨겁게 달궈진 파마 기구를 만진 아들의 울음소리도 바로 듣지 못했다. 아들의 팔에 남은 흉터를 보면 지금도 마음이 아프다. 참 시끄러운 시간이었다.

진성은 박 씨의 톡으로 블로그 글을 공유했다. 글을 보는 중인지 한 시간쯤 지나 박 씨로부터 답장이 왔다. 5년 전 그 무렵 장 여사가 시립도서관에서 하는 어르신 글쓰기 강좌에 다녔다며, 그때 쓴 것 같다고. 그 밑의 글도 한번 보라고 했다. 상 여사가 여행을 못 다녀 답답하다고 써 놓은 글이라고.

남편 따라 남편의 고향에 왔다. 다들 남의 편이고 내 편 하나 없는 곳이었지만, 탁 트인 동해가 그나마 마음에 들었다. 집에서 걸음으로 20분 거리에 해변이 있었다. 처음엔 해변을 따라 매일 걸었다. 그러다 해변도 매일 보니 시들해졌다. 들락날락하는 파도 따라 마음도 오락가락했는데, 이제는 그저 그렇다. 어디 멀리 가보고 싶은데, 운전 그만둔 지도 오래되었고, 귀가 잘 안 들리니 운전이 무섭다. 남편이 차에 태워 데려다줘야 어디라도 가겠는데, 요즘 남편은 그저 밥 먹기가 무섭게 골프 치러, 바둑 두러 나가고 없다. 내가 바라는 것이 많았나. 미용실 할 때도 그랬다. 한 달에 딱 두 번 돌아오는 휴일에 서울 밖으로 놀러 가자는 것이었는데, 남편은 꼭 그 전날 술에 잔뜩 취해 돌아와서는 일어날 줄을 몰랐다. 지금이 딱 그때 같다.

진성이 읽고 나서 거 보시라고, 아버지 때문이라고 타박하려던 찰나, 박 씨는 블로그 메뉴에 여행이라고 써 붙인 게시판에 뭐가 있는지 보라고 했다. '여행'이라는 제목이 붙은 게시판에 박 씨와 장 여사가 여행 중 찍은 사진이 가득했다. 미용실을 그만둔 이후로 네트워크 판매업을 하던 장 여사에게 은퇴란 있을 수 없었지만, 진성의 기억에도 장 여사는 은퇴한 사람처럼 실컷 여행을 다녔다.

박 씨의 설명으로는 환갑을 맞은 박 씨에게 여행이나 다녀오시라고 진성이 용돈을 건넨 것이 기화였다. 둘 다 외국에서는 꿀 먹은 벙어리였던 탓에 주로 TV 홈쇼핑에서 염가로 판매하는 패키지 여행상품에 참여했다. 가까운 곳부터 먼저, 중국과 동남아 순례를 마치고 박 씨가 이만하면 되었나 하는 마음이 들려는 차에 장 여사는 더 먼 곳으로 눈을 돌리기 시작했다나. 둘은 교회에서 모으는 터키 성지순례 팀에도 참여했고, 내친김에 동유럽까지 다녀왔다. 기념품 하나 사 온 것 없이 자랑을 늘어놓던 모습이 진성의 기억에도 또렷했다. 늙으면 다리 힘이 풀려 다닐 수 없게 된다고, 박 씨를 설득해 가며 장 여사는 부지런히 다녔다. 이미 다리가 풀렸다는 박 씨의 평계도 통하지 않았다. 덜 걷는 유람선 여행이 박 씨를 기다리고 있었다. 마침 중국에서 출발하는 유람선이 있었는데, 상하이에서 출발해 일본 구마모토현을 돌고 오는 4박 5일 코스였다. 선내에서 밥도 주고 재워주고 낮에만 정박해 바깥 구경을 다녀오는 방식이었다. 진성이 보아 하니 출발할 때는 투덜거리던 박 씨도 유람선 여행을 꽤 즐겼던 모양이었다. 유람선 앞에서 자세를 잡은 박 씨의 사진 밑에는 밤이면 박 씨가 슬그머니 사라져 슬롯머신 앞에 죽치고 있었다고 적혀 있었다.

박 씨는 이래도 내가 잘못이냐며, 여기 쏘다닌 것들은 여행이 아니면 무엇이었냐며, 너의 엄마는 신혼 때부터 주말마다 나가자고 성화였다고, 하루라도 드러누워 쉬고 싶은 내 마음은 몰라줬다고 진성에게 토로했다. 이야기로만 간단히 전해 들었던 부부 여행의 전모를 사진으로 속속들이 살펴보는 재미가 쏠쏠해 진성은 박 씨의 항변을 들은 척도 하지 않고 계속 다음 글을 읽어 내려갔다. 쓸개를 제거하는 수술 후에 작성된 것으로 보이는 일기였다.

수술을 참 많이도 했다. 난 제왕절개를 두 번이나 했다. 진성이를 갖기 전 첫째 임신 중에는 자주 배가 아팠다. 만삭이 되어갈 무렵, 병원에서는 애가 잘못되었다고 했다. 결국 수술해야만 했다. 나는 마취 중이라 못 봤지만, 아기는 탯줄을 몸에 감고 거꾸로 서 있었다고 했다. 아기가 죽은 채로 나올 거로 생각했는데 세상에 나와 잠시 숨을 쉬었다고 했다. 아기를 잠시 만났던 남편은 예뻤다고 했다. 일 년 반이 지나 다시 진성이를 가졌다. 어차피 제왕절개로 낳아야 하는 상황이었다. 나는 진통이 오기 전에 아예 좋은 사주를 받아왔다. 그 시간에 맞춰 수술해야 한다고 의사에게 졸랐다. 다행히 진성이는 잘 자랐다. 무럭무럭 자라는 진성이를 보니 동생 욕심이 났다. 그때 병원에서는 자궁에 물혹이 생겼다고 했다. 수술로 잘라냈지만 혹은 다시 생겼다. 다음번 수술에서는 자궁 전체를 잘라내야만 했다. 한쪽 난소와 함께.

그러니 이번이 다섯 번째 수술이었다. 소화가 잘 안되는 것 같아 건강검진을 받았다. 초음파를 찍던 의사가 쓸개에 돌이 가득하다고 했다. 잘라내도 크게 지장은 없지만, 계속 돌을 달고 살면 어떤 병으로 진행될지 모른다고도 했다. 수술 후 한동안 트림이 잦았다. 지금도 식사하고 산책을 안 하면 소화를 잘 시키지 못한다. 남들 보기 민망하고, 몸에 있던 것들이 하나씩 빠져나가니 허전하다. 앞으로도 계속 어딘가 아플 텐데, 날카로운 가위로 내 몸을 열고 어딘가를 잘라가는 상상을 하면 너무 무섭다.

여기까지 읽은 진성은 컴퓨터를 껐다. 자려고 누워도 자신이 장 여사의 배를 찢고 나오는 장면이 떠올라 계속 뒤척였다.

사흘이 지났다. 이후로는 새 글이 없었다. 박 씨는 진성에게 전 화를 걸었다. 이제 장 여사의 입원일이 얼마 남지 않았다고, 정말 찾으러 가야 한다고, 어디 있는지 댓글이라도 달아 물어보라고 성 화였다. 진성도 이제 다른 방도가 없다고 느꼈다. 그때 진성의 휴대 전화에 장 여사의 블로그 새 글 알림이 울렸다. 짧은 글 밑에는 사 진도 있었다. 파마하는 여성과 헤어드라이어를 든 미용사가 있었 다. 여느 동네 미용실 풍경이었다.

아랫배에 똥 뱃살이나 데려가면 좋은데, 살은 안 가져가고 자꾸 다 른 것들만 가져간다. 이제 내일 또 남은 것 떼러 간다. 처음엔 배에 있던 아이를 하늘에서 데려가더니, 다음에 나온 아이는 먹여주고 입혀줬더니만 며느리가 데려갔다. 자궁도 없어졌고, 간 옆에 있는 쓸개도 없어졌다. 이제 남은 것마저 빼앗기고 나면 아랫배엔 뭐가 남을까? 똥뿐이겠네.

진성은 사진에 눈을 고정한 채 박 씨에게 전화를 걸었다.

- 아버지, 내일 엄마 돌아오실 것 같아요.

- 그래? 어떻게 알았냐?

- 믿어보세요. 그리고 아버지, 엄마 어제 미용실에 다녀오신 것 같아요.

- 뭐? 이 여편네가 아주 신났구면. 몇 가닥 없는 머리에 무슨 돈을 또 쳐 들여쌓고.

- 아니, 그게 아니고 아무리 봐도 옛날 우리 집 같은데, 거기 1층에 아직 미용실이 있을까요? 3년 전인가 가봤을 땐 있었는데….

- 엄마가 거기에 갔다고? 안 그래도 전에 네가 가봤다는 말 듣고 너희 엄마 옛날 앨범 꺼내 보더라.

- 일단 엄마 맞을 준비나 하셔요. 내일 입원할 때는 보호자로 아버지가 들어가셔야 합니다.

- 당연하지. 안 그랬다가 무슨 봉변을 당하려고. 서울 올라갈 기차표 좀 부탁하마.

박 씨는 장 여사와 결혼해 월세방을 전전하던 기억을 떠올렸다. 둘은 악착같이 일해서 벌었다. 진성이 유치원에 갈 무렵엔 길가에 2층 양옥집을 새로 지었다. 2층만 주택으로 꾸미고 1층에는 장 여사의 미용실을 차렸다. 그 무렵부터 둘은 더 자주 다투었다. 둘 다 쉬지 않고 일했기에 피곤이 강제한 다툼도 많았지만, 진성을 양육하는 방식에 큰 차이가 있었다. 임신을 할 수 없게 된 장 여사는 진성에게 악착같았다. 더 이상 기회가 없으니 실패하면 안 된다는 것이었다. 뼈 빠지게 일만 시키던 부모의 가난도 대물림하긴 싫었던지, 진성에게 혹독하게 공부시켰다. 박 씨는 자꾸만 떠오르는 미용실 시절의 기억에 고개를 내저으면서 간단한 여장을 꾸리기 시작했다.

*
**

입원 날, 진성은 서울역으로 마중을 나갔다. KTX를 타고 올라온 박 씨와 장 여사의 표정도 밝았다. 진성은 특별히 대형택시를 불러 둘을 태우고 병원으로 향했다. 점심 식사를 마치자, 진성은 가져왔던 태블릿에 TV 프로그램을 볼 수 있는 앱을 깔고 이어폰을 함께 넣어 장 여사에게 전달했다. 집에서 보시던 거 여기 다 있다고.

인터넷을 검색해 보면 입원할 때 챙겨야 할 물품의 목록이 넘쳐났지만, 정말 사용하겠나 싶은 것들이 대부분이었다. 진성은 대신 생필품을 어디에서 판매하는지, 식당은 어디인지, 병원 곳곳을 박 씨에게 알려주었다. COVID-19 검사 결과를 제출하고 입원 전 절차를 밟고 나니 장 여사의 입원실이 배정되었다. 6인실. 귀는 잘 들리지 않아도 대화를 좋아하는 장 여사에게는 유리한 조건이었다. 돌아보니 박 씨는 접수대 한쪽에 붙어 있는 6인실과 2인실의 입원비를 비교한 표를 유심히 들여다보고 있었다. 진성은 입원비 자기가 낼 테니 염려하지 말라고 타박하고는 박 씨에게 태블릿으로 TV 보는 법을 알려주었다.

"아버지, 와이파이 잡는 법 다시 한번 보세요. 트로트 마스터, 엄마 자주 보시던 게 이거죠? 여기 누르면 바로 보실 수 있어요. 혹시 안 되면 옆에 젊은 사람들에게 부탁하시고요."

엘리베이터 입구 앞에는 차단기가 설치되어 있었다. 여기부터는 환자와 허가된 보호자 1인만 들어갈 수 있다. 진성은 환한 얼굴로 장 여사에게 손을 흔들었다.

다음 날, 진성은 박 씨의 전화를 받았다. 박 씨는 의료진으로부터 수술 전 검사와 설명을 들은 모양이었다. 수술이 끝나더라도 출혈이 있을 수 있고, 못 깨어나면 중환자실로 갈 수도 있다는데, 알고 있었냐고 박 씨는 진성에게 물었다. 수술하기 전에는 원래 극단적인 상황까지 가정해서 말씀드리는 거라고, 진성은 박 씨를 안심시키기 위해 노력했지만, 소용이 없었다. 박 씨의 호들갑에 장 여사까지 영향을 받을 지경이었다. 진성은 장 여사를 바꿔 달라고 했다. 장 여사의 목소리는 생각보다 차분했다.

"작은 수술은 아니지만, 수술이 어려운 위치는 아니라고 했어요. 의사 선생님 말씀 믿고, 푹 주무시고 일어나세요. 금방 잘 끝날 거예요."

수술은 오후 2시부터였다. 가뜩이나 추운 수술실에서 메스와 가위가 내는 금속성 마찰음까지 들리니 장 여사는 더욱 얼어붙었다. 안내하는 간호사의 목소리가 들리기 무섭게 사위가 흐릿해졌고, 장 여사의 귓전에서는 미용실의 헤어드라이어 소리가 윙윙거렸다. 이상했다. 수술한다고 보청기는 빼놓고 왔는데. 가위를 들고 여자 손님의 머리칼을 자르고 있는 장 여사 자신이 보였다. 이상하게 가위가 잘 들지 않았고, 머리칼이 질기게 느껴졌다. 의아해하며 자세히 살펴보니 가위는 머리칼이 아니라 살을 자르고 있었다. 무서웠지만 통증은 느껴지지 않았다. 잘라도 잘라도 계속 자를 것이 나왔다. 자르다 보니 가위의 왼쪽에는 미용실이 있었고, 오른쪽에는 수술받는 장 여사 자신이 있었다. 그 사이에는 색종이를 접은 것처럼 분명한 경계가 있었고, 장 여사는 경계를 따라 부지런히 가위질했다. 잘린 단면에서 점점 통증이 느껴졌다. 통증을 호소하는 자신의 목소리가 들려 장 여사는 눈을 떴다. 지나가던 간호사가 장 여사의 손을 잡았다. 조금 참으셔야 한다고, 수술 잘 끝났고, 여기는 회복실이라고 했다.

수술이 끝났다는 문자를 받은 진성은 박 씨에게 전화를 걸었다. 박 씨는 입원해 있던 6인실에서 대기 중이었다. 장 여사는 아직 돌아오지 않았다고 했다. 한 시간쯤 지나 이번엔 박 씨가 진성에게 소식을 전했다. 장 여사의 열이 계속 가라앉지 않는다고 했다. 원인은 명확히 알 수 없지만 출혈이 완전히 잡히지 않은 탓일 수도 있다고, 일단 중환자실에서 밤새 경과를 지켜볼 거라고 했다. 만일 열이 가라앉지 않으면 다시 복강을 여는 재수술을 해야 할 수도 있다고도 했다. 전화기 너머 박 씨는 여전히 흥분을 감추지 못하고 있었다.

보호자 1인 원칙은 엄격했다. 진성은 들어갈 수 없어 밖에서 초조하게 기다릴 수밖에 없었다. 박 씨와 통화하며 상황을 전해 듣던 진성은 자신이 장 여사에게 보냈던 톡과 문자들을 확인해 보았다. 병원에서 전달받은 진료 시간 안내 문자들, 기차표, 입원 안내문, COVID-19 사전문진표. 수많은 전달 사항 중에 아스피린을 중단하라는 내용은 빠져 있었다. 진성의 맥박이 빨리 뛰기 시작했다. 다급한 마음에 박 씨에게 전화해 보았지만, 박 씨는 장 여사가 집을 나가 있는 동안 아스피린을 계속 먹었는지는 모른다고 했다. 진성은 아스피린 설명을 듣던 진료실 앞에서 장 여사가 보청기를 끼고 있었는지 기억해 내려 했지만, 도무지 그 모습은 떠오르지 않았다. 아스피린은 피를 계속 흐르게 했다. 멈추지 않는 피, 몸 안에서 그것은 생명의 신호였지만 몸 밖에서는 죽음을 의미했다. 아스피린은 경계에 있었다. 장 여사의 종양처럼, 이것도 저것도 될 수 있는. 자신의 존재도 그러했으리라. 생명을 빚느라 기진맥진한 아랫배가 이제 장 여사를 죽음으로 몰고 가고 있었다. 무심하고 비정한 생의 공식을 절감하며, 진성은 시계를 보았다. 자정이었다. 생과 사의 얇은 경계를 모르던 어제로는 돌아갈 수 없을 것이었다. 무엇을 더해야 삶이 무너져 내리지 않고 등호가 유지될 수 있을지 셈하느라 진성은 좀처럼 잠에 들지 못했다.

다음 날 진성은 울리는 휴대전화 진동을 느끼며 눈을 떴다. 박 씨였다.

─ 엄마 열 내렸다. 곧 일반병실로 옮긴단다.

박 씨는 간병인도 마다하고 장 여사의 곁을 지켰다. 원래 수술 다음 날 경과를 듣고 나면 간병인으로 교대할 생각이었지만 취소했다. 다음 날부터 장 여사는 걷기 시작했다. 링거 수액을 걸어놓은 스탠드 하나 붙들고 간호스테이션 앞을 걸어 다녔다. 박 씨는 진성에게 톡을 보냈다. 부스스한 머리로 웃으며 걷고 있는 장 여사의 사진과 함께.

─ 엄마 이제 잘 걷는다. 이제 혼자 링거 밀고 다닌다. 이달 말에 큰 병원 이비인후과 가서 보청기 다시 검사해 볼까 싶다.

보청기란 말에 진성은 장 여사의 귓전에서 맹렬히 돌아가는 헤어드라이어를 떠올렸다. 어릴 적 미용실 풍경이 이어졌다. 어린 진성은 유치원을 마치고 돌아와 미용실 누나들과 수건을 개곤 했다. 평화롭고 아름다운 기억뿐이었다. 장 여사 몰래 동전 바구니를 뒤져 100원짜리 2개를 몰래 손에 쥐고 슈퍼마켓으로 달음질쳐 아이스크림을 사 먹기도 했고, 한창 일하고 있는 장 여사 옆으로 다가가 자신이 유치원에서 그려온 처참한 그림을 보여주어 난처하게 만들기도 했다. 미용실 여기저기 파 놓았던 구멍도 떠올랐다. 미용실 바닥에서 팽이를 치다가 비닐장판에 구멍을 냈고, 뜨겁게 달궈진 파마 기구를 들고 여기저기 쑤셔대다가 소파 천에 구멍을 내기도 했다. 가뜩이나 시끄러웠던 미용실에 자신까지 얹어져 얼마나 무거웠을지, 학부모가 된 진성은 조금 이해할 수 있었다. 장 여사의 귀는 더 듣기 싫다고, 평생 들을 싫은 소리 이미 다 들었다고 조금 일찍 장사를 접은 것이었다. 진성은 박 씨에게 답장을 보냈다.

　– 보청기는 그냥 두세요. 엄마한테는 이제 적당히 안 들리는 게 편할 수도 있어요.

　진성은 장 여사에게도 사진을 한 장 보냈다. 기운 내시라고, 아들은 징그러울 터, 귀여운 손자 사진이었다. 명절을 맞이해 찾아온 손자의 머리가 길다며 장 여사가 가위로 직접 잘라주는 장면. 장 여사는 평소에도 그 사진을 좋아했다. 가위가 무서워 찡그린 손자의 모습이 그렇게나 귀엽다고 했다. 온 가족이 기대고 의지했던 가위, 그 가위를 보물처럼 간직해 왔던 장 여사도 이제 손자처럼 가위가 무섭다고 했지. 진성은 사진 밑에 한 마디 덧붙였다.

　– 이번 명절에도 장 원장님께서 손자 머리 잘 깎아주세요.

　– 아버지, 내일 퇴원이라면서요? 엄마 좀 바꿔 주세요.

　– 어, 아들, 엄마야.

　– 아픈 건 좀 어때요? 견디기 힘들다 싶으면 진통제 버튼 누르세요. 그게 요즘 유명한 펜타닐이에요.

- 뭐라고?

- 아니, 미안하다고.

- 뭐라 그러는지 안 들려, 엄마는 지금 아들이 챙겨준 덕분에 TV 잘 보고 있어.

- 네, 재미있게 보세요. 내일 모시러 갈게요.

보청기를 빼놓은 장 여사의 귀는 진성의 말을 잘 듣지 못했다. 진성도 휴대전화 너머 노랫소리 때문에 장 여사의 말을 잘 알아들을 수 없었다. 트로트 경연 프로그램을 보던 중이었을 거라고 생각하며 끊으려는 진성에게 구성진 한 구절이 들려왔다. 가락은 애절했지만, 시끌벅적한 분위기에 묘한 흥분이 묻어있었다.

그 이름 어머니 회초리 맞던 그 시절로
세월아, 우리 엄니 돌려줘.

진성은 빗자루를 든 장 여사의 손을 덥석 잡았던 순간을 떠올렸다. 이제 중학생이 되었으니 때리지 말고 말로 하자는 진성을 보며 어이없어하던 장 여사의 표정이 재미있었다. 아니, 그 지겨운 회초리를 왜 또 맞고 싶단 말인가. 꽃으로도 때리지 말라 했는데. 진성은 지도 앱을 켜서 꽃집을 검색하기 시작했다. 장 여사의 퇴원 선물로는 현찰 말고 꽃이 제격일 듯했다. 화려한 꽃 말고, 질긴 생명력을 가진 들꽃으로.

168

요가 부부

강진경

　진영이 요가원 문을 열고 들어섰을 때, 눈앞에는 마치 인도에서 온 수행자와 같은 모습을 한 중년의 남자가 서 있었다. 그는 수염을 길렀고, 머리에는 민머리를 덮어줄 감색 모자를 쓰고 있었다. 옷은 바람이 잘 통할 것 같은 베이지색 개량 한복을 입고 있었다. 서글서글한 큰 눈과 짙은 쌍꺼풀, 또렷한 이목구비는 그가 한국인인지, 외국인인지 헷갈리게 했다.

　"여기 앉으세요. 전화하신 분이시죠?"

　목소리와 말투를 보니, 그는 영락없는 한국인이었다.

　"네. 전화로 문의드렸던 유진영이에요. 오늘 체험 수업하러 왔어요."

　진영은 주위를 두리번거리며 앞에 놓인 방석에 앉았다. 나무로 만든 테이블이 방석 앞에 놓여있었고, 사방의 벽이 나무로 인테리어 되어 있어 편안한 느낌을 주었다. 천장에는 구름 모양의 풍경이 달려있었고, 오른쪽 벽의 '요가 상그리하'라는 요가원의 이름이 눈에 들어왔다.

"요가하시는 목적이 무엇일까요?"

"아, 제가 유방암 환자라서요. 운동과 명상을 같이 하고 싶어서 찾아왔어요. 요가를 배우면서 명상도 같이 할 수 있다고 들어서요."

"잘 오셨네요. 요가는 깊은 호흡으로 세포와 조직에 영양분을 공급하고 몸의 혈류와 에너지 흐름을 개선해 줍니다. 체온을 높여 면역력 상승에 도움을 주고, 명상을 통해 정신 건강에도 도움을 주죠. 암 환자에게 아주 좋은 운동입니다. 나이가 어떻게 되시죠?"

"올해 서른아홉이에요."

앳된 얼굴에 단발머리, 키가 작아 흡사 학생처럼 보이는 진영은 30대의 나이에 유방암을 진단받은 젊은 환자였다. 표준치료는 끝났지만, 여전히 매일 아침 호르몬제를 먹고, 3개월에 한 번씩 주사를 맞으러 가야한다. 아프기 전에는 운동이라면 담을 쌓고 살던 진영이었지만, 암 환자가 된 지금 그녀에게 운동은 선택이 아닌 생존을 위한 필수사항이었다.

"운동을 하신 적이 있나요?"

"네. 2년 전 수술하고 나서, 6개월 뒤부터 필라테스를 시작했어요. 1년 반 정도 했는데, 팔에 계속 무리가 와서요."

"어느 쪽을 수술하신 거죠?"

"오른쪽이요."

"일단 오늘 수업을 해 보시죠. 너무 무리하지 마시고, 할 수 있는 데까지 따라 하시면 됩니다."

그는 거울이 둘러싸인 커다란 방으로 진영을 안내했다. 마치 한옥에 들어선 것 같았다. 창문은 창호지 문으로 되어 있었고, 벽면에는 한지에 먹물로 쓴 글귀들이 걸려 있었다. 그때 잔잔한 인도풍 음악이 방 안 어딘가에서 흘러나왔다. 요가원은 한국적인 것과 이국적인 것이 묘하게 조화를 이루며 평온한 분위기를 만들어냈다. 수강생은 진영을 포함하여 총 7명이었는데 중년의 남자 세 분과 연세가 지긋한 할머니 한 분, 중년의 아주머니 두 분이었다. 다이어트나 미용을 위해 온 것 같은 아가씨는 없었고, 모두 어디가 아프거나 몸이 조금씩 불편해 보였다.

'내가 잘 찾아온 것 같네.'

진영은 속으로 생각했고, 그녀의 생각은 적중했다. 요가 수업은 진영이 원하는 대로였다. 요가 동작만 수행하는 게 아니라 호흡법과 명상법을 함께 배우며 몸이 이완되는 걸 느꼈다. 필라테스를 할 때는 유산소와 근력운동을 병행하며 땀을 뻘뻘 흘리곤 했는데 요가 수업은 그에 반해 아주 차분하고, 편안하게 진행되었다. 게다가 원장님은 첫인상과 다르게 위트가 넘쳤다. 이전의 필라테스 수업들이 농담이나 잡담 없이, 오직 동작 지시와 구령에 따라 진행되었던 것과 달리 이곳의 요가 수업은 원장님의 아재 개그와 회원들의 잡담이 자연스럽게 섞여 진영은 오랜만에 몇 번이나 소리를 내 웃을 수 있었다.

수업이 끝나자마자 진영은 별 고민 없이 등록하기로 했다. 한 달, 3개월, 6개월 어떤 게 좋을까? 한 달은 너무 짧고, 6개월은 너무 긴 것 같다. 진영은 일단 3개월만 해 보기로 마음먹었다.

"원장님, 주 3회 반, 3개월로 등록할게요."

남자는 처음 진영이 들어왔을 때, 마주 앉았던 나무 테이블에 앉아서 종이로 된 수강증을 써주었다. 뒤에는 요가 시간표가 적혀 있었고, 앞에는 수강 기간이 적혀있었다. 진영은 핸드폰 다이어리를 열어 7월 10일, '요가 끝'이라는 단어를 적어넣었다.

다음 날 아침, 진영이 수업을 하고 요가원을 나서는데 누군가 진영에게 말을 걸었다.

"저기요, 혹시 암 환자세요?"

진영보다 나이는 조금 더 들어 보였지만, 그녀의 눈동자는 밝게 빛나고 있었고, 검은색 머리칼이 바람에 찰랑였다.

"어머, 어떻게 아셨어요?"

진영은 반가움과 놀라움이 교차하여 자기도 모르게 질문이 튀어나왔다. 암을 겪고 나서, 암을 경험한 사람들과 만나면 말하지 않아도 서로 통하게 되는 무언가를 느꼈다. 암 환우를 만나면 아픔을 겪어본 사람만이 느낄 수 있는 연대감과 동질감이 있었다.

"아, 그러신 것 같아서요. 저도 암 환자예요. 이름은 정미혜예요. 만나서 반가워요."

미혜는 진영을 보고 싱긋 웃으며 악수를 청했다. 진영은 미혜가 내민 손을 잡으며 말했다.

"저는 유방암 환우예요. 미혜 님은요?"

"저도 유방암이에요. 우리 차 한잔하러 갈래요?"

미혜의 제안에 진영은 고개를 끄덕였다. 진영은 처음 만나는 미혜가 왠지 낯설지 않았다. 예전의 진영이었다면 처음 만나는 사람과 차를 마시는 것은 상상도 할 수 없었겠지만, 지금은 달랐다. 진영은 예전보다 스스럼없이 사람들을 대하게 되었고, 내성적인 성격도 외향적으로 바뀌었다. 암은 그녀를 위축시킨 것이 아니라 더 활달한 성향으로 바꾸어 놓았다. 신기한 일이었다. 암을 계기로 한번 죽음을 생각하게 되자, 그녀는 모든 일에 대범해졌고, 더는 남의 눈치를 보며 살지 않겠다고 생각했다. 하고 싶은 일을 하고, 만나고 싶은 사람을 만나고, 지금, 여기, 오늘을 행복하게 사는 것이 진영의 신조가 되었다.

둘은 처음 만난 사이라는 게 무색할 정도로 말이 잘 통했다. 카페에서 두 시간 동안 얘기를 나누며, 서로 공통점이 많다는 것도 발견했다. 진영도, 미혜도, 책을 출간한 적이 있는 작가였고, 글을 쓰는 것을 좋아했다. 암을 경험하고, 삶의 전환점을 맞이했다는 것도 같았다. 진영은 암을 겪고, 신문사 기자직을 휴직하고 에세이를 쓰고 있었다. 미혜 역시 암을 겪고 나서 은행을 그만두고, 소실을 썼다. 진영과 미혜는 암을 겪기 전 둘의 삶이 너무 치열했고, 힘들었다는 데 동의했다. 그리고 앞으로 그렇게 살지 않을 것이라는 확신도 같았다. 그렇게 매주 목요일 아침, 진영과 미혜는 요가를 하고 나서 함께 차를 마시거나 점심을 먹었다. 암 환자라는 것 외에도 글을 쓰는 작가라는 공통점과 초민감주의자라는 것, MBTI 성향마저 비슷한 것이 이들을 급속도로 친해지게 했다.

　7월의 어느 날, 진영이 요가원을 다니고, 미혜와 만난 지 두 달이 흘렀다. 계절은 어느새 봄에서 여름을 향해 있었다. 그날도 진영과 미혜는 요가 수업이 끝난 후 요가원 근처 카페로 향했다. 화려하진 않지만 안쪽에 작은 테라스가 달려있고, '베이커리'라고는 통곡물로 만든 식빵이 전부인 아담한 카페였다. 암에 걸리고 식단을 조절해야 하는 그들에게는 안성맞춤인 곳이었다. 암 환자에게 밀가루 음식, 혈당을 높이는 달콤한 음식들은 기피 대상이었기에 빵을 좋아하는 진영은 베이커리 카페에 가는 게 괴로웠다. 디저트가 즐비한 카페에 가면 달짝지근한 과일잼이 발라져 있거나, 달콤쌉싸름한 초콜릿이 발라져 있는 빵들이 그녀를 유혹하곤 했다. 이곳은 아무리 빵을 먹고 싶어도 통곡물로 된 빵이 전부이니, 유혹에 빠질 일이 없어 좋았다. 미혜와 진영은 늘 먹던 디카페인 아메리카노를 주문하고, 오늘은 여기에 인심 쓰듯 통곡물 식빵 한 봉지를 추가했다. 미혜와 진영은 야외 테라스에 가서 마주 보고 앉았다.

　"진영, 휴직이 언제 끝난다고 했지? 신문사에 복직할 거야? 신문사 일이 힘든데 계속할 수 있을까?"

　미혜가 커피를 한 모금 마시고, 진영에게 물었다.

"저도 고민이에요. 안 그래도 요가 등록한 지 3개월이 다 되어가서, 재등록할지 말지 정해야 하는데. 다음 달 말이면 휴직이 끝나거든요."

미혜의 얼굴에는 한숨과 걱정이 가득했다.

"신문사 그만두고, 아예 글을 쓰는 전업 작가가 되면 어때? 글 쓰면서 강의해도 되고."

"글쎄요, 저도 잘 모르겠어요. 전 사실 제가 평생 기자로 살 줄 알았거든요."

진영은 앞에 놓인 식빵을 만지작거리며 대답했다. 미혜가 물었다.

"기자 일이 좋아?"

"네. 기자 일 자체는 좋아요. 사람을 만나는 것도 좋아하고, 글 쓰는 것도 좋아하고. 하지만 스트레스가 많긴 하죠. 출퇴근도 너무 힘들고요."

"잘 생각해 봐. 우리한테 우선순위가 무엇인지. 암 환자는 함부로 일상으로 돌아가면 안 돼. 의사들은 암 환자더러 일상으로 빨리 돌아가라고 말하지만, 사실 암 환자는 충분히 쉬고, 회복할 시간이 필요하다고."

"그건 알지만, 그럼 돈은 어떻게 벌죠?"

"다른 일을 해서 벌어야지. 종일 시간을 뺏기는 일 말고."

진영은 미혜와 헤어지고 집에 돌아오면서도 미혜와 나눈 대화가 머리에서 맴돌았다. 복직은 코앞으로 다가와 있었고, 진영은 예전처럼 일할 자신이 점점 없어졌다. 무엇보다 기자 일을 계속하기 위해서는 자신의 건강을 담보로 걸어야 하는데, 그게 과연 옳은 일인가 의문이 들었다. 직장에서는 휴직을 마치고 돌아오면, 예전보다 더 열심히 일해 줄 것을 바라고 있는데 암 환자에게 그게 과연 현실적으로 가능한 것일까. 반대로 그렇다고 모든 암 환자가 다니던 직업을 그만두고, 사회로 복귀하지 않는다면, 그 역시 문제일 것 같았다.

실제로 대부분의 환자는 어느 정도 시간이 지나면 직장을 그만두기보다는 다시 일터로 향했다. 문제는 그렇게 일터로 돌아갈 경우, 암의 원인이 된 잘못된 생활 습관으로 돌아갈 확률도 커진다는 데 있었다. 이를테면 수면 부족, 운동 부족, 스트레스에 시달릴 것은 불 보듯 뻔했다. 그걸 알면서도 경제적인 이유, 또는 직업적 사명감으로 직장을 계속 다녀야 하는 건지 진영은 정말 알 수 없었다. 물론 직장을 다니면서도, 자기 관리를 철저히 하는 사람들도 분명히 존재하지만, 진영은 왠지 자신이 없었다. 게다가 진영에게는 아직 초등학교도 입학하지 않은 어린 딸이 있었다. 아이를 키우며, 자신의 건강을 돌보기도 쉽지 않은데 여기에 직장까지 더해지면 과연 어떨지, 진영은 복직을 생각하자 마치 무거운 추를 단 것처럼 마음이 무거워졌다.

일주일 후, 다시 미혜와 만나는 목요일이 되었다. 그날은 평소와 달리 정체를 알 수 없는 낯선 여인이 원장님의 자리에 앉아 있었다. 그 여인은 자신을 '재남'이라 소개했고, 요가원의 원장님을 '영철'이라고 불렀다.

"오늘 영철 님이 개인적인 사정이 있어 제가 대신 수업하게 되었어요. 제 수업은 영철 님 수업하곤 조금 다를 수 있어요. 영철 님은 평소에 근력을 만들고, 신체를 단련시키는 요가 동작을 많이 가르쳐 주시죠? 물론 명상도 하시지만요. 저는 오늘 좀 더 정적인 동작을 위주로 알아차림, 마음 챙김에 중점을 두고 수업을 진행해 볼게요."

재남의 요가는 그녀가 미리 말한 것처럼 영철과는 조금 달랐다. 땀이 나거나, 숨이 차는 동작 대신 하나하나 물 흐르듯 고요한 동작들이 이어졌다. 수업을 마칠 때쯤 재남은 가부좌 자세를 하고, 눈을 감고, 호흡을 정돈하게 했다.

"자, 이제 오늘 어떠셨는지 이야기를 나눠보고 싶은데요. 혹시 동작하고 난 뒤 기분이 어떠셨는지 말씀해 주실 분 계실까요?"

앞자리에 앉아 있던 진영이 재남과 눈이 마주쳤다. 진영은 그 순간 아주 오래전, 대학생 때 친구들과 갔던 보라카이의 바닷가가 떠올랐다.

지금으로부터 15년 전 일이었다. 진영은 대학 졸업을 앞두고 고등학교를 함께 다녔던 절친들과 보라카이로 여행 계획을 세웠다. 스물네 살, 가장 싱그럽고 예쁠 나이. 젊음으로 반짝이고, 아름다웠던 순간, 지금처럼 삶과 죽음에 대한 걱정 없이, 가족에 관한 생각도 없이, 그저 자신만을 생각하며 살면 되었던 시절이었다. 그 시절 만난 보라카이는 정말이지 아름다운 곳이었다. 밤하늘의 별은 쏟아질 듯 눈이 부셨고, 새벽까지 해변의 카페에서는 음악이 흘러나왔다. 철~썩, 철~썩, 파도가 밀려와 모래사장에서 하얀 알갱이를 남기고 돌아가던 여름밤. 진영은 그날의 바람과 밤공기가 사뭇 그리웠다. 암 환자가 되어 버린 지금, 이제 다시는 한 모금도 입에 대지 못할 시원한 맥주도 떠올랐다. 살면서 그곳에 다시 갈 수 있을까? 진영은 눈앞에서 보라카이의 아름다운 추억이 파도처럼 밀려왔다 하얗게 흩어지는 것을 느꼈다.

"저는 오래전, 친구들과 여행을 갔던 보라카이의 밤바다가 떠올랐어요. 그때 참 평온하고, 행복했거든요."

진영의 말에 재남이 웃으며 대답했다.

"보통은 '정신이 맑아지는 것 같다' 또는 '나른하다' 같은 단순한 대답이 나오는데 진영 님은 짧은 시간에 과거에 갔던 여행지와 그 느낌을 떠올리셨다는 게 놀랍네요. 아주 좋아요. 우리가 요가하고 나면, 정신적으로도 많은 걸 얻을 수 있는데요. 새벽에 혹시 호숫가에서 요가해 본 적 있으세요? 정말 좋아요. 공기 좋은 새벽에 호숫가를 걷고, 요가도 해 보시면 좋겠어요."

진영은 재남에게서 뭔가 말로 설명할 수 없는 묘한 느낌과 동질감을 느꼈다. 수업을 마치고, 미혜가 진영에게 속삭였다.

"재남 님도, 유방암 환우야."

"어떻게 알아요?"

"예전에 원장님이 말씀하신 적이 있어. 부인도 25년 전 유방암에 걸리셨다고. 그런데 수술하지 않고 자연치유를 하셨다고 했어."

미혜의 얘기에 진영의 눈이 커졌다.

재남 님이 원장님 아내였다니! 게다가 수술 없이 암 환자가 25년을 건강하게 지내왔다니, 믿을 수가 없었다. 대다수의 암 환자가 치료를 받고도 전이와 재발에 대한 두려움에서 벗어나기 힘든데, 재남 님은 어떻게 수술도 하지 않고, 평온한 마음을 유지하며 살 수 있는 것일까? 그 후 진영은 이따금씩 요가원에 올 때마다 재남을 떠올렸다.

'어떻게 하면 자연적으로 암을 치유할 수 있을까?'

진영의 머릿속에는 그날 만난 재남의 얼굴이 잊히지 않았다.

그 뒤 진영이 재남을 다시 만나게 된 건 2개월이 지난 후였다. 계절은 여름에서 가을의 문턱으로 바뀌고 있었다. 그 사이 진영은 휴직을 한 차례 연기하고, 요가도 재등록을 해서 꾸준히 다니고 있었다. 9월의 어느 목요일, 진영과 미혜는 요가가 끝난 후 샐러드 식당에서 샐러드를 먹으며 이야기를 나누고 있었다. 둘은 어느덧 친한 언니, 동생이 되어 서로의 고민을 들어주고, 응원해 주는 사이가 되어 있었다. 진영은 데리야키 치킨 샐러드를 입에 오물거리며, 한숨을 쉬며 말했다.

"언니, 출판사에서 암 경험자 소설을 써달라는데, 어떤 이야기를 써야 할지 모르겠네요."

"요가 부부 어때?"

"요가 부부요?"

"응. 암을 경험하고, 삶이 바뀐 요가 부부의 이야기를 쓰는 거지."

미혜가 툭 던진 말에 진영의 눈이 반짝였다. 그 순간 진영의 머릿속에는 요가원 원장인 영철이 떠올랐다. 예전에 얼핏 영철에게서 원래는 요가원이 아니라 컴퓨터 사업을 했었다는 말을 들은 기억이 떠올랐다.

"언니. 고마워요! 영철 님과 재남 님 얘기를 써야겠어요!"

진영은 왠지 멋진 소설이 나올 것 같은 예감에 가슴이 두근거렸다.

다음 날, 요가 수업을 받으며 진영의 머릿속은 소설에 대한 생각으로 가득 차 있었다. 영철에게 어떻게 말을 꺼내야 할지, 어떻게 소설을 쓸지 상상하다 보니, 요가 동작을 제대로 따라 하지 못했다. 그때 영철의 목소리가 날아왔다.

"진영! 대체 무슨 생각을 하는 거야. 집중해야지, 집중!"

수업이 끝나고, 진영은 영철에게 바로 달려갔다.

"원장님, 제가 딴생각하고 있는 거 어떻게 아셨어요?"

진영이 배시시 웃으며 영철에게 물었다.

"어떻게 알긴, 다 보이지."

영철이 껄껄 웃으며 말했다. 진영은 이때를 놓칠세라, 잽싸게 말을 이었다.

"원장님, 제가 암 경험자를 주인공으로 소설을 쓸 건데요. 원장님과 부인이 제 이야기에 주인공이 되어 주시면 안 될까요?"

"소설?"

"네. 두 분이 암을 겪고 삶이 바뀌셨잖아요. 그 이야기가 많은 사람에게 귀감이 될 것 같아요."

"글쎄, 그럼 내가 아니라 재남 님한테 얘기를 들어야 할 것 같은데?"

"두 분의 이야기가 다 필요해요! 재남 님이 암을 겪었지만, 원장님도 재남 님의 암 진단 이후로 삶이 바뀌셨잖아요! 저는 두 분의 이야기가 다 듣고 싶어요. 허락해주세요."

진영은 간절한 눈빛으로 영철을 바라보았다.

"주말에 재남 님께 꼭 물어봐 주세요. 꼭이요!"

주말이 지나고, 진영은 노트북을 들고 요가원을 찾았다. 어떻게든 인터뷰를 할 작정이었다. 수업이 끝나고, 진영은 6개월 전 처음 요가원에 왔을 때 영철과 상담하던 그 자리에 앉아 노트북을 열었다.

"자, 이제 원장님의 이야기를 편안하게 들려주세요."

영철은 운동권 출신이었다. 그는 C대 철학과 재학 시절, 민주화 운동을 위해 인천 지하 서클에서 활동하다 우연히 재남과 만나게 된다. 재남은 E대 철학과를 다니고 있었고, 민주화 운동을 하던 선배들과 교류하며, 영철과도 가깝게 지내게 된다. 둘 다 철학을 전공했기 때문일까. 두 사람은 대화가 잘 통했고, 그 무렵 사랑이 싹트면서 결혼까지 결심하게 된다. 당시 직장이 없었던 영철은 재남과 결혼하기 위해 뭐든 해야겠다는 생각으로 컴퓨터 대리점을 차리게 된다. 컴퓨터에 대해 아는 것 하나 없던 그는 컴퓨터에 관한 책을 사서 공부하고, 컴퓨터 학원을 하는 친구의 친구에게 물어가며, 컴퓨터에 대해 파고들기 시작했다.

당시에는 대한민국에 컴퓨터가 막 보급되기 시작하던 때로 대다수의 국민이 컴퓨터에 대해서 잘 모르던 시기였다. 그래서 가족들이 컴퓨터를 사러 오면, 영철은 최소 30분 동안 컴퓨터란 무엇인가에 대해 강의했고, 그런 그의 성실함 덕분인지 장사가 제법 잘되었다. 재남의 역할도 컸다. 재남은 사람의 이야기를 들어주고, 마음을 얻는 데 능통했다. 부부 모두 특유의 성실성과 책임감을 발휘하며 날이 갈수록 사업은 자리가 잡혔고, 본사에서 해외연수를 보내줄 정도로 영업 성과가 좋았다.

그런데 어느 날 컴퓨터가 학교 교실에 보급되는 정부 조달 품목으로 등록이 되면서 영업에 어려움이 생기기 시작했다. 정부 조달 품목은 이윤은 별로 없으나 매출 폭이 큰데 본사에서는 이윤도 많이 남기고, 매출도 크기를 요구했다. 어쩔 수 없이 AS가 따라오는 외부 영업을 하게 되면서 영철은 거래처에 접대를 하며 방탕한 생활을 하게 된다. 술을 먹고, 새벽이 다 되어서야 귀가하는 생활이 반복되었다. 영철이 밤늦게까지 술을 먹고, 연락이 되지 않으면 재남은 걱정과 초조함으로 밤을 새워야 했다. 예전에는 술을 먹고도 사회 혁명을 부르짖고, 세계사와 역사를 논하던 그였지만, 사업을 하며 그의 반짝이던 모습은 점차 사라져갔다. 그리고 그런 그의 모습에 재남도 실망하며 다투는 일이 많았다. 비록 사업으로 돈은 많이 벌었지만, 재남과 영철은 행복하지 않았다. 사회 정의를 위해 투쟁하고, 불의에 맞서 싸우던 청년은 어느새 술에 찌든 배 나온 아저씨가 되어 있었다. 그렇게 결혼하고 10년 차 되던 해, 재남은 37살에 유방암 진단을 받게 된다.

"재남 님이 마음고생을 많이 하셨겠어요. 그때 원장님 심정이 어떠셨어요?"

"미안하기도 하고, 내가 어떻게든 집사람을 낫게 해야겠다고 생각했지. 그날부터 술을 끊고 나도 새사람이 되기로 결심을 한 거야."

"그런데 왜 병원 치료를 안 하셨어요?"

"그때 우리는 정말 다급한데 병원에서는 3개월 후에 보자는 얘기를 하더라. 지금처럼 치료가 잘 되었던 때도 아니고, 당시에는 암에 걸렸다고 하면 다 죽는 걸로 생각하던 때였지. 그러니 가만히 있을 수가 없었어. 집사람이 큰 서점에서 암 관련 책을 40~50권을 사왔는데 그때 우연히 단식에 대한 책을 보게 되었지. 그리고 그때 E대 운동권 선배였던 S와 연락이 닿게 되었어. 그분이 말하길, 암에 걸렸다고 하니 단식을 하라고 하더라. 그래서 우리는 자연적인 방법으로 암을 치료할 수도 있다는 희망으로 여러 군데를 돌아다녔어. 그러다 해준 선생을 만나고 단식을 접하게 되었지. 해준 선생이 주도하는 10박 11일 단식 캠프에 참여하게 되었고, 그때 재남 혼자 참여할 수 없으니, 나도 함께 단식을 시작했지."

"사업은 어떡하고요?"

"사업도 휴가를 내고 같이 갔어."

"해준 선생이 그때 나이가 60대 초반이었는데, 굉장히 카리스마가 있었지. 그분은 암의 원인을 개인이 아니라 한국의 사회적 현실에 있다고 보았고, 우리 민족의 생활 전체가 자연에서 벗어났기 때문에 암에 걸린다고 하셨지. 현대인의 삶의 방식 자체에 문제가 있어서 삶의 방식을 바꿔야 한다고 그래야 암이 낫는다고 보았어. 우리 민족의 고전적인 삶의 방식으로 살아가는 방법을 찾고, 육식보다는 채식을 하고, 육체노동을 해야 한다고 본 거야. 또한 사람들 간의 인간관계와 놀이문화도 세시 풍속에 맞게 해야 한다고 했어. 자연에 따르는 삶이 건강하게 사는 삶인데 지금은 그런 것들이 다 무너졌으니 그걸 회복하는 게 치유의 방법이라는 거지. 지금이야 유기농 음식의 중요성이 강조되고, 3가지 하얀색 음식인 흰 쌀밥,

흰 밀가루, 흰 설탕을 먹지 말라는 말이 상식이 되었지만, 그때는 그런 게 다 처음이었어.

"그럼, 그때부터 음식 조절을 하게 된 거예요?"

"그렇지, 기본 일주일은 단식하고, 그런 단식을 25번 넘게 반복했어."

"그럼, 정말 아무것도 안 드시고 물만 드시는 거예요?"

"아니지. 아무것도 안 먹는 건 오히려 잘못된 단식이야. 종교나 정치적 단식은 건강이 목적이 아니기 때문에 그런 단식이 가능하지만 암 환자나 당뇨 환자처럼 치병하려고 하는 사람들은 효소 단식을 해야 해. 당뇨 환자들은 저혈당 쇼크가 오면 사망하거든. 당이 떨어지면 죽는 거야. 아무것도 안 먹는 건 금식이라 하고, 물만 먹는 건 물 단식이라고 해. 단식에도 종류가 많아. 효소 단식, 된장국 단식 등 자기 몸을 보호하면서 단식해야 해. 우리가 한 건 산야초 효소 단식이었어."

"그럼, 단식 캠프가 끝나면 어떻게 해요?"

"생채식(열을 가하지 않고 생으로 먹는 채식)을 했지. 부분 생채식을 하기도 하고. 몇 년 동안 매일 낮에 고기를 뺀 비빔밥만 먹었어. 고기는 명절 때나 먹었지. 처음엔 거의 안 먹고 살았어. 육식에 대해 무조건 먹지 말라는 건 아니고, 고기가 생산되는 과정이 문제야. 항생제 주사를 워낙 많이 쓰니까. 밥도 오곡밥만 먹고, 물도 우린 약수만 먹었어. 매일 아침 안전하다고 검증된 약수터에서 20리터씩 물을 받아오고 목욕만 수돗물로 하고 모든 물을 약수로 사용했어."

"그럼 이렇게 식단을 조절하고, 정말 몸이 좋아지셨어요?"

"좋아졌지. 재남을 따라갔는데 오히려 내가 더 눈에 띄게 좋아졌어. 살이 20킬로 넘게 빠졌거든. 단식하기 전엔 밤늦게까지 술을 마시고, 쉬지 않고 일하고, 사람 만나고, 피로감이 쌓여 오후 4시만 되면 눈을 뜰 수 없을 정도로 피곤했었어. 과민성 대장염도 앓았고, 자율신경이 망가진 상태였어. 그런데 단식하고 이 모든 게 해결되었지."

"음식 외에 또 뭐가 바뀌셨어요?"

"먹는 것뿐 아니라 입는 것도 바뀌었어. 해준 선생은 피부 호흡이 중요하니 옷도 딱 달라붙는 옷을 입지 말고 헐렁한 옷을 입으라고 하셨지. 그때부터 개량 한복만 입게 된 거야. 잠자리도 바뀌었지. 침대 생활을 하지 말고, 아파트에 살면 안 된다고 주장하셨어. 난 그런 것에 매료되어 단식 캠프 후 침대를 버리고 바로 맨바닥에서 자는 걸 실천하기 시작했어. 20년 넘게 바닥 생활을 했더니 여행가서 침대에서 자면 잠이 안 와."

"침대에서는 왜 자면 안 돼요?"

"척추는 딱딱한 곳에서 자야 펴지는데 침대는 푹신하기 때문에 자면서 척추가 펴지지 않고 더 왜곡되니까. 그래서 허리 아픈 사람들은 돌침대처럼 딱딱한 침대에서 자라고들 하잖아."

"이 밖에 또 바뀐 게 있나요?"

"목욕은 꼭 해수탕이나 유황 온천탕 같은 곳에 가서 냉탕과 온탕을 왔다 갔다 반복하는 냉온욕을 했어. 풍욕도 알지? 옷을 다 벗고 바람을 쐬어 주는 것. 이건 암 환자에게 필수야. 10년 넘게 아침저녁으로 옷을 벗고 풍욕을 했어. 새벽 5시에 일어나 풍욕을 하고, 저녁 10시에 자기 전에 또 풍욕을 했지. 생활 전반이 변한 거지."

"대단하시네요. 매일 그렇게 하는 게 쉽지 않을 텐데."

"자기 의지대로 삶을 살려고 하는 사람은 공부를 많이 해야 해. 예를 들어 아침도 현대 의학에서는 먹으라고 하지만 자연치유에서는 아침을 먹지 말라고 하지. 몸에서 배변한 후 음식을 먹으라고 하잖아. 이게 간헐적 단식의 핵심이야. 꼬르륵 소리가 나야 음식을 먹는 것. 나는 자연 의학을 더 공부하고 싶어서 대학원에도 들어갔어. 거기서 공부하며 우리가 우리 몸을 지키기 위해서는 정말 부지런해야 한다는 걸 배웠어. 함부로 살고, 닥치는 대로 먹으면 안 돼. 먹을 때도 항상 생각해야 하고, 조심해야 하지. 한의학에서는 체질식을 하라고 하지? 김치도 체질에 따라 달리 먹어야 하거든."

"식사 관리가 특히 힘든데, 힘든 적은 없으셨어요?"

"나는 한 번도 반찬 투정을 한 적이 없어. 지금도 집사람이 매일 도시락 싸주잖아. 군소리 안 하고 잘 먹어."

"그럼 요가는 언제 시작하게 되신 거예요?"

"단식하고 바로 요가를 시작했어. 재남이 다니던 요가원의 원장에게 요가 지도자 과정을 하라는 권유를 받았는데 자신이 없다고 하길래 내가 나섰지. 집사람 몰래 원장을 찾아가서 집사람을 설득시키면 곁다리로 나도 같이 하겠다고, 어떻게든 집사람을 설득해달라고 했지. 그렇게 해서 아주머니들 사이에서 나도 지도자 과정을 시작하게 됐어. 요가를 깊게 이론 쪽으로 들어가면 대부분 철학적인 내용이 많거든. 나는 철학과를 나왔고 고등학교 때부터 노자, 장자를 읽고, 성경책을 읽었던 사람이라 거부감이 없었지."

"요가원은 언제 차리게 되셨어요?"

"그 당시 우리 동네에 작은 책방이 하나 있었어. 한쪽 귀퉁이에 명상 목적으로 조그마한 방이 하나 있었는데 거기서 요가 수업을 하고 있었거든. 근데 마침 요가 강사가 요가원을 차리면서 방이 비게 된 거야. 그래서 그때 내가 대신 요가 수업을 맡게 되었지."

"그럼 지금의 요가원으로 어떻게 옮기게 된 거예요?"

"책방에서 1년 정도 요가 수업을 하며 요가 지도자 과정을 다시 했어. 그리고 자신감이 생겨 지금의 요가원으로 자리를 옮기고, '요가 상그라하'라는 요가원을 운영하게 되었지. 요가에 대한 자료 수집부터 코스 개발까지 열심히 하다 보니, 수강생도 많이 늘어났어. 그리고 회원 중에 열심히 하던 사람들이 '요가 지도자 과정'을 개설해 달라고 요청했지. 그렇게 요가 지도자 과정을 개설해서 1기인 사람들과 함께 공부해 나갔어. 지금 운영하는 요가 지도자 과정 반이 25기이고, 그동안 내가 배출해 낸 지도자가 150명 정도 돼. 그렇게 요가원을 여기 차린 지 올해로 20년이 되었네."

"와, 진짜 대단하세요. 결국은 암 덕분에 인생이 바뀌신 거네요. 컴퓨터 사업을 그만두고 요가원을 여신 걸 후회한 적은 없으세요?"

"삶이 바뀌면 거기에 적응할 뿐, 후회한 적은 없어. 나는 의식 계발 코스에 참여하면서 의식 세계에 대한 경험을 해서 순수의식에 대한 개념을 어느 정도 체험적으로 이해하고 있었지. 그 때문에 요가 수련이나 요가 명상이 어렵지 않았고."

"의식 계발 코스가 뭐예요?"

"의식 계발 코스는 자기 계발 프로그램이야. 동네 책방에서 요가원을 막 시작할 때 처음 접했지. 그 책방은 자연 의학이나 영적인 책을 파는 곳이었거든. 그리고 오래전에 만나서 지금은 우리의 스승님이 되신 전인 치유 박사님이 계셔. 그분도 암 환자는 의식 계발 코스를 꼭 해야 한다고 추천하셨지. 그렇게 집사람도, 나도 의식 계발 코스를 시작하게 된 거야."

"원장님은 암 환자가 아닌데도 같이 하셨네요?"

"부부는 일심동체니까. 의식 계발 코스는 단계별로 코스가 조금씩 다른데 첫 코스를 밟고, 그 뒤의 과정이 외국에서 있었어. 집사람이 고민하길래 이번에도 내가 같이 가준다고 하고, 함께 외국으로 떠났지. 그 뒤로 그녀와 나는 20년이 지난 지금까지도 의식 계발 코스를 계속하고 있어."

"요가도, 의식 계발 코스도, 항상 재남 님을 돕기 위해 시작하셨다가 원장님의 삶이 변하신 거군요."

"그런 셈이지. 의식 계발 코스를 수없이 반복하며, 전 세계를 쫓아다녔지. 코스에 들어가는 돈에, 여행 경비까지. 돈도 많이 들었어."

"그런데도 의식 계발 코스를 계속하는 이유가 뭐예요?"

"건강한 삶을 살기 위해서는 자기 의지대로, 원하는 삶을 사는 게 중요해. 의식 계발 코스는 자기 신념을 바꾸어서 현실을 새롭게 창조하고, 궁극적으로는 관점의 변화를 불러오는 프로그램이거든.

"관점의 변화요?"

"쉽게 말하면 늘 자신이 불행하다고 생각하는 사람은 불행을 끌어 당기지. 불행의 이유를 주변에서 계속해서 찾아내고, 자신은 불행하다고 생각해. 그럼, 정말 불행해지는 거야. 반대로 행복하다고 생각하는 사람은 어떻게든 자신이 행복하다고 생각하고, 주변에 있는 행복을 자신에게로 끌어오지. 그럼, 정말 행복하게 되어 있어. 우리는 흔히 경험이 우리의 신념을 만든다고 생각하지만, 의식 계발 코스에서 말하는 건 그 반대야. 자기 신념이 현실을 창조하고, 원하는 삶으로 자신을 이끄는 거야."

진영은 '의식 계발 코스'에서 말하고 있는 것이 얼마 전 책에서 읽은 '끌어당김의 법칙'과 흡사하다고 생각했다. 우주나 지구에는 우리에게 보이지 않는 파장이란 에너지가 분명히 존재하며, 본인이 어떤 생각을 함에 따라서 그 에너지가 반드시 본인에게 찾아온다는 법칙. 긍정적인 생각은 긍정적인 결과를 끌어당기며, 부정적인 생각은 부정적인 결과를 끌어당기므로 긍정적인 마음 관리가 중요하다는 내용이었다. 진영도 이 법칙을 믿었기 때문에 아프고 나서부터는 긍정적인 마음을 가지려고 애썼다. 자성예언이나 자기 충족 예언, 플라세보 효과, 피그말리온 효과도 어찌 보면 모두 비슷한 맥락이 아닐까.

"정말 두 분 다 대단하시네요."

진영은 요가원 벽 책꽂이에 꽂힌 의식 계발 코스 교재를 바라보며, 자기도 모르게 감탄이 나왔다.

"나보다 집사람이 더 자유로운 영혼이야. 요가도 많이 하고, 의식 계발 코스도 하고, 집에 있는 시간이 거의 없어."

영철이 웃음을 머금은 얼굴로 말했다.

"원장님이 뒷바라지를 잘 해주셨네요."

진영도 미소를 지으며 대답했다. 진영은 영철이 엄청난 낭만주의자였다는 사실에 놀랐다. 그리고 어떤 믿음과 신뢰가 있으면 이렇게 부부 모두 경제적으로나, 시간적으로나, 같은 일에 열중할 수 있을까, 대단하다는 생각이 들었다.

"의식 계발 코스가 재남 님의 삶에는 어떤 영향을 주었을까요?"

"집사람도 의식 계발 코스를 통해 많은 게 바뀌었지. 그녀와 이 부분에 대해 이야기 나눈 적이 있어. 그녀는 의식 계발 코스를 하며 무엇보다 자신을 용서하게 되었고, 미워하는 사람을 이해하게 되었다고 했어. 그 사람을 이해하게 되고, 그 사람에게 자비심을 갖게 되면, 그 뒤부터는 원망도, 화도 사라지게 되는 법이지. 자신을 가장 힘들게 한 것들이 마음에서 용해되면서 그 사람을 대하는 태도와 기운이 좋아지고, 결국 그 사람과의 관계도 달라지는 것을 경험하게 된 거야."

"결국 사람을 대하는 근본적인 태도와 관점이 바뀌신 거네요."

"그렇지. 집사람이 말한 것 중 기억에 또 남는 게 있어. 우리가 '어떤 사람은 그게 문제야. 그 사람은 참 못됐어'라고 하면 그 파장이 그 사람에게 영향을 주고, 결국 그 사람이 내게 그런 역할을 하게 된다고 하더군."

"정말 신기하네요."

"원장님, 앞으로의 꿈은 뭐예요?"

"요가하는 사람들에겐 꿈이 있어. 인도에 가면 힌두교 사원이 있는데, 아쉬람이 규모가 커지면 하나의 전통이 되거든. 일종의 요가 학교야. 한국에 그런 요가 학교를 차리고, 좋은 요가 스승으로 살아가는 것이 내 꿈이지. 요가의 미래는 지금보다 훨씬 확장될 거야. 요가의 기본은 명상, 의식 계발, 마음 관리거든. 사람들이 깨어날수록 자기 독립적으로 되면 종교로부터 탈피할 것이고, 자기 수행으로 가게 되어 있어. 자기 수행이 지금은 의지할 데가 없으니까 책에 의존하지만, 책은 결국 저자의 관점일 뿐이야. 독자적으로 자기 수행이 가능한 사람은 책에 의존하지 않아. 내 안에서 동력이 있는데 남의 배터리를 쓸 필요 없잖아?

깨달음이란 '내가 온전한 존재이구나' 하는 자기 인식이지. '이미 나는 다 가진 존재이다'라는 힘을 길러가는 훈련이고. 나는 단식, 의식 계발 코스, 요가 등을 통해 그 부분에 대한 철저한 믿음과 신념이 생겼어. 내가 누구인지에 대한 자각, 내 우주, 내 마음, 내 생각의 관리자. 관리 주체는 바로 내가 되어야 하지. 자연치유에서는 내 몸에 대한 관리는 의사가 아니라 나 자신이 해야 한다고 하잖아. 바로 내가 내 몸에 대한 전문가가 되어야 하는 거야. 그렇게 하기 위해서는 자기가 공부해야 하고, 자기가 깨달아야 하고.

핵심은 그게 요가든, 단식이든, 자연 의학 공부든, 의식 계발 코스든, 결국 '내가 나의 주인'이라는 걸 깨달아야 한다는 거지. 자기가 누구인지에 대한 궁극적인 깨달음이 생기면 마음은 그 뒤로부터는 쓰는 도구야. 우리는 마음에 함락되면 안 돼. 마음에 맡기면 마음이 나를 지배해 버리지. 마음은 결국 감각이고, 감정이야. 마음을 벗어나면 마음은 내가 부려 쓰는 도구일 뿐이야. 신이 따로 있는 게 아니라는 걸 깨달으면 자신 안에서 형성되는 경험이나 인식의 주인이 되어 자기 자신의 우주에 대한 창조주가 되는 거지. 그것이 자유이고, 인도 용어로 모크샤이며, 불교에서 말하는 해탈이야."

"그럼 재남 님의 꿈은 무엇인지 혹시 아세요?"

"한 번은 집사람이 그런 말을 하더라. 우리 부부는 인생의 고비를 겪을 때, 너무 절실할 때, 서로에게 의식 계발 코스에서 배운 것을 실천할 수 있게 상대에게 연습을 도와주는 역할을 할 때가 있어. 그렇게 서로의 아내, 남편이 아니라 존재와 존재로서 만날 때, 가장 아름다운 순간이란 생각이 든다고. 우리는 다른 사람을 안내

할 때 귀한 사람이 되며, 그 순간이 너무나 감동이었다고 했어. 그 사람을 안내하면서 지금, 이 순간이 유일무이한 시간이란 걸 생각하면 너무 귀하고 소중하고, 마치 시간이 정지된 듯한 느낌을 가진다고 표현했지. 그런 걸 보면 그녀의 꿈이 무엇인지 짐작할 수 있지 않을까?

"다른 사람을 안내한다는 건 무슨 뜻이죠?"

"여기서 말하는 안내자란 누군가에게 뭔가를 가르치기보다, 그가 이미 가진 등불을 밝혀주는 것을 의미해. 사실 우리는 모두 온전한 존재인데 이런저런 것들로 그 근원이 가려져 있지. 사람들에게 그 사람의 근원을 밝혀주는 존재가 되는 것이 집사람의 꿈이라고 생각해. 우리는 '음미 감상한다'라는 표현을 하곤 하는데 그 사람을 귀하게 여기고, 그 사람을 존중하면서 삶에 대한 새로운 통찰과 깨달음으로 안내하는 거지. 그런 안내자가 되어 사람들이 스스로 얼마나 강력한 힘이 있는지 일깨워 주는 사람이 되는 것이 그녀의 꿈이 아닐까?"

진영은 영철의 말을 들으며 몇 달 전 요가 수업에서 만났던 재남의 선한 얼굴이 다시 떠올랐다.

"참, 예전부터 궁금했는데 요가원의 이름은 왜 '요가 상그라하'라고 지으셨어요?"

"'상그라하'란 산스크리트어로 '쌓다, 저축, 축적'이란 뜻이야. 노력, 연습, 훈련, 학습, 향상, 진보…. 이런 의미들을 함축하지."

"아, 하나 더요! 요가 수업이 끝날 때마다 '아름답고 행복한 삶 사세요'란 인사말을 하시잖아요. 거기에도 특별한 의미가 있는 건 가요?"

"나는 '스스로 아름답다'라고 하면 자기 자랑이고, 다른 사람이 저 사람의 삶이 '아름답다'라고 해야 진정한 아름다움이라고 생각해. 그에 비해 행복은 자기 자신이 행복하면 돼. 남이 그 사람이 행복해 보인다고 하는 건 의미 없지. 행복한 삶은 주관적인 거잖아. 하지만 아름답다는 것은 다른 평가지. 아름다움과 행복이라는 두 개의 개념이 균형을 이루어야 해. 그래서 요가를 통해 그런 삶을 살길 바라는 마음으로 20년 동안 그렇게 인사말을 해 오고 있어."

"만약 재남 님이 암에 걸리지 않았다면 어땠을까요? 두 분의 인생이 달라졌을까요?"

"내 안에 씨앗은 이미 있었으니까 결국 변하긴 했겠지만 이렇게 강한 추동력은 없었겠지. 집사람이 암을 진단받고 책을 사 오고, 자기 안에서 답을 찾으려고 노력하는 모습을 보면서 내 마음에 크게 감동이 있었고, 어느 날 집사람에게 이런 말을 했어. 어떻게든 당신 뒷바라지를 끝까지 해주겠노라고. 나는 지금도 그런 마음으로 살아."

"두 분 정말 천생연분이네요."

진영은 마지막으로 영철에게 물었다.

"암 전이에 대한 불안 같은 건 없나요?"

"전이에 대한 불안은 암 환자라면 누구나 있지. 하지만 많은 질병은 주의, 즉 부정적 에너지를 먹고 자라. 그래서 자신의 주의를 질병이나 불행으로 보내는 것보다 의도적으로 자신이 원하는 바로 보내는 것이 더 현명하지. 그런 훈련이 곧 극복 과정인 셈이고. 우리 부부는 병원에 의존하기보다는 내가 내 몸의 주체가 되는 방법을 찾으려고 노력할 뿐이야. 우리에게 극복의 의미는 '낫는 것'이 아니야. 극복이란 두려움을 원하는 삶으로 바꾸는 것이지. 우리는 언젠가 모두 죽잖아. 유한한 삶 속에서 자신의 가치를 찾고, 성취하는 게 더 중요하지. 그래서 혹시 또 병에 걸리더라도, 그것을 두려워하기보다는 겸허히 받아들이고 수용할 수 있는 삶을 살아가는 게 중요해."

진영은 요가원을 나오며 자신의 꿈과 미래에 대해 생각했다. 재남과 그녀가 암에 걸린 나이가 비슷했다. 30대 후반. 살아온 날보다 앞으로 살아갈 날이 더 많은 나이. 그렇게 젊은 나이에 암에 걸리고, 앞으로 어떤 인생을 살아야 할지 막막했던 진영에게 재남과 영철의 이야기는 많은 깨달음을 주었다. 대학병원의 의사들은 환자들에게 다시 직장 생활을 하고, 일반인처럼 살아가라고 권하지만, 진영은 암 환자가 암에 걸렸던 생활방식을 바꾸지 않고, 다시 예전처럼 살아서는 안 된다는 것을 알고 있었다. 하지만 그렇다고 앞으로 남은 반평생을 환자처럼만 살 수도 없는 노릇이었다. 어떤 사람들은 병에 걸리면 집도, 직장도 접어두고 자연으로 들어가서 산다지만 그렇게 삶의 터전을 바꾸는 것은 생각처럼 쉬운 일이 아니다. 결국 본인이 가진 삶의 테두리를 유지하며 그 안에서 어떻게 자신의 삶을 바꿔나갈 것인가는 모든 암 환자가 해결해야 할 숙제인 셈이다.

가족이 암을 겪고 나서 컴퓨터를 판매하던 사업가에서 요가를 가르치는 수행자로, 인생이 180도 바뀐 영철을 생각하며 진영은 25년 후 자신의 미래는 어떨까, 하늘을 올려다보았다. 재남이 25년 전, 암을 진단받고 지금까지 잘 살아있는 것처럼, 진영도 그렇게 자유로운 영혼으로 살고 싶었다. 그러기 위해서 진영은 앞으로 어떻게 해야 할지 다시 한번 생각하지 않을 수 없었다.

진영은 재남과 영철이 재발이나 전이에 대한 불안에 잠식되지 않고, 본인들의 뜻대로 여생을 사는 것이 부러웠다. 하지만 그렇게 되기까지 이들 부부가 들인 노력과 시간, 에너지, 돈을 생각하면 결코 그것들이 거저 주어지는 것이 아니라는 사실을 깨달았다. 재남과 영철은 삶을 송두리째 바꿨다. 직업도 바꾸고, 먹는 것도 바꾸고, 입는 것도 바꾸고, 생활방식과 의식 세계를 모두 바꾸고서야, 비로소 암에서 자유로워졌다. 진영은 이렇게 되기 위해서는 자신 역시 알을 깨고 나와야 한다는 것을 알고 있었다. 비록 그 알을 깨기가 쉽지는 않겠지만.

진영은 기자가 되고 나서 한 번도 기자가 아닌 자신의 삶을 생각해 본 적이 없었다. 그러나 마흔도 되지 않아 암 환자로 사는 것도 진영의 계획에는 없던 일이다. 진영은 인간의 삶은 계속 바뀌고, 결국 자기 뜻대로 계획대로 살아지지 않는다는 것, 삶이 바뀌면 자신의 목표도, 계획도, 수정되어야 한다는 걸 받아들였다. "삶이 바뀌면 거기에 적응할 뿐, 후회란 없다"라고 했던 영철의 말을 머릿속에 되새기며 진영은 후회 없는 삶을 위해 한 발짝 발을 뗐다.

세벽 세 시,
별빛이 내릴까요?

이하나

"이 정도 금액이면 거저예요, 거저."

세상의 온갖 풍파는 다 겪었을 것 같은 늙수그레한 관리인이 방문을 열기도 전에 생색을 내며 웃는 건지 찡그린 건지 모를 얼굴로 싸다는 것을 연신 강조해 댔다.

미리내 원룸텔 '401-1'. 얼마 전까지 분명히 고시원이라 불렸을 법한, 겉만 번지르르한 건물 안으로 들어오니 낡은 방문들 사이로 새로 단 듯한 문짝에 특이한 방 호수가 붙어 있었다. 다른 방들은 버젓이 401, 402, 403… 이런 플라스틱 번호표가 달려 있는데 유독 이 방은 스티커에 검은 매직으로 '401-1'이라고 적혀 있었나. 이 방은 덤으로 주어진 방인가, 여자는 수수께끼 같은 방 호수가 신경이 쓰였다.

"창문, 이 정도 가격에 창문 있기가 힘들어. 봐요, 하늘도 보이고 얼마나 좋아."

관리인은 성큼성큼 안으로 들어가 뽀얀 유리창 먼지를 맨손으로 쓱쓱 닦아냈다. 여자의 눈에도 얼룩진 유리창 사이, 건물들을 비집고 자리 잡은 손바닥만 한 하늘이 보였다.

"이 방이 다 좋은데 요 벽이, 가벽이란 말이지. 그렇다고 무너지거나 그럴 정도는 아니고. 그래도 두께가 좀 있어."

관리인은 거친 손으로 벽을 툭툭 쳤다. 역시나 가벼운 소리가 났다.

"이 방이 원래는 401호랑 한방이었는데, 건물 주인이 바뀌면서 방을 쪼갠 거야. 방이 크면 세가 비싸니까 잘 안 나가고, 쪼개서 내주는 게 돈이 더 벌리니까 가벽을 세우고 이 앞으로 문도 하나 내고. 그런데 방 번호를 줄줄이 바꿔야 하는 게 귀찮은지 이렇게 스티커를 떡 붙여서 401-1이라고. 아주 머리가 비상해. 그래서 이 방 사람들은 1 다시 1이야. 아가씨, 주소 쓸 때 꼭 기억해. 아, 그리고 옆방 401호 사는 양반은 낮에는 출근하고 밤에도 거의 쥐 죽은 듯 있으니 크게 신경 쓰일 일은 없을 거야. 왜 요즘 젊은 사람들, 여자고 남자고 막 들여서 시끄럽게 하고 그러잖아. 허허, 아가씬 그러지 마. 아주 못 써."

관리인은 혀를 차면서도 가십거리를 즐기는 듯 여자를 위아래로 훑어보며 말을 멈추질 않았다.

"아무튼, 여기는 원룸이니까 그런 것들을 서로서로 조심해야 한다는…."

"네. 알았습니다. 안으로 들어가 봐도 될까요?"

여자는 더는 듣고 싶지 않아 말을 자르듯 방 안으로 들어갔다. 어설픈 가벽 사이로 얼굴도 모르는 낯선 남자와 산다는 게 꺼림칙했지만 그나마 두 뼘 남짓한 창문이 있어 위로가 되었다.

"이 방, 할게요."

이사랄 것도 없이 손가방 두어 개와 박스 몇 개를 풀어 놓고, 여자는 방을 찬찬히 둘러보았다. 전에 살던 사람이 학생이었는지 구석구석 '할 수 있다!' '나는 나를 믿어!' 등등의 글귀가 벽과 책상 군데군데 쓰여 있었다.

방문 앞 작은 신발장, 혼자서 간신히 몸을 널 좁다란 침대 옆에 붙어있는 책상 하나, 그 밑에 작은 냉장고와 간이의자 하나. 마치 걸리버 여행기의 소인국 나라에 온 것처럼 방에 있는 모든 것들이 작고 아담했다.

'괜찮아, 작아도 내 방이야. 이제부턴 여기가 내 집이야.'

여자는 창문을 열었다. 전 주인에게 한 번도 열려본 적이 없는지 창문은 심하게 삐거덕거렸다. 여자는 길게 숨을 내쉬었다.

"하아…"

다닥다닥 붙어있는 원룸텔 사이로 손바닥만 한 하늘이 발갛게 물들어 가고 있었다.

집 나간 엄마의 빈자리를 여자의 언니는 메워 주질 못했다. 어렸을 때부터 가장이라는 무게가 무거웠던 탓인지 늘 사랑에 목말라 있어 보였다. 남자를 만나는 것도 진득하질 못했다. 3개월도 못 가 새로운 남자들로 바꾸어 가면서 언니는 더욱더 까칠하게 자기 자신에만 집중했다. 심지어 여자가 수술받는 그날도 언니는 유난히 날이 서 있었다. 여자는 언니가 자신을 걱정하느라 그런 줄 알았다. 장장 6시간이 넘는 수술을 받고 겨우 깨어난 여자는 그렁그렁한 눈물을 참으며 말했다.

"언니, 난 괜찮아. 잘살 수 있어. 잘 회복해서 복원 수술도 받고 언니처럼 연애도 하고, 결혼도 하고, 지금보다 더 멋지게 살 거야."

"복원 수술, 바로 받아야 하는 거야?"

"아니, 얘가 자리를 잘 잡아줘야지."

여자는 애써 아무렇지도 않은 듯 푹 꺼진 오른쪽 가슴께를 내려다보며 씁쓸하게 웃어 보였다. 확장기가 들어있는 가슴이 뻐근하게 눌려왔다.

"그럼, 나 그 보험금 좀 빌려줘."

언니가 여자의 손을 잡자, 팔과 가슴까지 저릿한 통증이 전해졌다.

"뭐?"

"남친이 사고 쳤어. 급해서… 금방 갚을게. 급해서 그래."

언니는 여자가 반응을 보이지 않자 정색하고 다시 말을 이어갔다.

"그거 절반은 내가 넣어줬잖아. 너도 알지? 내가 너 뒷바라지하느라고 얼마나 고생했는지. 내 젊은 날이 다 갔어."

어떻게, 어떻게 그런 생각을 할 수 있을까. 동생의 가슴 한쪽 값인 보험금이 하늘에서 뚝 떨어진 로또라도 된다고 생각하는 걸까? 제정신이 아닌 거야, 여자는 지난날들을 떠올렸다. 누구보다 성실하고 착하게, 숨소리 한 번 크게 내지 못했던 시절들. 언니에게 짐이 되고 싶지 않아 모든 감정을 억누르며 누구보다 순하게만 살아 왔는데. 언니가 하는 말 한마디 한마디가 가슴팍에 심어진 단단한 확장기를 후벼파고 들어 왔다.

"그랬구나, 돈이 필요하겠네. 줄게. 다는 못 줘. 미안… 언니, 고생했어. 이제 언니 생에… 짐 안 될게."

여자는 언니를 위해 마지막 착함을 꺼내 썼다. 자꾸만 눈앞이 흐려졌지만, 마지막 자존심을 위해 들키지 않게 북받치는 울음을 참았다. 확장기가 날 선 갑옷처럼 여자를 더 조여 왔다.

그때도 지금처럼 하늘이 붉게 물들었었지.

간간이 부스럭대는 소리도 나고 나지막한 목소리가 들리기도 해서 남자는 그제야 옆방에 누가 들어왔다는 것을 알았다. 허접한 벽 하나를 사이에 두고 모든 소리가 다 늘리는 이런 곳에 들어오는 사람이 있다는 게 신기했다.

'하긴, 나도 여기 있는데….'

불과 두 달 전만 해도 남자는 지금의 방보다 열 배도 더 되는 큰 집에서 살고 있었다. 항상 인생은 그렇게 뒤통수를 쳤다. 늘 하는 정기검진과 1년 후에 보자는 의사의 말이 익숙해질 무렵이었다. 가끔 찾아오는 통증을 대수롭지 않게 여겨서일까, 그놈의 못된 것이 다시 남자의 몸 여기저기를 헤집고 다닌다는 이야길 하기 어려웠는지, 젊은 의사는 보호자는 어디 있냐며 틀에 박힌 운부터 뗐다.

"네. 알겠습니다."

남자는 담담했다. 뻔한 드라마의 결말처럼 새롭지 않았다. 줄줄이 잡힌 검사 스케줄을 안내하는 간호사의 목소리가 온종일 되풀이되는 녹음기처럼 귓가를 앵앵거렸다.

"인제 그만 가도 될까요?"

"아직 스케줄이 다 정해지지 않았는데, 잠시만 기다려 주세요."

간호사의 말이 메아리처럼 남자의 뒤통수에 따라붙었다. 남자는 손에 들고 있는 갈색 서류 봉투를 흘끔 쳐다보고는 내용물을 꺼냈다. 아내가 변호사를 통해 보내온 이혼 서류였다.

'타이밍하고는⋯ 기가 막히네.'

남자는 이혼 서류를 꺼내 꼬깃꼬깃 접어서 주머니에 넣고는, 변호사 사무실 주소가 멋들어지게 찍힌 봉투를 찢어 병원 쓰레기통에 던져 넣었다.

남자는 최소한의 재산만 남겼다. 재발이 되니 오히려 미련이 없어져서였을까, 나머지 재산은 외국에 있는 아내와 아이들을 위해 별도로 정리해 두었다. 아내에게는 재발이 되었다고 알릴 필요가 없었다. 이 집—집이라고 하기에 너무 작은 방—에서 두 달을 보내는 동안 그는 주변을 정리하는 데 온 신경을 집중했다. 컴퓨터의 파일을 정리하고, 누가 언제 남자의 방에 들어와도 깨끗하게 느낄 수 있도록 각을 맞춰 먼지 한 톨 없이 맞추어 놓았다. 언제라도 떠날 수 있을 정도로 모든 준비가 완벽했다.

'핸드폰을 정리해야겠네.'

남자는 핸드폰을 들여다보며 자신의 기록을 삭제했다. 부질없고 영혼 없는 카톡들이 저마다 앞다투어 읽어달라는 듯 시뻘건 숫자들을 표시하고 있었다. 남자는 미련 없이 단톡방을 하나씩 나가다가 잠시 손가락을 멈췄다. 원래 암을 겪었던 사람들이 자신들의 이야기를 하는 방이었다. 누군가가 쓸데없는 자기 자랑 사진을 올려 대면서 하나둘 사람들이 슬금슬금 나가버린 상태였다. 곽곽한 마음에 타인의 행복한 모습을 받아들일 여유가 없었으리라.

남자는 그동안 관심도 없었던 이 방을 유심히 보다가 이 단톡방에 자신과 어떤 여자, 딱 둘만이 남겨졌다는 걸 알게 되었다. 닉네임 '아름다운 하늘'. 흔한 닉네임이다. 남자는 채팅방 나가기를 누르려다 호기심이 생겨 여자의 프로필을 눌러 보았다. 닉네임에 맞추어 구색을 갖춘 듯, 온통 예쁜 하늘로 가득했다. 어디서 그런 사진을 구했을까 싶은 생각이 들게 하는, 삼반스러울 정도로 멋진 하늘이었다. 처음에는 인터넷 어디선가 퍼 온 사진인가 싶었지만, 하늘을 배경으로 군데군데 여자의 가늘고 하얀 손이 쑥스럽게 곁들여져 있는 걸 보니 직접 찍은 사진 같기도 했다.

"좋네."

자기도 모르게 중얼거린 남자는 자신의 목소리를 듣고 살짝 놀랐다. 입 밖으로 말을 뱉어본 게 언제였던가. 지난 두 달간 아주 필요한 말 이외에는 말을 한 적이 없었다.

따라라라….

보이스톡이 울린다. 외국에 있는 아내였다. 아니, 아내였던 그녀다.

"잘 정리해 줘서 고마워요."

"…."

"마지막으로 인사는 해야 할 것 같아서요."

"그래."

어색한 짧은 침묵을 깨야만 할 것 같아 남자는 간단히 대답했다.

"애들한테는 말 안 했어요. 당신도…."

"알아."

굳이 전화할 필요가 있었을까?

"몸, 챙겨요. 당신이 알아서 하겠지만…. 나는 당분간 안 들어가요. 애들 학교도 있고."

뭘 알아서 챙기라는 걸까. 갑자기 남자의 배 속에서 통증이 올라와 목구멍에 걸렸다.

"그럴게."

"나는, 여기서… 잘살 테니 당신도 잘…."

전화 감이 멀어지다 알아서 끊겼다. 아내, 아니 전 아내는 조금 울먹이는 듯했지만 다시 전화하지는 않았다. 남자도 다시 전화하지 않았다. 창밖의 하늘은 뿌옇게 흐려져 있었다.

여자는 숭숭 솟아나기 시작한 짧은 머리를 감추느라 가발을 계속 쓰고 다녔지만, 중고로 산 가발은 샴푸 두세 번에 금방 못쓰게 되어버려서 누가 봐도 가발 태가 많이 났다. 새 가발을 사기엔 돈이 아까워 가발을 과감히 쓰레기통으로 보내 버리고, 예쁜 캡을 장만했다. 납작한 가슴이 남자라고 오해를 받을까 봐 일부러 화사한 핑크색으로 골랐다. 책상 위에 얹어진 작은 거울 속에 비친 여자는 모자를 쓰니 그나마 여성스러운 느낌이 들었다.

'이대로 쭉쭉 길어라. 제발, 빨리.'

여자는 예전처럼 긴 머리를 휘날리는 상상을 했다. 그녀는 티셔츠를 입을 때 긴 머리카락을 밖으로 빼내곤 했었다. 모자를 벗어 짧은 머리를 이리저리 만져도 보았다. 아르바이트하면서 팔을 많이 쓴 탓인지 며칠 전부터 찌릿했던 오른쪽 팔이 더 찌릿했다. 이러다가 림프부종이 오면 어쩌지…. 여자는 쑥 패인 오른쪽 겨드랑이를 몇 번이나 쓸어내리며 숨을 깊이 내쉬었다.

"릴랙스… 후우…."

열두 시가 훌쩍 넘어 있었다. 여자는 얼른 누워 잠을 청했지만, 낯선 방이 어색해서인지 좀처럼 잠들지 못하고 이리저리 몸을 뒤척였다. 천장에 야광별 스티커가 잔뜩 붙어있었다. 전에 살던 사람도 그래서 밤마다 별을 셌을까? 하나, 둘, 셋, 넷… 스물… 서른하나….
여자는 스티커를 하나씩 세어보다가 설핏 잠이 들었다. 그녀는 꿈
속에서 멋진 몸매가 드러나는 예쁜 원피스를 입고, 긴 머리를 하고,
하이힐을 신고 눈부시게 걷고 있었다. 어깨를 쭉 펴고 허리를 꼿꼿
하게 세운 당당한 모습이었다. 여자의 눈에는 봉긋하게 솟은 가슴
이 먼저 들어왔다.

'수술이 잘됐네, 진짜 같아. 후후.'

비록 꿈속이었지만, 여자는 만족감을 느꼈다.

"우왝."

누군가 여자의 등 뒤에서 요란하게 토악질을 해댔다.

여자는 찰랑거리는 긴 머리가 더러워질까 봐 뒤를 돌아봤다. 꿈
이 아니었다. 옆방과 선을 그어 놓은 가벽 사이로, 배 속 모든 것을
게워 내는 듯한 구토 소리가 적막을 깨고 울려 퍼졌다.

'도대체, 술을 얼마나 먹었으면… 아, 참자…. 그래, 세상 살기가
힘든가 보다.'

여자는 달콤한 꿈속을 더 누비고 싶어서 머리끝까지 이불을 뒤
집어썼다. 시간이 흐르자 구역질 소리는 점차 잦아들었지만, 무늬
만 벽이지, 얇디얇은 나무판자는 그 소리를 전부 막아내진 못했다.

그 후로도 며칠 동안 옆방 남자는 계속 술을 마시고 토하는 일을
반복했다.

벌써 며칠째인지, 남자는 밤마다 찾아오는 통증에 속을 다 파내어 버리고 싶었다. 상상했던 것보다 훨씬 강도가 셌다.

'이래서 마약성 진통제가 필요한 거였군. 떠날 준비를 서둘러야겠어. 뭐가 또 필요할까.'

남자는 간신히 눈을 떠서 이리저리 둘러보다가 어젯밤 흔적을 발견했다. 화장실 앞에도 못 가서 토하는 바람에 토사물이 변기 앞에 푸르딩딩한 자국으로 눌어붙어 있었다. 남자는 자신의 흔적을 하나라도 남기질 않으려는 듯, 열심히 수건을 적셔 닦고 또 닦았다. 그래도 토 냄새는 도무지 가시질 않았다. 냄새 때문에 남자의 속은 또다시 요동을 쳤다.

'탈취제라도 사 와야겠어.'

남자는 간신히 옷을 챙겨 입고 밖으로 나왔다. 빛이 잘 들지 않는 복도는 아침인데도 컴컴했다. 후들거리는 다리를 간신히 버티고 계단을 내려가려는데 옆방 문이 열렸다. 후줄근한 후드티를 입은 작은 체구의 여자가 나왔다. 남자와 눈이 마주친 여자는 흠칫 놀라더니 짧은 머리를 가리기 위해 작고 흰 손으로 후드를 당겨쓰고, 남자를 지나쳐 계단을 내려갔다.

'이런 고시원에 여자가 있네. 머리는 다 깎고…. 세상에 사연 없는 사람이 없네. 부디 잘살기를….'

오지랖 넓은 생각을 하며 계단을 돌아내려 가던 남자는 여자를 다시 마주쳐야만 했다.

"저기… 죄송한데요…."

여자는 남자의 얼굴 대신 어깨너머를 비껴서 보며 말했다.

"네?"

"옆방…, 401-1호요."

"무슨?"

갑자기 남자의 통증이 예고도 없이 시작되려 했다.

"밤새, 소리가 너무 들려서… 새벽에… 제가 잠을 잘 못 자서
요…"

"네?"

여자는 당황한 듯, 작은 손을 입 언저리에 갖다 대고 토하는 시늉
을 해 보였다.

"아, 죄송합니다."

창자가 뒤틀려 오는 느낌에 남자는 얼굴을 찡그렸다.

"제가 좀 바빠서…."

이대로 가다가는 계단 한복판에 토를 할 것 같아, 남자는 힘없는
다리를 끌어당겨 도망치듯 다시 방으로 들어갔다.

'빌어먹을, 내 맘대로 토할 수도 없는 방구석이라니….'

남자는 뒤통수에 꽂힌 여자의 당황한 시선을 막아내듯 황급히
방문을 닫았다.

여자는 어이가 없었다.

'뭐지? 내가 우습게 보이나? 오죽하면 허구한 날 술을 먹을까 싶
어 참아줬더니, 들은 체도 않고 들어가 버리네. 이봐요! 나는 환자

라고요! 나는 잠을 푹 자야 하는 환잔데 당신 때문에 잠을 못 자서 너무 힘들다고요!'

여자는 남자가 들어간 문을 노려보며 마음속으로 마구 고함을 질렀다.

'참지 말아야 하는데…. 나는 왜 이런 말을 못 할까?'

계단에는 손자국이 가득한 거울이 걸려 있었다. 볼품없는 여자가 보였다. 구질구질 늘어난 후드티 사이로 보이는 퀭한 얼굴에 지나치게 짧은 머리…. 누가 봐도 말발이 먹히지 않을 모양새였다. 여자는 눈물 사이로 거울 속 여자를 지워버렸다.

새벽 세 시, 아직 날이 밝으려면 두어 시간이 남아 있었다. 남자는 삶에 거의 미련이 없었다. 이 방에 들어온 뒤부터 공들여 주변을 정리했다. 커다란 쓰레기봉투와 박스를 준비해서 그나마 남아있던 책 몇 권, 옷가지를 정리해서 가지런히 넣었다. 자신이 죽은 이후 처리해 줄 누군가를 위해 잘 부탁한다는 말과 함께 봉투에 현금 3백만 원을 넣어 책상에 잘 보이게 올려 두었다. 먼 친척의 전화번호 몇 개와 미처 지우지 않았던 카톡 대화방뿐인 쓸쓸한 핸드폰도 가지런히 곁에 놓았다.

달빛이 밝은 날이었다. 불을 껐는데도 방 안이 다 보일 정도였다. 남자는 냉장고를 열어 가지런히 넣어둔 약통 두 개를 꺼냈다. 하나는 마약성 진통제, 다른 하나는 수면제. 두 개 다 그간의 고통을 참고 모아둔 터라 제법 양이 많았다. 남자는 의미 없이 삶을 이어가는 것에 지쳐있었다. 몸은 점점 더 말을 듣지 않았고, 며칠째 곡기를 끊은 터라 그의 얼굴엔 핏기라곤 없었다. 남자는 손 안 가득 수면제와 진통제를 부어 놓고 삼킬 준비를 하다가 문득 생각했다.

'누가 나를 기억이나 할까?'

남자는 눈을 감아보았다. 몇 년째 보지 못한 아이들의 얼굴을 떠올리자, 아내였던 여자의 얼굴도 슬그머니 세트처럼 따라온다. 고개를 흔들어 전 아내의 얼굴을 흘려보냈다. 아이들은 이미 훌쩍 커버려 그때의 모습이 아닐 텐데, 남자의 머릿속 아이들은 볼을 비벼대던 어린 시절에 멈춰 있었다.

'미안하다….'

남자는 투명한 유리컵 가득 물을 따랐다. 달빛을 받은 유리컵이 반짝거렸다. 컵 속에 담긴 물도 달빛을 받아 긴 물그림자를 남겼다. 물그림자가 출렁일 때마다 깨끗하게 정돈된 남자의 방바닥에 아름다운 물결이 흔들거렸다.

"은하수 같군. 마지막 길을 축복이라도 하는 건가…."

남자는 크게 심호흡을 하고 물을 한 모금 마셨다. 오늘따라 통증이 없는 게 신기했다. 하지만 막상 약을 삼키려다 보니 생각했던 것보다 심장이 요동쳐서 입가로 가는 손이 파르르 떨렸다.

두두두두두… 두두두두….

남자의 핸드폰이 한밤중의 고요를 가르며 책상 위에서 커다란 진동음을 냈다. 이 시간에 울릴 리가 없는데. 순간 남자가 움찔하자, 손에 수북이 쌓여 있던 알약들이 후드득 떨어져 내렸다. 남자는 반사적으로 전화를 받았다. 보이스톡이었다.

여자는 새벽 세 시가 가까웠는데도 잠을 못 이루고 있었다. 마음이 자꾸만 허전했다. 두 평도 채 못 되는 방이 운동장만 하게 느껴졌다.

'그래, 집이 컸으면 어쩔 뻔했어. 음… 옆방이 오늘은 조용하네.'

'오늘도 웩웩거리면 벽을 확 쳐주려고 했는데….'

뭔가 아쉬운 마음에 여자는 이불을 뒤집어쓰고 핸드폰을 열었다. 그녀는 발병 이후 대부분의 사람과 연락을 끊었다. 가까웠던 친구들과도 거의 연락하지 않는 형편이었다. 핸드폰은 광고 문자로 넘쳐날 뿐, 카톡이 울리는 일은 거의 없었다. 광고 문구들 사이에서 여자의 눈이 '일상들'이라는 단톡방에 멈춰졌다. 비슷하게 아픈 십여 명이 모여서 사소한 일상을 나누었던 채팅방이었다. 이름은 일상이었지만, 다들 특별하고 멋진 하루하루를 보내는 사진들을 올렸다. 편의점에서 아르바이트하는 여자의 일상은 그리 특별하지도 멋지지도 않았다. 가끔 예쁘다 싶은 하늘을 찍어서 올리기도 했지만, 그것도 한두 번 정도였을 뿐. 대부분 다른 사람들의 사진에 '좋아요'를 표시하거나 이모티콘을 보내는 것이 고작이었다. 사람들이 한둘씩 나가면서, 북적였던 단톡방도 알림을 울리는 일이 뜸해졌다. 남아 있는 사람은 여자를 포함해 딱 두 명이었다.

'이게 뭐람, 나도 나갈까?'

여자는 핸드폰을 만지작거렸지만, 이 밤중에 나가려니 혼자 남은 그 사람에게 가혹한 느낌이 들었다.

'어떤 사람일까? 나처럼 나갈 타이밍을 못 찾아서 그냥 있었 겠지?'

이 단톡방에서는 자신의 이름, 병기, 암 종류, 심지어 성별까지도 밝히지 않았기 때문에 참여자들에 대한 정보가 딱히 없었다. 단지 프로필 사진과 닉네임, 올리는 사진을 보고 어설프게 짐작만 하는 상황이었다. 자신과 함께 덩그러니 남겨진 다른 한 사람이 궁금해진 여자는 그의 닉네임을 다시 한번 확인했다. '. ', 달랑 점 하나. 그게 다였다. 닉네임, 점 하나로 이름을 대신한 그의 프로필 사진에는 무수한 별들이 흩뿌려져 있는 아름다운 밤하늘 사진이 몇 장이나 올려져 있었다.

'이 사람, 밤하늘을 연구하는 사람인가? 닉네임을 밤하늘로 해놓던가, 점 하나가 뭐야.'

여자는 비슷비슷해 보이는 사진을 둘러보며 사진을 확대해 보기도 하고, 작게 보기도 하고, 인터넷을 뒤져 '은하'라고 검색해 보기도 했다.

따라라라라… 따라라라라….

프로필 사진을 주무르던 여자의 손이 실수로 보이스톡을 눌러 버렸다. 갑자기 연결된 소리에 놀란 나머지, 여자는 핸드폰을 이불 속에 떨어뜨리고 말았다.

"어디 있는 거야… 어떡해. 미쳤어….'

어쩔 줄 모른 채 이불 속에서 희미하게 울리는 연결 음을 듣고만 있던 여자는 겨우 정신을 차리고 핸드폰을 찾았다. 상대방이 전화를 받은 뒤였다.

ㅡ 죄, 죄송합니다. 제가 실수로 그만…. 잠 깨워서 미안합니다. 얼른 주무세요. 정말 죄송해요."

여자는 보이지도 않는 상대에게 고개를 굽실대며 연신 사과를 했다. 상대는 아무 말도 없었다.

ㅡ 너무 죄송해요. 저 때문에 잠을 못 주무셔서… 너무너무 죄송해요. 이만 끊을게요. 죄송합….

전화가 끊어졌다.

남자는 온 바닥을 뒤덮은 약들이 달빛을 받아 희멀겋게 빛나는 모습을 멍하니 바라보았다. 손바닥에 담겨 있을 때는 몰랐는데, 책상과 침대 밑, 신발장 앞까지 굴러 들어간 크고 작은 약들이 꽤 많게 느껴졌다. 이상했다. 대단한 결심을 하고 어렵게 통증을 참아가며 모은 약들이 방바닥에 다 떨어져 버렸는데, 남자는 전혀 아깝지가 않았다. 핸드폰 너머의 여자는 속삭이듯 죄송하다는 말을 여러 번 했다. 누군가가 자신의 억울한 삶에 자꾸만 죄송하다고, 자기 때문이라고, 미안하다고 말하는 듯했다. 남자의 눈가에서 뜨스운 것이 자꾸만 올라왔다.

30여 분이 지났을 무렵, 여자의 핸드폰에서 보이스톡이 울려 댔다.

- 괜찮습니다.

전화기 너머 굵고 낮은 목소리가 들려왔다.

- 네?

- 다시, 전화해도 될까요?

여자는 왠지 아니요, 라고 거절할 수가 없었다.

- 아, 네? 네…. 이만 끊을게요. 안녕히 주무세요.

여자의 가슴이 콩닥거렸다. 텅 빈 가슴 한쪽이 채워질 것 같은 예감이 들었다.

전화를 끊고 나서야 남자는 알았다. 사실은 아직 떠날 준비가 되지 않았다는 걸, 누군가 자신을 찾아 주길 간절히 바랄 만큼 외로웠다는 걸…. 남자는 약을 쓸어 담아 쓰레기통에 버렸다.

여자는 새벽의 소란에도 불구하고 이상하리만큼 푹 잤다. 새벽녘 그 일이 진짜였나 싶어 핸드폰을 확인해 보니, 그 남자와 주고받은 보이스톡 표시가 두 번, 또렷하게 남아 있었다.

'아, 이런. 어제 일은 현실이었어. 어쩌지, 미안하다고 다시 톡을 보내볼까?'

여자가 손가락을 움직이며 몇 번 고민하는 사이, 남자에게서 톡이 왔다.

– 감사했습니다.

'뭐지? 뭐가 감사한 거지?'

여자는 일부러 2, 3분쯤 기다렸다가 정중하게 답을 했다.

– 어젯밤, 아니 오늘 새벽일은 너무너무 죄송했습니다. 화가 나셨다면…

– 아니요, 진심입니다. 감사했습니다.

남자의 톡에서 진심이 느껴졌다.

– 아, 저도 감사했습니다.ㅎ 평소에 불면증이 있었는데 그 난리를 치고도 저는 푹 잤어요…

남자로부터 한참 답이 없었다. 여자는 자꾸 신경이 쓰였다.

10분쯤 지났을까, 남자에게서 답이 왔다.

– 가끔 연락을 주셔도 괜찮습니다. 저는…

– 제가 가끔 연락을 드려도 실례가 안 된다면…

또다시 여자의 가슴이 쿵쿵거렸다. 숨을 크게 들이쉰 여자는 다닥다닥 건물들 틈 사이로 보이는 하늘이 유난히 더 파랗다고 느꼈다.

그렇게 드문드문 카톡을 시작하다가 여자는 새벽 불면증을 핑계 삼아 가끔 통화를 했다. 통화가 잦아질수록 여자와 남자는 새벽을 기다렸다. 남자는 여자의 소곤소곤 떨리는 목소리가 좋았다. 여자는 남자의 낮은 목소리를 들으면 그와 단둘이 안전한 동굴 속에 들어가 있는 듯 마음이 편해졌다. 사실 서로에 대해 아는 게 별로 없었지만 오래 알았던 사이처럼 서로가 깊이 연결되어 있는 것만 같았다. 여자가 이야기하면 남자는 간간이 되묻거나 짧은 대답을 하는 것이 대부분이었지만, 통화가 계속되면서 여자는 남자에 대해 점점 알게 되는 것 같았다. 여자는 자신이 봐왔던 파란 하늘이 얼마나 아름다웠는지 조곤조곤 수줍게 말을 하고, 남자는 우주의 무수한 별들, 은하에 대해 알려주었다.

— 은하수, 직접 본 적이 없는데… 직접 본 적 있어요?
— 오래전에요. 호주 사막 어디쯤…
 남자는 예전에 아이들과 함께 갔던 호주 사막을 떠올리곤 이내 지워버렸다.
— 우와! 누구랑 갔었어요?
— 예뻐요.
남자는 대답 대신 말을 돌렸다.
— 뭐가요?
손이, 라고 말할 뻔하다가 남자는 말을 삼켰다. 여자의 프로필 사진에 수줍게 찍힌 그녀의 손가락을 몇 번이나 들여다봤더니 이제는 그녀의 손가락이 어떻게 구부러져 있는지 눈을 감아도 보일 지경이었다.
— 하늘, 손이 찍혔던 그 하늘이요.
— 아, 그거요? 괜찮았어요? 눈이 부셔서 하늘을 가렸더니, 우연히 손이 찍혔더라고요. 손은 좀 봐줄 만한 것 같아서 올렸어요. 그

날 병원 갔다 오는 길이었는데….

남자는 소곤거리는 여자의 말이 하얗고 가느다란 손가락이 되어 자신의 움푹 팬 볼을 쓰다듬는 환상 속으로 빠져들었다. 손가락은 수염이 까슬거리는 턱에 닿았다. 초췌한 자신의 마음을 어루만지듯, 남자는 너무 오랜만에 누군가를 안아보고 싶다고 생각했다. 예전처럼 호기롭게 자신의 정욕을 과시하시는 것이 아니라, 오롯이 자신의 몸과 마음을 다 바쳐 이 여자에게 집중하고 싶었다. 전화기 너머의 여자를 어루만질 수 있다면, 건강했을 때처럼 멋지게 차려입고 그녀를 만날 수 있다면, 그녀와 함께 누워 푸르른 하늘을 마음껏 바라볼 수만 있다면…. 재발 이후 처음으로 살고 싶다는 생각이 남자의 온몸으로 퍼져 나갔다. 정신이 아찔해지는 것도 잠시, 남자의 배 속 어딘가에서 또 요동이 쳤다.

"으음…."

남자의 입 밖으로 고통이 삐져나온다.

– 미안해요, 잠시만… 다시 통화해요.

남자는 화장실 변기통을 붙잡고 푸르죽죽한 물을 모두 게워 낼 때까지 한참을 꺽꺽거렸다.

남자는 가끔 그렇게 불쑥불쑥 전화를 끊었다. 여자는 도대체 무슨 일일까 생각해 보았지만, 이내 전화가 다시 연결됐기에 그저 새벽이 더디 가길 바라며 불안감을 애써 덮어놓았다. 옆방 남자에게 또 무슨 견디지 못할 일들이 생기는 모양이었다. 술을 마시고 토하는 일이 부쩍 잦아졌다. 여자가 남자와 통화하느라 이불을 뒤집어 쓰고 있지 않았더라면, 한밤중에 시도 때도 없이 들려오는 구역질 소리에 경기를 일으켰을지도 몰랐다. 여자는 옆방 남자가 너무나도 거슬렸다. 통화가 끊어진 것이 다 옆방 남자의 탓인 것만 같았다. 옆방의 토악질 소리는 남자에게서 걸려 오는 전화 진동음을 삼켜버 릴 것만 같았다. 남자가 꿱꿱거리는 데시벨이 높아질수록 그녀의 알 수 없는 불안감도 높아져만 갔다. 401호 남자는, 좁디좁은 방 안 에서 살아내려고 애쓰고 있는 여자의 1분 1초를 엉망진창 휘저어 놓는 괴상한 소리의 주인인 동시에 세상만사 잊고 싶어 날마다 술 을 마시는—마시는 게 분명한—인생을 제멋대로 사는 난봉꾼인 것 만 같았다.

"탁. 탁."

여자는 솟구치는 화를 억누르며 가볍게 벽을 두드렸다. 두드리 는 소리를 듣고 놀랐는지 옆방 남자의 우웩하는 소리가 잠시 멈췄 다가 다시 들려왔다.

"탁. 탁. 탁."

이번에는 감정을 실어 좀 더 세게 두드렸다.

"그만 좀 해 주세요. 그동안 제가 참았거든요. 그런데 도저히 듣 기가 너무 힘드네요. 아니, 도대체 무슨 일로 그렇게 술을 마시는지 모르겠지만요. 저도 여기서 사는 게 힘든데 밤마다 들려오는 그 소 리에 잠을 잘 수가 없다고요. 제발 좀 그만하시면 안 돼요?"

"꺽. 꺽. 꺽…."

아예 이제 대놓고 더 크게 토를 해 댄다. 여자는 더 크게 벽을
쳤다.

"다 들린다고요!"

어디서 그런 용기가 나왔는지 벽을 치고 소리를 지르면서도, 여
자는 전화가 다시 올까 봐 손에 쥔 핸드폰을 초조하게 들여다보았
다. 하지만 잠잠하다. 고장도 아니다. 손가락을 갖다 댈 때마다 검
은 화면과 바탕화면을 왔다 갔다 할 뿐, 핸드폰은 미동조차 없었다.

여자는 뜬눈으로 새벽을 보내다 아침이 되어서야 잠이 들었다.
꿈속에서 여자는 남자를 만나고 있었다. 한 번도 서로 마주친 적이
없었지만, 분명 그 남자였다. 크고 푹신한 침대 옆에 놓인 작은 스
탠드 불빛으로 어리어리 보이는 남자의 모습, 남자는 여자의 귓불
에 대고 무언가 속삭였다. 무슨 말인지 알 수는 없었지만, 여자는
웃었다. 남자는 있는 힘을 다해 여자를 끌어안고 다시 속삭였다. 두
사람 등 뒤로 별빛이 쏟아졌다. 남자의 프로필 사진에 있던 눈부신
은하수였다.

멀리서 구급차 사이렌 소리가 들려왔다. 동네가 웅성거렸다. 여
자는 깨고 싶지 않아 억지로 눈을 감고 있었다. 그렇게 한참을 뒤척
이다가 까무룩 잠이 들었다.

"안에 있어요? 나요, 나. 문 좀 열어봐요."

오랜만에 듣는 관리인의 목소리가 여자를 억지로 일으켜 세
웠다.

"아니, 옆방 401호 남자가 구급차에 실려 갔지 뭐에요."

유난히 친한 척하는 관리인은 빼꼼히 열린 문 사이로 얼굴을 잔뜩 찡그린 채 틈을 주지 않고 입을 놀렸다.

"내가 항상 아침이면 계단을 청소하거든요. 승강기가 없으니까 얼마나 불편한지 몰라. 원래는 일주일에 한 번씩만 하면 되는데, 거의 매일 하고 있거든. 아, 아무튼 청소하려고 빗자루랑 쓰레받기 들고 날마다 이 4층을 오르락내리락하는데 오늘은 귀찮아서 좀 쉴까 하다가, 그냥 대충이라도 쓸고 오자 싶어서 터벅터벅 올라갔지. 어떤 미친놈이 술 처먹고 3층 계단에 쓰러져 있기에 흔들어 깨웠더니 그냥 픽 쓰러지는 거야. 죽은 줄 알고 얼마나 놀랐는지. 아이고, 근데 자세히 보니 401호더구먼. 피죽도 못 얻어먹었는지 얼굴이 빼짝 말라서는…. 못 알아볼 뻔했는데, 내가 원래 눈썰미가 좀 있어. 401호 양반이 틀림없는 거야. 숨은 붙어 있길래 냅다 119를 불렀지. 나 아니었으면 그 양반 그냥 골로 갔을지도 몰라."

관리인은 듣고 싶지도 않은 일들을 무용담 삼아 자세히도 묘사했다.

"네. 잘하셨네요."

여자는 더 듣고 싶지 않다는 표시로 지끈거리는 관자놀이를 누르면서 억지 웃음을 지으며 고개를 끄덕이고 문을 닫으려 했다. 관리인은 아예 문 걸쇠 사이로 손을 집어넣으며 막았다.

"401-1호는 뭐 아는 거 없소?"

"뭐가요?"

"401호 남자에 대해서."

"밤마다 술을 먹는지 엄청나게 토하는 소리가 들려서 도무지 잠을 못 자게 하더라고요."

"아!"

관리인은 눈을 반짝거리며 안타까운 건지, 드디어 알아내서 기쁜 건지 알 수 없는 표정을 지으며 말을 이어갔다.

"401호가 거의 영양실존데⋯. 그게 말이야, 내가 응급실에 따라 갔잖아. 가서 링게루 맞는 것까지 봐주고 나왔는데, 병원 말이 그 사람이 말기 암 환자래. 근데 치료도 안한 모양이야. 나 원, 가족도 없는지, 이러다 송장 치르는 거 아닌지 몰라⋯."

말기 암이라는 단어가 여자에게 꽂혀 왔다. 갑자기 일면식도 없는 401호 남자가 너무 불쌍해졌다. 지난 새벽 계속되던 그 구역질이 어쩌면 죽음의 문 앞에서 힘겹게 버티고 있던 소리였을지도 모른다고 생각하니 미안함이 몰려왔다.

"네⋯."

"아무튼, 나도 잘 지켜보겠지만, 1-1호도 좀 지켜봐 주라고. 사람들이 많으니까 원, 바람 잘 날이 없어.

그나저나 머리가 좀 길었네. 머리 길러. 아가씨는 긴 머리가 예쁘지. 흐흐."

뭘 어떻게 지켜보라는 건지, 할 말, 안 할 말을 죄다 늘어놓고 관리인은 가버렸다.

여자는 옆방 남자에게 시끄럽다고 벽을 치고 소리를 질렀던 일들이 미안했다. 말기 암 환자라는 생각은 해보지도 않았다.

"아무리 그래도 영양실조가 뭐야. 살 날까지는 살아야지. 돈이 없어서 그런가…. 아니, 돈이 없어도 그렇지, 누구한테 얼마나 뭘 남겨주려고 죽도 못 사 먹고 살아. 바보 같이…."

여자는 쓸데없이 부아가 치밀었다. 지갑을 열어보았다. 만 원짜리 두 장과 천 원짜리 세 장, 이번 주 생활비다. 거기에 돈 아낀다고 정지시켜 놓은 신용카드 한 장과 교통카드…. 아르바이트비가 들어오면 딱 20만 원만 현금으로 찾아 놓고 나머지는 전부 통장행이었다. 재건 수술비와 이후 부대비용을 만들려면 아직도 500만 원 남짓 더 필요하다. 언니한테 돈을 떼어 주는 게 아니었다고 이미 몇 번이나 후회를 한 터라 이제 그 일은 생각하지 않기로 했는데, 돈이 아쉬울 때면 여전히 스멀스멀 후회가 올라왔다.

"미쳤지, 누가 누굴 걱정해. 수술까지 3개월 밖에 안 남았는데 아직도 많이 모자라. 로또라도 사야 하나…"

여자는 모든 잡생각을 떨쳐내려는 듯 핑크색 모자를 푹 눌러쓰고 방을 나왔다. 남자에게서는 아직도 연락이 없었다.

남자는 고통스러웠다. 오장육부가 뒤틀려 오는 것 같은 통증 때문만은 아니었다. 링거 줄을 타고 들어오는 하얀 액체가 위태로운 자신의 생명줄을 잡고 있다고 생각하니 이 모든 걸 확 끊어버리고 싶은 충동이 일었다. 그때 여자가 생각났다. 어젯밤 그녀와 통화를 하던 중 구토가 올라와 아무런 말도 없이 전화를 끊었다.

밤새도록 집 안 곳곳을 헤매며 토하고, 일어나 밖으로 나오다가 정신을 잃고, 누군가에게 발견되어 구급차를 타고 오기까지, 반나절 만에 많은 일들이 있었지만, 남자는 여자에 대한 걱정뿐이었다. 자신의 연락을 기다리고만 있을 여자에게 어떻게든 연락해야겠다고 생각했다.

'시간이 없어.'

남자의 직감이 그렇게 말하고 있었다. 하지만 다급한 마음을 비웃기라도 하듯 핸드폰의 액정은 사정없이 깨져 있었다. 남자는 아무렇게나 링거 줄을 뽑아내고 병실을 뛰쳐나왔다. 거리를 헤매다 보인 매장에 들어가 새 휴대폰을 샀다. 여자에게 톡을 보내는 손가락이 몹시도 떨렸다.

– 어제는 미안했어요.

지웠다.

– 별일 없습니다.

30분이 지나도록 여자가 읽지 않았다. 남자는 자신이 초라해졌다. 여자에게 무슨 일이 일어난 걸까, 아니면 화가 났을까. 아니면 더는 연락하고 싶지 않은 건가, 그녀가 나를 원하지 않는 건 아닐까, 수많은 생각이 남자의 머릿속을 복잡하게 했다.

– 다시 연락할게요.

아직 여자는 읽지 않았다. 남자의 등골 사이로 식은땀이 흘러내렸다. 어지러웠다.

"괜찮으세요? 연락이 안 되나 봐요. 몸이 안 좋으신 거 같은

데…."

휴대폰 매장 직원이 직업상 몸에 밴 친절인지 자꾸만 물어왔다. 남자는 옴짝달싹할 기운도 없어서 손을 절레절레 흔들고 매장에서 나왔다. 자꾸 어지러운데 구름 한 점 없는 파란 하늘을 보니 또 여자 생각이 났다. 간신히 고시원으로 돌아온 남자의 401호 방 문고리에 누가 갖다 놓았는지 알 수 없는 미지근한 죽 한 그릇이 걸려있었다.

"이 상태면 예정대로 3개월 후에 수술할 수 있겠네요."

"감사합니다."

옷자락을 여미는데 여자는 눈물이 핑 돌았다. 꿈속에서나 그리던 봉긋한 가슴이 진짜로 생긴다니, 마음이 벅차올랐다. 누군가에게는 아무렇지도 않은 일이 그녀에게는 특별한 일이라는 게 좀 서글펐지만, 그깟 건 아무래도 좋았다. 그저 여자는 스스로 평범한 여자라고 인정하고 싶을 뿐이었다. 누군가와 기쁜 마음을 나누고 싶어서, 정확히는 그 남자와 나누고 싶어서 여자는 자꾸만 핸드폰을 들여다보았다. 아직도 남자에게 카톡은 오지 않았다.

'무슨 일이 있는 건 아니겠지? 내가 뭘 잘못 말했나? 진작 전화번호라도 알아둘 걸….'

사실 여자는 남자를 직접 만나고 싶었지만, 자신이 없었다. 짧은 머리, 없어진 가슴, 빠듯한 생활…. 그 모든 것이 다 이유가 됐다. 애초부터 어떤 병이었는지 서로 알고 만난 사이였다면 더 만나기 쉬웠을지도 모른다. 하지만 이름도, 나이도, 직업도, 어디에 사는지도 모르고 얼마나 아픈지도 잘 모르기에 무엇을 어디서부터 얘기해야 할지, 상대가 어떻게 생각할지 알 수도 없고, 좀 그랬다.

'수술이 끝나면 만나자고 해 보자. 그때가 되면 이름도 물어보고 어떤 사람인지 알아도 보고…. 꼭 다시 연락이 올 거야.'

병원 밖 하늘은 구름 한 점 없이 깨끗했다. 마음이 훨씬 편해진다. 여자는 하늘에 닿을 듯 손을 높게 뻗어 올리고 손가락으로 작은 하트를 만들어 사진을 찍었다. 그에게 다시 카톡이 오면 이 사진을 보내리라, 마음먹었다.

여자는 한참을 뒤척였다. 새벽 세 시, 고시원 앞 가로등이 벌써 며칠째 깜박거리니 더 잠이 오질 않는다. 더듬더듬 병원에서 정해진 수술 스케줄 안내문을 찾아 다시 읽어 본다. 낮에 들었던 대로 3개월 후 검사 날짜와 수술 날짜에 빨간 동그라미가 쳐 있었다. 여자는 벌떡 일어나 책상 위 작은 거울을 침대 한쪽에 비스듬히 세웠다. 깜박이는 가로등 불빛에 거울 속 자기 모습이 보였다 안 보였다 했다. 여자는 숨을 고르고 웃옷의 단추를 풀었다. 수술 후 얼마 되지 않아 봤던 수술 자국이 트라우마로 남아 그녀는 그동안 한 번도 자신의 가슴을 정면으로 본 적이 없었다.

'3개월만 있으면 이 모습도 안녕이야. 이제는 두렵지 않아.'

떨리는 눈동자로 여자는 거울 속을 똑바로 바라보았다. 새하얀 왼쪽 가슴 위로 수줍게 고개를 들고 있는 분홍빛 젖꼭지가 드러났

다. 그래, 이랬지… 이랬었구나…. 콧등이 찡하게 저렸다. 이번에는
오른쪽 어깨를 쓸어내려 나머지 옷자락을 마저 걷어냈다. 확장기를
넣어 제법 불룩하게 튀어나온 오른쪽 가슴은 왼쪽의 느낌과는 전혀
달랐다. 하, 숨이 잠깐 조여왔지만, 차분히 들여다보았다. 기다란
흉터는 아름답지는 않았지만, 어찌 보면 여전사의 것처럼 보이기도
했다. 여자는 손으로 가만히 가슴을 만져 보았다. 보드라운 왼쪽 가
슴과 딱딱한 느낌의 오른쪽. 저릿저릿 아프기만 해서 원망하고 무
시하고 외면했던 오른쪽 흉터가 비로소 짠해 보였다.

'미안해, 너도 고생했구나.'

여자는 진심으로 자신의 상처를 인정했다. 그러자 새 가슴을 받
아들일 준비가 되었다. 새롭게 시작하며 그를 만나고 싶었다. 조금
만 기다리면 더 당당히 그를 만날 수 있다는 설렘에 살짝 소름이 돋
았다.

남자의 직감은 별로 틀린 적이 없었다. 예전의 아내가 그를 떠
나 다른 남자를 만났을 때도, 당당하게 이혼을 요구했을 때도, 심
지어 병에 걸리고 또 재발했을 때도 몸서리칠만큼 그의 직감은 들
어맞았다.

이제 얼마 안 있으면 아주 긴 여행을 떠날 시간이 올 것이다. 전
부터 차곡차곡 준비했던 터라 별로 준비할 게 없었지만 하나의 변
수가 생겼다. 그녀였다. 지난번 응급실에 실려 간 후 이틀 동안 연
락이 되지 않았을 때, 여자는 몹시도 힘들어했다. 예의 불면증이 다

시 도져서 밤을 꼬박 새우고 열이 났다는 얘기를 듣고는 거의 매일 수시로 연락을 했다. 지금은 이게 최선이었다. 숨이 남아있을 순간까지 그녀를 위해서 무언가 하고 싶었다. 자신이 떠나고 난 후 여자가 힘들어할지 어떨지 생각하고 싶지 않았다. 그냥 이렇게 그녀와 시간을 보내면서 외롭지 않게 떠나고 싶었다.

'나란 놈, 이기적이었네….'

무엇을 할 수 있을까? 할 수 있는 게 얼마 없었다. 한참 고민을 하다가 남자는 다시 핸드폰을 열었다.

깜박이던 가로등이 드디어 수명을 다했다. 하늘이라고 하기엔 너무 작지만, 주위가 깜깜해지니 어렴풋이 빛을 내밀고 있는 별 하나가 눈에 들어왔다.

'은하수였으면 그 사람이 좋아했을 텐데….'

여자는 눈을 감고 좀 전에 봤던 별을 떠올렸다. 거기에 점 하나를 더해 별 두 개를 만들고, 거기에 또 별 하나를 더 그리고…. 여자가 더했던 점들은 이내 반짝이는 별 무리가 되어 밤하늘을 휘감고 여자의 상처 난 몸을 따뜻하게 감싸 안았다.

'후우….'

마음이 더할 나위 없이 편해졌다.

두두두두두… 두두두두….

검푸른 밤하늘의 적막을 깨는 진동음, 남자다. 여자는 침대 안으로 들어가 한 호흡 고르고 떨리는 마음을 가라앉혔다.

– 잤어요?

– 음음….

여자는 조금 전의 떨림이 목소리로 옮아갈까, 헛기침을 했다.

– 감기예요?

– 아뇨.

– 뭐 하고 있었어요?

여자는 얼굴이 빨개졌다. 그녀는 거울 앞에서 한 행동들을 남자에게 들키기라도 한 듯 당황했다.

– 그냥… 뭐…. 그런데 요즘 많이 바빴나 봐요?

– ….

– 말하기 싫으면 안 해도 돼요.

– 제가, 여행을….

– 여행이요?

여자가 남자의 말을 잡아챘다.

– 우와! 여행, 너무 좋겠다! 여행 가시는 거예요? 어디로요? 언제요?

여자의 목소리가 한층 밝아졌다. 대화가 끊어지면 안 되는 것처럼 속삭이는 목소리로 쉴 새 없이 말을 이어갔다. 남자는 여자의 수다 속에서 그녀의 외로움을 느꼈다.

– 곧 떠날 수도 있어요.

– 많이 걸리나 보네요.

남자는 대답이 없었다. 어쩐지 남자의 낮은 목소리는 깊은 피곤

함에 젖어 있었다. 여자의 심장이 확 오그라들며 이상한 예감이 들었다.

— 여행 갈 수 있는 컨디션인 거죠?

— 하하….

그의 가슴 아래서 깊은 웃음이 흘러나왔다. 탄식 같기도 했다. 조금 전까지만 해도 불안하게 나댔던 여자의 심장 위로 한 줄기 전류가 타고 나와 손가락 끝에서 저 몸속 깊은 곳까지 흘러 들어갔다.

— 별을 만나러 가려고요.

— 아…. 프로필 사진에 있던 그런, 은하수요?

— 네.

'오래 걸려요?'

여자는 터져 나오는 물음을 꾹 참고 대신 말했다.

"너무 좋겠어요. 저도 말해 줄 게 있어요. 저도 곧 여행을 들어갈 것 같아요. 실은 수술이 하나 남아 있었어요. 걱정할 만한 수술은 아니고, 굳이 이름을 붙이자면… 새 삶이 주어지는 그런 좋은 수술이에요.

— 새 삶이라… 다행이에요.

— 여행 갔다 오면 다시, 만날… 수 있겠죠, 우리?

여자는 또박또박 힘주어 말했다.

— ….

남자는 말이 없었다.

– 아마 나를 만나면 깜짝 놀랄 거예요. 너무 예뻐서. 하하하."

여자는 실없이 말했다.

– ….

그래도 남자는 아무 말이 없다. 여자는 머쓱해져서 다시 가볍게
농담을 던진다.

– 안 보면 손해데…. 암, 손해예요. 하하.

– 나도 보고 싶… 윽….

남자의 창자가 뒤틀린다. 예고 없이 터져 나오는 구역질이 도무
지 참아지지 않는다.

– 왜 그래요?

– 미안해요. 전화를 끊어야 할 것 같아….

– 잠깐만요, 끊지 말아요!

여자는 자기도 모르게 소리치면서 이불 속에서 벌떡 일어났다.

– 우우웩, 우웩, 웩….

핸드폰을 떨어뜨릴 만큼 커다란 소리에 여자는 소스라치게 놀
랐다.

– 여보세요? 괜찮아요? 지금 거기 어디예요? 지금 내가 갈게요.
제발, 어딘지 알려주세요.

여자는 손이 바들바들 떨렸다. 이불에서 나와 한 손으로 서둘러
옷을 걸치고 전화기에 대고 연신 외쳤다.

– 어디예요? 괜찮은 거예요? 끊지 말아요. 주변이 어디예요? 제

발요….”

여자는 발을 동동 굴렀다. 남자가 뿜어내는 구역질 소리는 핸드폰을 찢고 온 방 안을 뒤흔들었다. 놀란 가슴에 힘이 들어갔는지, 오른쪽이 욱신거린다.

— 미안….

남자는 가까스로 말했다.

다시 한번 큰 소리가 났다. 하지만 이번에는 옆방이었다. 말기 암 환자라고 했던가. 아, 불쌍한 인생…. 하지만 한가롭게 그를 동정할 여유가 없었다. 옆방 소리와 그의 소리가 미묘하게 시차를 두고 섞여 들렸다.

‘이러다간 그 사람 소리를 못 들을 수도 있어.’

여자는 가벽을 쾅쾅 내리쳤다.

“조용히 좀 해 주세요.”

옆방의 소리가 잠깐 멈췄다. 잠깐 조용해진 틈을 타서 여자는 다시 핸드폰에 귀를 갖다 댄다.

— 여보세요, 나 여기 있어요. 뭐라 말 좀 해 봐요.

여자의 말이 핸드폰과 방 안을 오가며 메아리처럼 돌아왔다. 뭔가 이상하다. 여자는 벽에 귀를 바짝 대고 옆방에서 나는 소리를 듣기 위해 온 신경을 곤두세웠다. 옆방 남자가 다시 구역질해 댔다. 핸드폰 속 그도 다시 구역질을 시작했다. 여자는 가벽을 조심스레 쳐 보았다. 탁, 탁, 탁. 정확히 세 번, 전화기 너머에서도 비슷한 소리가 들렸다. 좀 더 세게 탁, 탁. 두 번, 이번에도 핸드폰과 벽 너머의 소리가 맞물렸다!

"세상에!"

여자가 다급해졌다.

"저예요, 저라고요. 저 알죠? 지금 통화하고 있잖아요. 여보세요? 제가 여기 있어요. 아름다운 하늘! 알아요. 거기 있는 게 당신이란 거."

여자는 정신없이 벽을 두드렸다. 옆방 남자는, 아니 그 남자는 대답 대신 온몸의 장기를 다 쏟아내듯 멈추지 않고 토했다.

"제발 뭐라고 말 좀 해 봐요…. 이제 알았어요. 왜 몰랐을까, 이렇게 가까이 있었는데…."

가슴이 미칠 듯 조여와 여자는 숨을 쉬기 힘들었다.

남자는 구역질을 참을 수 없었다. 이제 다 온 건가…. 여자에게 들키고 싶지 않아 그동안 용케도 숨겨왔는데…. 도저히 제어되질 않았다. 하지만 이렇게 전화를 끊어버리면 다시는 그녀의 목소리를 못 들을 것 같아서 남자는 마지막 이기심으로 핸드폰을 붙들었다. 화장실로 달려가 변기를 부여잡고 토하면서도 이게 마지막이라면, 그녀와 함께 있고 싶다고 생각했다. 변기 안이 빨갛게 물들어 갔다. 정신이 아득해졌다. 옆방 여자가 벽을 치고 소리를 질렀다. 무슨 말인지 잘 들리지는 않지만, 자신을 안다고 했다. 내가 아는 사람이 누굴까…. 남자는 애써 기억을 더듬어 지난 달 계단에서 우연히 마주친 옆집 여자, 401-1호의 모습을 기억해 냈다. 짧은 머리를 감추려고 급하게 후드를 뒤집어쓰던 그 모습, 가느다란 하얀 손가락, 작은 체구…. 그녀의 얼굴 위로 '아름다운 하늘'이라는 닉네임을 가진, 쭉 자신과 통화해 오던 얼굴도 모르는 그녀가 겹쳤다.

'이름이 뭐였을까…. 이럴 줄 알았으면… 사진 한 장이라도 보내 달라고 할 걸.'

남자의 옷에도 검붉은 피가 흘러내렸다. 남자는 그녀가 있어 얼마간 무척 행복했다. 전화기 너머로 그녀의 울음소리가 들렸다.

'결국, 그녀를 울리고 말았구나…. 그냥 말없이 떠났어야 했는데….'

정신이 아득해지는 순간 방문이 열렸다. 방 한가득 별이 쏟아져 들어온다. 별 무리 사이로 어떤 여자가 들어와 울면서 남자를 끌어안는다. 여자의 품을 느끼며 남자는 생각한다.

'은하수다….'

여자는 전화를 받았다. 자신을 변호사라고 소개한 사람은 여자의 주소를 묻더니 401호 남자, 닉네임 점 하나인 그에 대해 꼬치꼬치 캐물었다. 남자의 유산 수령이 어쩌고저쩌고하면서 잘 알아듣기도 힘든 말을 하더니 그가 여자 앞으로 남긴 택배를 보내겠다고 했다.

3일 뒤, 변호사 사무실 날인이 찍힌 작은 택배 상자가 도착했다.

서류 몇 장, 비닐 팩에 쌓인 핸드폰. 여자는 한참을 들여다보았다. 가슴이 먹먹했다. 금방이라도 그에게서 전화가 올 것만 같았다.

새벽 3시, 그와 함께였던 시간, 여자는 핸드폰의 전원을 켰다. 남자의 핸드폰 안에는 대부분이 지워져 있었는데, 여자와 주고받았던 카톡과 '아름다운 하늘'이라는 파일 하나만 남아 있었다. 그가 여행을 떠난 지 석 달이 되었지만, 남자와 주고받았던 대화들이 아직 카톡 방에 켜켜이 쌓여 있었다.

파일을 열었다. 남자가 여자를 위해 담아 놓았을 것 같은 수많은 하늘 사진이 보였다. 세계 곳곳에 펼쳐진 파란 하늘 수백 장이 모여 있었다. 그중에는 여자의 손이 찍힌 하늘 사진 몇 장도 들어 있었다. 남자가 좋아하는 아름다운 은하도 있었다. 그와 함께 보고 싶었던 은하…. 여자는 넘쳐 나오는 눈물을 닦고 음성 파일을 열었다.

– 아름다운 하늘님. 이렇게 불러 볼게요.

그토록 듣고 싶었던 남자의 목소리가 흘러나왔다.

– 우선 고마워요. 나의 마지막 여행길에 아마 당신이 나를 기억해 주는 유일한 사람일 게 분명하니까요. 당신이 있어서 외롭지 않았습니다. 그리고 미안합니다….

남자는 잠시 말을 멈췄다가 다시 잇는다.

– 미안해요. 내가 떠난 후에 당신이 어떨지 무척이나 고민했어요. 홀로 남겨질 당신을 생각하면 무척이나 마음이 아파요. 울고… 있어요?

남자의 목소리가 떨렸다. 여자는 울음을 그쳐야 했다.

– 우주는 우리가 상상하지 못할 만큼 거대하죠. 우리가 별을 볼 때 작은 점처럼 보이잖아요. 밖에서 보면 우리가 살아가는 지구도 작은 점쯤 될까요? 지금 우리의 만남, 당신과의 대화, 내가 견디는 아픔, 당신을 만나 느끼는 기쁨…. 지구라는 작은 점 안에서 보이지도 않는 먼지 같을지 모르겠지만… 그래서 더더욱 우리가 만난 건 어쩌면 우주보다 더 거대하고 어마어마한 운명 같은 일인지 모르겠어요.

남자의 목소리는 힘이 없었지만 슬프지 않았다.

– 이제 나는 잠시 여행을 떠나요. 밤하늘 은하 속 별 어딘가로 날아가려면 아직도 수억 광년을 더 가야 하니 이제 막 여행을 출발한 저는 사실은 당신 아주 가까이에 있는 거예요. 우리가 곧 만나겠지만 그래도 당신에게 꼭 말하고 싶었어요. 고맙습니다. 덕분에 외롭지 않았어요.

여자는 마지막 말을 들었다.

– 나를 기억해 줄 수 있다면… 내 이름은 권, 은성(銀星)입니다.

– 은빛 별… 나도 알려 줄게요. 나는 이, 아민(雅旻). 아름다운 하늘입니다.

캄캄한 밤하늘, 여자의 등 뒤로 은하수 별들이 쏟아져 내렸다.

꼼장어와
쐬주 한잔

김인재

새벽 공기가 어느새 선선해졌다.

매일 같이 오는 농수산물 시장이지만 그날은 마치 생일상을 준
비하는 기분이 들었다. 오랜만에 그리운 얼굴을 보기 때문이려나,
유난히 오징어 생물이 큰 것들이 많아 보여서 다른 때보다 오징어
를 조금 더 샀다.

장보기를 서둘러 마무리하고 집으로 향하는데 나이가 들어서
그런지 요즘 들어 몸이 많이 피곤했다. 구입한 식재료를 차에서
내리고 저녁에 쓸 해산물들의 손질을 마치고 잠을 청하는데 많이
피곤하다.

"안녕들 하세요. 오늘은 날이 선선하고 맑으니 다른 때보다 관중
들이 더 많을 것 같네요. 음식들 준비는 잘하셨지요? 신선하고 깨

끗하게 잘 준비하시고 주변 정리도 잘 부탁드립니다."

항상 그렇듯 야구장 관리자가 경기 전에 와서 경기장 앞에 쭈욱 늘어선 포장마차 사장들에게 인사하러 다니곤 했다.

"잘~ 알겠습니다 분부대로 거행합죠."

그렇게 답하고는 다들 서둘러 손님 맞을 준비를 한다.

프로야구는 거의 야간 경기로 진행되어 사람들은 경기 전 포장 마차에서 저녁을 때우곤 해 서둘러야 했다.

"떡 사세요. 맛난 떡을 아침 일찍 만들어 와서 따뜻하고 쫄깃 해요."

"떡 한 봉지 주세요. 아주머님. 참으로 부지런하십니다."

"오늘은 시루떡이 잘 나왔어요. 한 점 맛보셔요."

"네."

손님이 시루떡을 한 점 베어 물고 우물우물 씹어 먹는 모습이 내 가 봐도 맛나 보이곤 했다.

"맛도 좋고 아주 쫄깃합니다. 제가 이래서 매일 공장에 출퇴근할 때 들러서 떡을 사 먹는다니까요. 하하."

"고맙습니다. 매일 오시는데 좀더 대접해 드릴 것이 마땅치 않 네요."

"음식 솜씨가 좋으시니, 떡 말고도 다른 음식들도 좀 만들어 보 시면 어떠세요?"

"아이고, 지금도 일이 많은데 어쩌라고요. 말씀 감사합니다. 물도 좀 드세요."

하루에도 몇 번을 물을 나르고, 집에서 떡을 나르고 하면서도 멀리서 바라본 어머니의 모습이 유난히 고와 보여서 어떨 때는 좋은 시절에 태어났으면 얼마나 멋지게 사셨을까, 생각하곤 했다.

전쟁이 끝나고 어머니는 자식들을 먹여 살리기 위해서 떡을 만들어 시장에서 파셨다. 워낙에 음식 솜씨가 좋아서인지 손님들은 날로 늘어났고, 나중에는 떡, 국수, 파전 그리고 막걸리 등을 팔 수 있는 정도로 규모가 커졌다. 자식들이 셋이나 되니 그 자식들을 키우는 게 여자 혼자 몸으로 참 힘든 게 많으셨을 텐데도 싫은 소리, 짜증 한 번 안 내셨다.

전쟁 때 돌아가신 아버지를 봐서라도 열심히 살자고 하셨다. 그때는 너무 어려서 아버지에 대한 이야기가 귀에 들어오지 않았다.

아버지를 제대로 알기도 전에 전쟁이 났고 그 난리 통에 아버지가 돌아가셨으니, 얼굴도 기억이 나지 않는데 어머니의 아버지에 대한 이야기는 단지 공허한 메아리로만 들렸다.

나이가 들어서 알게 된 것은 아버지 돌아가시고 전쟁 통에 경황이 없으니 큰형하고 함께 돌아가신 아버지를 화장하고 유골을 남한산성 어느 산 정상에 뿌려드렸다는 것이다.

나는 어려서 하나도 기억이 없는 것도 이해할 만하다.

큰형은 고등학교에 갔지만 작은형과 나는 국민학교를 중퇴하고 돈을 벌기 위해서 시장으로, 공장으로 다녔다. 그래서인지 큰형에 대해서는 어린 시절 별다른 추억이 없다.

교복을 입은 모습이 어른스럽고 자랑스럽게 느껴졌던 정도의 기억만 나는 것 같다.

"아저씨, 아저씨. 저기요, 아저씨!"

"어서 오세요. 또 오셨네요. 오늘도 꼼장어에 쐬주 한잔이죠?"

"많이 피곤하셨나봐요. 졸고 계시길래 깨울까 하다가, 그냥 들어갈 순 없잖아요?"

"잘하셨습니다 경기 전에 배도 든든히 하고 쐬주도 한잔해야 경기도 더 재밌죠."

"사장님 장사 수완이 좋네요. 몇 년 전에는 리어카에 꼼장어와 쐬주만 파시더니 어느새 이렇게 큰 포장마차를 일구셨네요!"

"프로야구 경기가 자주 열리고 잠실이라 사람들도 많이 다녀서 그런가 더구나 서울 팀은 트윈스와 베어스 두 팀이나 있으니 경기가 거의 매일 있어요. 이런 좋은 곳은 서울 어디 가도 없어요."

"이런 좋은 자리를 잡으신 걸 보니 그 수완이 대단하신 거죠."

"하하. 수완까지는 모르겠고, 전쟁 통에 살아남는 것에 익숙해서 그러겠죠."

"그때 다들 그랬죠. 저도 이 악물고 살아왔고요. 뭐든 이겨내지 못 할 게 없습니다. 하하."

"손님은 어떤 일을 하십니까? 매번 야구장에 오셔서 저희 포장마차에 오시는데…."

"포장마차로 돈 많이 모아두셨으면 머지않아 저 아래 성남에 신도시가 들어선다니, 그때 아파트라도 하나 분양받아 보세요."

매번 야구 경기에 오는 이 양반은 무슨 일을 하는지는 알려주지 않으면서도 항상 내 포장마차에만 와서 꼼장어에 쐬주 한잔을 하고는 경기장에 들어가니, 이 사람도 어떤 사연이 있으려니 했다. 그래도 항상 궁금하지만 더 물어볼 수는 없고….

"어서 오세요. 어떤 걸 드릴까요?"

"국수 한 그릇 주세요."

"꼼장어에 소주 한 병 부탁해요."

"오늘은 뭐가 싱싱합니까?"

손님들의 주문에 수년간 익숙해진 손놀림으로 척척 음식을 내놓았다.

"자, 오늘은 제가 특별히 준비한 오징어 숙회를 서비스로 한 마리씩 드립니다."

어려서부터 시장터에서 장사에 익숙해져서인지 이 넓은 잠실 야구장 포장마차 중에서도 단골을 만들었고, 매번 야구 경기마다 일찍 자리를 채워주니, 지나가던 손님들이 많아 찾아와서 손님은 나

날이 늘어나고 포장마차 규모도 계속 키우게 되었다.

손님에게 내놓는 꼼장어를 보면 꼼장어 한 점에 소주 한잔 하고 싶어지곤 했다.

어느새 야구장 앞은 사람들이 가득했다. 아침부터 날씨가 선선하고 맑아서인지, 사람들이 평소보다 많이 올 것에 맞춰서 다른 날보다 식재료를 더 준비했지만, 몰려드는 사람들을 보니 일이 일찍 마칠 것 같다는 생각이 들었다. 그날은 일찍 마치고 좀 일찍 쉬고 싶었다.

"와, 와. 와아, 와아아."

서울이 연고지인 트윈스와 베어스가 시합하는 날에는 운동장에서 들려오는 응원의 함성 소리가 다른 어느 때보다도 힘이 있고 치열한 느낌이 전해온다. 두 팀이 서울 라이벌이라서 그런가 보다.

몇 년을 야구장 앞에서 포장마차를 하다 보니 응원 소리나 함성 소리만 들어도 지금 어떤 상황이 일어나는지 꿰뚫어 보이는데 포장마차를 하는 입장에서는 서울 팀이 이기는 것이 좋다.

경기 후 홈 팀 응원단은 남아서 허기를 채우러 오는데 원정 팀 응원단들은 서둘러 버스나 기차를 타러 가거나 전세버스로 이동한다. 포장마차 홈 어드밴티지라고 할까?

"삼촌, 삼촌. 저 왔어요."

"어, 그래. 우리 아들 왔구나. 어서 와 배고프지? 국수 한 그릇 해줄 게. 국수 좋아하니까."

"괜찮아요. 삼촌은 식사하셨어요? 아니면 또 꼼장어에 쐬주 한 잔만 드시고…."

"항상 일찍 오시는 단골이 있어서 간단히 먹었다."

"어이구, 장사하셔야 하는데 술을 드시면 어떻게 해요?"

아들, 아니 조카 녀석의 잔소리가 그날 그렇게 많았던 거 같다. 하긴 술을 좀 줄이긴 해야 했다. 그래도 포장마차에 손님도 많고, 거의 매일 일하다 보면 일 마치고 마시는 쐬주 한잔은 보약이었다.

"아들. 7회부터는 무료고 지금 손님도 별로 없으니 야구장에 들어갔다가 와."

"준비해야죠."

"모처럼 잠실 야구장 왔는데, 좋아하는 야구 구경도 잠깐 하고 나와."

"네. 그럼 잠깐 구경하고 올 게요."

"자, 구운 오징어. 이거라도 먹으면서 구경해."

"네."

아들 아니 조카 녀석은 하나밖에 없는 누이의 큰 아들놈인데, 손이 귀한 집에서 태어나 어려서부터 온통 사랑과 관심을 받으면서 자랐다.

보통 그러면 버릇도 좀 없고 함부로 행동하는 애들이 많은데, 이 녀석은 전혀 그렇지 않았다.

매형이 아주 예뻐하면서도 겉으로는 아주 엄격하게 키워서 그런지 누가 가르쳐 주지않아도 반듯하게 자랐다.

초등학교 5학년 때인가, 조카 녀석이 야구를 보고 싶다고 해서 당시 동대문 야구장에 데려간 적이 있었다. 그날 천안북일고와 선린상고의 경기는 평생 잊지 못할 감동적이며 치열한 경기였다.

상기되어 경기에 몰두하던 조카를 위해서 그날 동대문 야구장에서 야구 글러브와 공을 사준 것이 야구를 좋아하게 된 계기가 된 것 같다.

그렇게 야구장에서 상기된 얼굴로 경기에 열중하던 시골 꼬마가 지금 이렇게 어엿한 대학생이 되어서 삼촌이라고 찾아온 거다. 내가 집에 없으니 포장마차에 와서 일이라도 돕겠다고 자발적으로 찾아오니, 이런 녀석이 아들이면 얼마나 좋을까 하는 생각이 들었다.

"대학 입학 축하한다. 우리 조카. 너는 서울에 올 줄 알았어. 우리 집안 자랑이다."

"감사합니다. 공부 열심히 해서 우리 가족 모두에게 도움이 되도록 할게요."

"하하. 그건 괜찮고 네가 잘되면 그걸로 족해. 오늘 저녁은 나가서 먹자."

"네."

당시엔 그리 넉넉지 않았지만 그래도 시골에서 조카가 서울에 있는 대학에 입학하게 되었는데, 거창하게 저녁을 사주고 싶었다.

"삼촌, 저 저기서 먹을래요. 저기 들어가요."

"어디 말이야, 여긴 식당이 없는데?"

"저기 저 포장마차로 가요. 저기 가보고 싶어요."

"저기서 저녁으로 먹을 게 있으려나?"

조카 녀석은 내 주머니 사정이 넉넉지 못한 것을 알고 그러는 것인지. 정말 포장마차를 가보고 싶었는지 모르겠지만 포장마차로 나를 이끌었다. 대견한 생각이 든다.

나이답지 않게 속이 깊다.

"어서 오세요. 이쪽에 앉으세요. 아니, 그런데 저 학생은 아직 어린데요?"

"제 조카예요. 얼굴이 어려 보여서 그렇지 대학생이에요."

"네. 어떤 것으로 드릴까요?"

"국수 한 그릇 주시고요. 또 뭘 먹을까?"

"삼촌. 국수 말고 다른 것으로 먹어도 되죠?"

"뭐가 먹고 싶을까, 그래. 먹고 싶은 거 시켜. 이것저것 많이 있네."

"음, 으음… 저거 뱀처럼 생긴 저거요."

"아하, 저거는 꼼장어예요. 대학생 손님."

"저거 주세요. 술 한잔해야지. 쐬주도 한 병 주세요."

어려서 그 잘 먹던 국수나 만두, 이런 게 아니라 꼼장어를 먹겠다는 조카 녀석을 보니 한편으로는 신기했다. 아니, 저걸 먹을 줄 안다고? 아무튼 어려서부터도 남들과는 다른 독특한 짓을 하곤 했으니, 커서도 그런 성향이 남아 있나 보다.

포장마차 주인의 꼼장어 굽는 솜씨가 좋다. 적당한 연기와 함께 고소한 냄새와 특유의 꼼장어 기름 지지는 냄새가 우리를 배고픔과 어우러져 참을 수 없을 지경으로 만들어 놓았다.

옆을 보니 조카 녀석은 그걸 열심히 지켜보고 있었다. 매일 굽는 꼼장어지만, 먹는 입장으로 앉으니 색다른 느낌이었다.

"잘 익었습니다. 맛있게 드십시오."

"감사합니다. 잘먹겠습니다. 삼촌 먼저 드세요."

예의 바른 조카 녀석은 언제나처럼 어른이 먼저 드시길 권하고 기다리고 있다.

꼼장어 한 점을 입에 넣으니 살살 녹는 것이 그리 맛날 수가 없다. 역시 쐬주 한잔이 어울리는 궁합이다. 쐬주를 따르면서 넌지시 조카 녀석에서 한잔하겠냐고 권하니, 그러겠다고 한다.

"대학생이 된 것을 축하하며, 브라보!"
"감사합니다."

고개를 돌려서 쐬주 한잔을 마시는 모습을 보니 대견스러웠다.

저런 아들 하나 있으면 어떨까, 싶은 마음이 간절히 드는 시간이 었다.

딸들을 키우면서 이쁘고, 귀엽고, 행동 하나하나가 좋았지만, 그래도 가끔은 아들이 있었으면 하는 생각이 들 때마다 조카 녀석 같은 아들 하나 없는 게 아쉽긴 했다.

남자들만의 시간, 그런 시간을 갖고 싶었다고 해야 할까?

한 잔, 두 잔 마시다 보니 취기가 올라오고 마음속 말들을 조카 녀석에게 하게 되었다.

아마도 마음속 깊이 묻혀 있던 말을 어렵게 술기운에 한 것 같다.

"우리 대학생 조카 오늘부터 이 삼촌 아들 하자."
"네. 제가 아들 할게요."
"하하. 그래 오늘부터 내 아들이다. 언제든지 힘들거나 부탁할 게 있으면 찾아오렴."
"네. 삼촌 보고 싶을 때 찾아올게요."

"와, 와, 와아, 와와와!"

함성이 엄청 크게 들리는 시간이다.

경기가 끝나가나 보다. 이제 본격적으로 손님 맞을 준비를 하려고 하는데 야구장 쪽에서 익숙한 모습이 보였다.

"왜 야구 아직 안 끝났는데 벌써 나오니?"

"네. 9회 초 마쳤는데 이제 9회 말 시작하려고 해서 나왔어요. 9회 말 끝나면 관중들이 몰려나오니 제때 맞춰서 여기로 못 올 것 같아서요."

"야구가 재미없었구나?"

"엄청 팽팽해요. 오랜만에 보는 흥미진진한 경기예요."

"일은 내가 할 테니, 옆에서 조금만 거들어 주렴."

"네."

어려서부터 그렇게 좋아하던 야구인데, 대학 입시 때문에 참고 지내던 야구를, 그것도 잠실 야구장까지 아주 오랜만에 와서 보면서 그걸 참고 삼촌 돕겠다고 내려오는 녀석이 참으로 기특했다. 정말 내 아들이면 얼마나 좋을까?

날씨도 좋고 사람들도 좋은 밤이다.

뜨겁고 치열했던 경기 만큼이나 치열한 손님들을 맞이하면서 새벽에 예상한 대로 다른 때보다 더 많이 준비한 재료가 떨어져서 좀 일찍 마감했다. 마무리하는데 조카 녀석이 이것저것 쓰레기 버리고 청소해 주니 일이 평소보다 수월했다. 참 열심히 삼촌 일을 돕는 모습이 대견하고 뿌듯했다.

워낙에 큰 포장마차인지라 집으로 끌고 오는 게 항상 힘든데, 그때는 그게 정말 가볍게 느껴지는 순간이었다. 조카 녀석이 뒤에서 밀어주는데 허, 이것이 이렇게 가벼웠나 싶었다.

역시 혼자보다는 둘이 낫구나.

정리를 다 하고 씻고 나니 자정이 훌쩍 넘었다. 그래도 저녁내 고생한 조카를 그냥 재울 수 없어서 쐬주 한잔하자고 했고, 아내에게 부탁해서 꼼장어를 구웠다. 오랜만에 꼼장어와 쐬주를 나누면서 대학 생활 이야기를 들었다. 열심히 설명하는 조카 녀석의 말에 마치 내가 대학생이 된 것 같은 기분이 들 정도였다. 뭐든 열정적인 모습의 조카를 보니 뿌듯했다. 그렇게 그날은 소중한 기억이 되었었고, 조카 녀석도 그러길 바란다.

"아저씨. 가구는 다 버릴거고, 저기 가재도구랑 옷가지 같은 것만 실어주세요."

"저거 아직 쓸만 한데요?"

"괜찮아요. 필요하면 아저씨 가져가세요. 가구는 모두 새로 사서 오늘 들어올 거에요."

"서울 살다가 성남으로 이사 가시면 불편하지 않을까요?"

"성남이 아니라 분당이에요. 분당 45평 아파트 분양받아서 가는 겁니다."

"아이구, 선생님. 축하드려요. 분당에 45평 아파트를 사시다니요!"

"지저분해 보이는 건 다 버려 버리고 새로 사야지요."

잠실 운동장 건너편 지하철역 입구에서 포장마차를 시작해서 오랜 시간을 고생하면서 아끼고 모은 돈으로 분당에 아파트를 분양받았다.

오늘이 분당 새 아파트로 들어가는 날이다.

감개무량했다. 일평생 일하면서도 집 한 채 없이 살아 왔는데 그런 나에게 분당의 45평 아파트라니 인생이 멋지고 세상이 아름다움을 어떻게 표현해야 할지 모를 만큼 감격스러운 날이었다.

내게 시집와서 딸아이들 낳고 키우면서 시어머니에게 주눅들어 살면서도 서방 믿고 살아온 아내의 얼굴이 환하고 아름다워 보이고, 어머니도 이렇게 행복해하실 수가 없어 보였다. 못 산다고 잔소리하시던 모습은 사라지고, 대견하고 장한 아들로 대해주시는 걸 보니 가슴이 먹먹해 왔다.

전쟁 후 엄마를 따라다니며 일을 도와주는 꼬마에서 이제 멋진 가장이 된 것이다.

"뭐라고요? 그게 무슨 말인가요? 박 씨 어디에 있는지 알려주세요."

"저도 모릅니다. 얼마 전에 박 씨가 우리 부동산에 와서 가게를 내놓길래 이상해서 전화 드릴까 했는데, 서류도 다 있고 또 사장님께서 해외여행 중이라고 하셔서…."

"아니, 그래도 연락을 줘야지, 그걸 그냥 팔아버리면 어떻게 해요. 아무튼 박 씨가 어디 있는지 알 거 아닙니까?"

"저야 중개인인데 박 씨가 어디 있는지 어떻게 알겠어요. 그래도 한 번 수소문 해보세요."

"혹시라도 연락되면 바로 연락해 주세요."

식당이 나도 모르게 팔려서 사라진 것이다.

하늘이 노랗고, 멍하니 세상이 무너진 것 같았다. 박 씨라고 동업하게 된 자를 너무 믿었던 것이 화근이었다. 그간 어떻게 벌어서 마련한 식당인데, 이렇게 날아가다니 너무 허무했다.

분당으로 이사하고 정말 열심히 살았다. 이사 후에도 분당에서 잠실 야구장까지 와서 포장마차 일을 계속했다. 처음에는 별다르지 않은데 잠실 야구장 앞 빌라에 살면서 일하는 것과 분당에서 출근하는 건 너무나 차이가 났다.

그래서 차를 사서 출퇴근을 했고, 포장마차를 둘 곳을 얻어야 했다. 몇 달을 그렇게 살다 보니 꾀가 나기 시작했다. 그러면서 분당에 부동산 열풍이 불면서 집값도 천정부지로 올라가기 시작했다.

"분당 아파트 분양받아서 가신 것 축하드려요."

"감사합니다, 손님. 전에 분당에 신도시가 들어서니 아파트 분양 받아보라 하셔서 그렇게 했더니 이렇게 행운이 온 것 같아요. 다 선생님 덕분입니다. 오늘은 제가 한잔 살 테니 마음껏 드세요."

그 손님은 야구장에서 야구 경기가 열리기 전에 의례 찾아오는 단골이었다. 그는 여전히 경기 있는 날이면 와서 꼼장어에 쐬주 한잔을 마시고 경기장에 들어가는 사람이었다. 그러던 어느 날 그가 나에게 같이 식당 사업을 하자는 제의를 해왔다.

"사장님. 분당에서 잠실로 힘들게 다니면서 포장마차 하지 마시고 분당에 식당을 내는 게 좋습니다. 아파트도 많이 들어서고 앞으로도 더 들어설 테니 미리 식당을 사서 장사하면 지금처럼 멀리 다니지 않고 가까운 데 식당을 운영하면서 사시는 게 좋지 않겠어요?"

"식당을 해 본 경험이 없어서 어떻게 해야 할지도 모르겠네요."

"그럼, 제가 도와드릴까요? 야구 경기 없는 날 만나서 알려드릴게요."

"네. 그러면 그렇게 하죠."

시작은 좋았다. 그 단골손님과 소개해 준다는 사람을 같이 만나서 식당에 대해 들어보니, 사업에 눈이 트인 사람이었다. 그래서 분당 아파트에 이어서 내게 행운이 오는구나…. 그렇게 생각하고 부족한 돈은 아파트를 담보로 대출해서 상가를 하나 사서 식당을 내게 되었다.

식당은 정말 잘 되었다. 손님들도 늘어나고, 그만큼 수입도 더 늘어났다.

분당은 계속 아파트가 들어섰고, 인생에 햇볕이 이렇게 따뜻하게 들어올 수가 없었다. 난 행복했다.

그날이 오기 전까지는….

박 씨를 부산에서 봤다는 사람도 있어서 멀리 부산까지도 다녀왔다. 대한민국 땅에서 박 씨를 찾는다는 게 이렇게 힘이 드는 일인지. 엎친 데 덮친격으로 은행에서 아파트를 경매에 넘겼다. 아파트를 담보로 대출을 받았는데 그걸 못 갚게 되었으니, 방법이 없었다.

왜 이런 일이 나한테 생긴 건지 모르겠다. 난 열심히 살아온 게 전부인데 누구한테 사기쳐 본 적도 없는데 말이다.

어떻게 해야 할까? 이제 남아있는 아파트도 은행에서 가져가면 나와 아내는 어디로 간단 말인가? 아이들은 커서 대학생이 되고, 결혼해서 그나마 다행이지만 망연자실한 아내는 앞으로 어떻게 한단 말인가? 그래도 막막한 이 시간을 어떻게 이겨낸단 말일인가?

"어서 오세요. 어서 오세요. 천천히 올라오세요."

"아저씨. 이 차 서현역에 가나요?"

"네. 어서 타세요. 곧 출발합니다."

아무것도 안 하고 앉아 있을 수는 없었다. 세상일이 참 희한한 게, 식당 운영하면서 배운 대형운전 면허가 있어서 버스 회사에 취직했다. 뭐라도 해서 벌어야 아내와 둘이 먹고 살 테니까 말이다.

아내는 식당에 일을 나가게 되었다. 작은 빌라를 얻고, 월세도 내고 살아가려면 둘이 열심히 벌어야 했다. 그래도 내 아내는 이런 나를 믿고 원망 한마디 없이 이렇게 내 곁을 지켜주고 있다. 아마도 내 인생에서 가장 큰 행운은 분당 아파트도, 분당 식당도 아니고 바로 이 여자였나 보다. 밤에 자려고 누우면 눈물이 흘렀다. 내 삶이 너무 억울한 것보다 아내에게 미안한데, 어떻게 해줄 방법이 없었다. 나 말고 능력있는 남자를 만났다면 사랑받고 행복하게 살았을 텐데, 나를 만나 평생 고생하면서 사는 것 같았다.

"조카님. 요즘 바쁘죠? 삼촌이 몸이 안 좋아서 병원에 다녀왔는데 의사가 아무래도 조직검사를 해봐야겠다고 해서 했는데, 암일 수도 있다고 하네요. 검사 결과가 나오는 날 같이 가면 좋겠어요. 내가 가서 제대로 못 알아들을 수도 있고, 또 무서워서 어떻게 해야 할지 모르겠어요."

"네, 숙모님. 제가 같이 갈게요. 삼촌은 좀 어떠세요?"

"매일 잠만 자려고 해서 이상해서 병원에 갔는데 병원에서 의사가 암일지도 모른다고 하니 너무 걱정이 되요. 요즘 일은 못하고 집에만 있어요, 밥도 잘 못 먹고."

"네! 삼촌 잘 보살펴 주시고 계세요. 서울에 올라갈게요."

조카는 회사 일로 바쁠 텐데 삼촌 일이라고, 숙모가 걱정이 된다 하니 한걸음에 달려와 주었다. 내가 많이 아프다니까 걱정도 되었겠지. 아내가 큰일이 생기니 조카 녀석에게 연락한 거였다. 조카 녀석이 차를 가지고 와서 그 아산병원을 간 것이니, 어떤 병도 고칠 희망이 있지 않겠는가?

몸에 힘은 없는데 병원이 가까워질수록 걱정도 되고, 기대도 되고 온갖 생각이 머리를 오가는 것이 차마 의사를 만날 자신이 생기지 않아서 대기실에 있기로 하고 아내와 조카 녀석 둘만 의사를 만나러 갔다. 병원 대기실은 평생 올 일이 없었다. 남들 아파서 온 적은 있어도 내가 아파서 온 것은 이번이 처음인 것 같았다. 한데 왜 이렇게 사람들이 많은지, 아픈 사람이 이렇게 많았군. 대체 나라에서는 이렇게 사람이 아프도록 뭘 하고 있던 걸까… 하는 생각도 들었다. 살아온 시간이 참으로 힘겨운 시간이었던 것 같았다. 그래도 딸들도 낳고, 손주도 보고, 한때였지만 분당 아파트에서도 살아보긴 했다. 나름 멋지게 살았던 것 같긴 한데, 이번에 찾아온 이 시련은 이겨내기 힘들 것 같았다.

의사 면담하러 들어간 조카와 아내가 한참을 나오지를 않고, 그렇게 시간이 길게 느껴졌다. 30여 분이 지났을 뿐인데 말이다.

"의사가 뭐래?"

"삼촌, 일단 차에 가서 집으로 가요."

"그래."

조카 녀석의 차를 타고 집으로 오는 동안 차 안에서는 누구도 말을 꺼내지 못했다. 뒷좌석에 아내와 둘이 있었는데, 아내는 내내 창밖만 바라보고 내게는 눈길 한번 주지 않았다. 서운했던 건가, 억울했던 건가, 힘들었던 건가. 아내는 자신의 삶을 창밖의 풍경처럼 돌아보고 있었다.

"삼촌. 잘 들으셔야 해요. 암이래요, 간암."

"간암. 그래서 항상 피곤하고 잠이 오고 그랬나 보구나."

"네. 그러셨나 봐요."

"그래. 의사는 뭐라고 해? 약을 먹으라고 하니? 아니면 수술을 하라는 거니?"

"둘 다 안 해도 된대요."

"간암이라면서 왜?"

"간암인데 급성 말기래요. 수술도 안 되고, 약도 소용없대요."

"그럼, 어떻게 치료하라는 거야?"

"삼촌. 한 달 정도는 시간이 있대요."

"뭐?"

아내는 방으로 들어갔고 이내 울음소리가 들려왔다. 조카 녀석은 머리를 숙이고 앉아서 말이 없고, 나는 멍하니 천장을 바라보고 있었다. 어떡하지? 일이 힘든 것은 참고 하면 되는데, 혼나는 것도 못 들은 척하며 지나가면 되고, 가난은 열심히 노력하면 입에 풀칠이라도 하는데…. 이건 모든 게 소용없다고 한다. 나는 그렇게 한참을 앉아 있었다. 뭘 해야 할까 고민하면서. 하지만 이렇게 낙심만 하면 안 될 것 같았다.

"아들아. 다음 주 주말에 삼촌한테 와 줄 수 있겠어?"
"네. 일찍 올게요."
"그래. 저녁 먹고 운전 조심해서 내려가."
"늦어서 내려가면서 휴게소에서 사 먹을게요."

조카 녀석은 숙모에게 인사한다고 안방으로 들어가 한참 있다 나왔다. 인사하고 밖으로 나서는데 힘이 없어서 문 앞에서 배웅했다. 아내는 저녁을 먹어야 할 텐데….

"뭐라고? 엄마가 병원에 가셨다고?"
"네. 구급차로 경찰 병원에 가셨어요."
"알았어. 바로 갈게."

어머니가 치매를 앓으신 지 오래되어서 병이 깊어졌다. 갑자기 쓰러지셔서 병원에 계신다고 하니 한달음에 병원으로 달려갔다.

"엄마! 나야, 막내야. 정신 좀 차려봐!"

"…."

" 막내! 알아보겠으면 눈이라도 깜빡여 봐!"

"…."

전쟁 후에도 그렇게 강하게 우리 형제들을 키워 온 어머니께서 지금 병원 침대에 누워계셨다. 말 한마디도 못 하시고…. 평생을 자식들과 손주들 돌보느라 정작 당신의 인생은 무엇이 있었는가 싶을 정도로 살아오셨는데, 이렇게 가시면 안 된다.

아직 내가 더 성공하는 것도 못 보여드렸는데, 가시면 안 되는 거였다.

그날 밤, 장조카가 어머니를 뵈러 밤늦게 도착했다.

맥없이 누워계시던 어머니의 눈이 전쟁 후 시장에서 떡 장사하실 때의 그 빛나는 눈처럼 맑아졌다. 그리고 몇 분 동안 장조카의 손을 꼬옥 움켜쥐고 계셨다.

"엄마, 미안해. 내가 더 잘살아야 했는데. 호강도 못 시켜드려서 죄송해요. 흐흑…."

"할머니, 죄송해요. 더 자주 찾아뵙지 못해서."

"어머님, 죄송해요. 하시고 싶은 것, 말씀하신 것 다 못 해 드린 것 같아서요."

어머니 가시는 마지막 길 앞에서 미안하지 않은 사람이 없었다. 어머니는 그렇게 우리 곁을 떠나셨다.

그리고 생전의 말씀 대로 큰형과 작은형 둘이서 어머니의 유골을 남한산성 근처 아버지 유골을 뿌린 곳에 뿌려 드렸다. 전쟁 때 아버지가 돌아가시고, 젊은 나이에 홀로 되신 어머니는 평생을 그리워했나 보다. 돌아가셔서 유골이라도 아버지와 함께 하고 싶으셨던 걸 보면.

"삼촌, 저 왔어요. 몸은 어떠세요? 아프지는 않으시고요?"

"아들! 왔구나. 그래, 차는 놔두고 내 차로 갈 곳이 있어. 여기 차 키."

"네. 어디로 가면 돼요?"

"가면서 알려줄게. 어서 출발하자."

젊었을 때 함께 지낸 친구가 운영하는 가게에 들렀다. 며칠 전 연락해 두었는데 다행히 친구가 기다리고 있었다. 물 한잔 마시고 친구가 주는 봉투를 받아 왔다. 밖으로 나오는데 친구가 두 손을 꼬옥 잡아주었다. 그래, 열심히 살다가 오라고 하고 돌아서 나왔다.

"다음 장소로 출발하자."

그렇게 출발해서 골목길을 나오는데 옆의 작은 골목길에서 차가 한 대 튀어나와서 우리 차의 뒤 범퍼를 들이받았다.

조카랑 내려서 보니 범퍼가 약간 찌그러진 정도였다. 그래도 조카 녀석은 상대 운전자 잘못이니 보험처리를 하려고 하는데, 나는 지금 갈 곳이 많아 오늘 다 돌아다니려면 시간이 빠듯했다.

"아들아, 지금은 그것이 중요한 게 아니야."
"그래도 사고 처리는 해야…."
"지금은 그게 중요하지 않으니 그냥 가자. 운전자 양반, 괜찮으니 그냥 가세요."

그래. 지금 내게 주어진 시간에 비하면 할 일이 너무 많다. 그걸 다 마칠 수 있을지도 모르겠다.

이전에는 그렇게 중요했던 일도 이제는 중요한 게 아닌 일이었다. 지금 제일 중요한 일은 남은 시간 동안 내 인생을 돌아봐야 한다는 것이다.

그래서 그때, 그 사람들을 다 만나고 가고 싶다. 한 명이라도 더….

하루를 꼬박 돌아다니면서 만날 사람들은 대부분 만난 것 같았다.

오래 만나지는 않고 인사만 했다. 내가 이제 떠나니 보고 싶어서 왔다고, 슬퍼하지 말라고. 좋은 기억만 추억해 달라고 그렇게 멀쩡해 보이는 모습으로 웃으면서 인사하며 삶을 정리하는 것이 세상에 남기는 나의 마지막 모습이고 싶었다.

자정이 다가오는 시간이다. 몸이 너무 힘들지만 참고 참았다.

"아들, 오늘 하루 너무 수고 많았다. 네가 있어서 할 수 있는 일들이었다. 내게 이런 아들이 있어서 일생을 함께했으면 어땠을까 하는 생각이 들었어. 그래도 네가 이렇게 와 주어서 좋네. 많은 시간은 아니지만 너를 볼 때 느꼈던 기쁨도 행복한 기억들이야."

"아빠!"

"…."

"배고프지? 식당 닫은 시간인데 뭘 먹을까?"

"포장마차에 가요."

"그래, 가까운 데 포장마차로 가자."

조카 녀석은 잠실역, 예전에 살던 곳으로 운전해서 갔다.

포장마차들이 더 많이 늘어난 것 같았다. 아직 길에 북적이는 사람들도 많다. 마치 예전처럼 포장마차에서 장사하는 것 같은 착각이 들었다. 그때 참 열심히 살았는데…. 아이들도 학교 다니고, 북적대면서 말이다. 어머니의 잔소리가 하루도 끊이지 않았었는데…. 그 소리도 듣고 싶어지고 아이들 소리도 듣고 싶어졌다.

"어서 오세요. 뭘 드릴까요?"

"안녕하세요? 국수 한 그릇과 꼼장어와 쐬주 한 병 주세요."

"삼촌께서는 국수 좀 드세요."

조카 녀석이 이젠 어른이 다 됐다. 저 먹는다고 꼼장어랑 쐬주를 멋대로 시키는 것이.

"나도 꼼장어에 쐬주 한잔하자."

"…."

"한 잔 따라봐."

"조금만 드세요."

"그래."

성남에 있는 화장장으로 부리나케 갔더니 일가친척들이 모두 모여 계셨다. 삼촌께서 어젯밤에 갑자기 돌아가셨다고 한다. 숙모에게 우시면서 인사하고 주무셨는데, 아침에 눈을 감으신 채였다고. 삼촌은 그렇게 편안하게, 그렇게 급하게 빨리 가셨다.

삼촌께서 마지막으로 사람들과 일일이 모두 인사해서인지 조문객들이 모두 편안해 보인다. 숙모에게 인사하시는 조문객들도 모두 당황하거나 힘들어하는 기색이 없이 편안히 고인을 보내드리는 모습이었다. 이런 모습을 미리 생각하시고 삼촌께서는 그렇게 열심히 사람들을 만나러 다니셨나 보다.

"숙모, 삼촌은 어디로 모시기로 했어요?"

"삼촌은 알다가도 모를 사람이야. 어머님 살아계실 때 그렇게 구박받고 혼나던 사람이 글쎄, 화장해서 남한산성 근처 아버님, 어머님 유골 뿌려드린 곳에 같이 뿌려달라고 했어."

"네."

사촌 큰형님과 작은형님 두 분이 막내 삼촌의 유골을 가지고 남한산성으로 가셨다.

내가 탄 버스는 고속도로를 향해 속도를 내고 있다. 삼촌은 할머니에게 늘 인정받고 싶어 하셨다.

그래서 분당 아파트에 할머니를 모시고 갈 때 전에 쓰던 모든 가구를 버리고 가신 것이다.

할머니와 함께 어린 나이부터 함께해 온 긴 시간을 이어서 함께하고 싶으셨나 보다.

이제 나도 아들과 포장마차에서 꼼장어에 쐬주 한잔하고 싶다.